講談社文庫

駐在刑事　尾根を渡る風

笹本稜平

JN210547

講談社

目次

花曇りの朝　9
仙人の消息　77
冬の序章　143
尾根を渡る風　211
十年後のメール　283
解説　細谷正充　352

埼玉県
飯能市
日原
奥多摩町
東京都
日原街道
六ツ石山
木山
氷川
水根
青梅街道
小河内ダム
麦代
望台
サス沢山
御岳山
奥多摩湖
御前山
小河内峠
檜原村

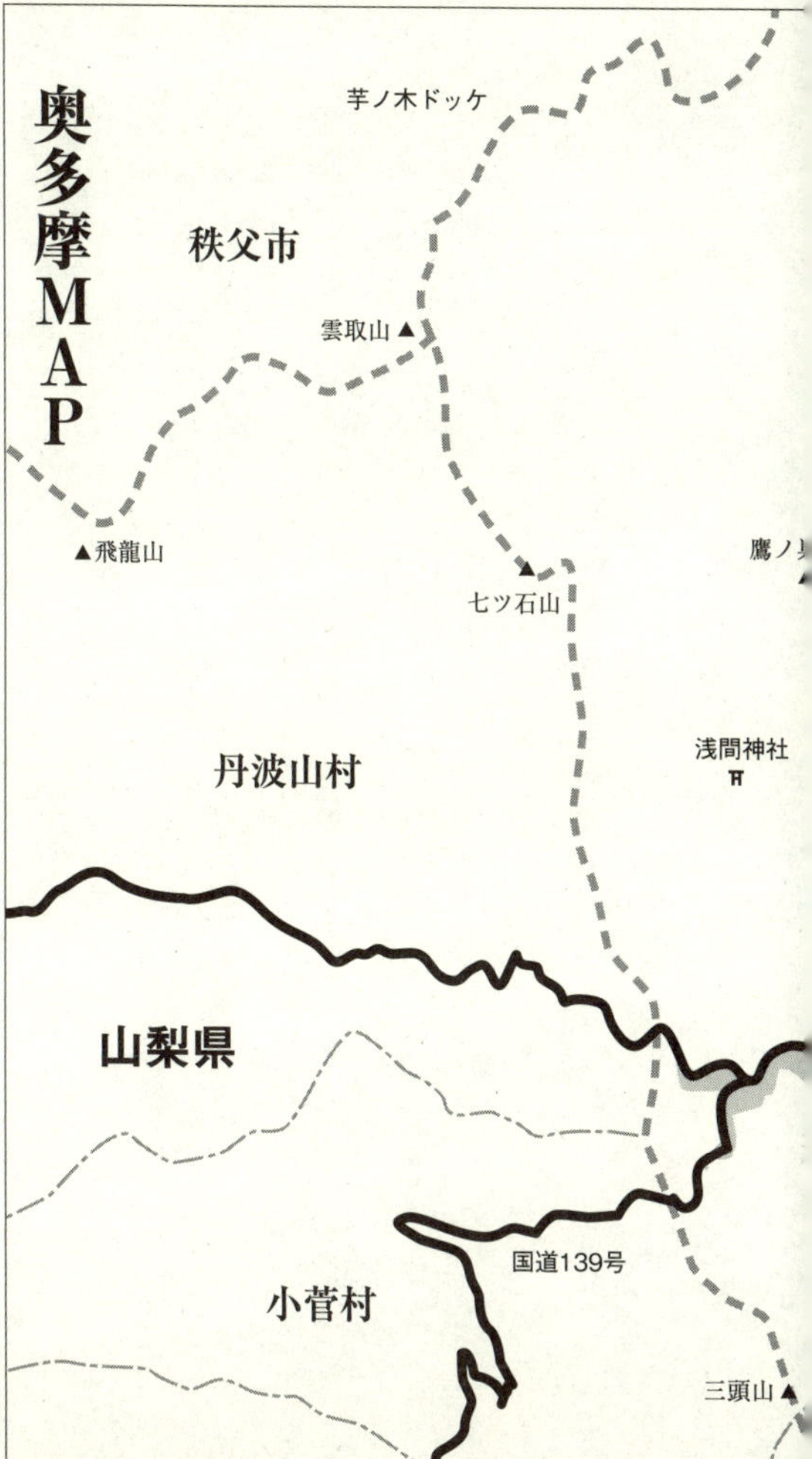

奥多摩MAP
芋ノ木ドッケ
秩父市
雲取山
飛龍山
七ツ石山
鷹ノ
浅間神社
丹波山村
山梨県
国道139号
小菅村
三頭山

駐在刑事　尾根を渡る風

花曇りの朝

奥多摩《おくたま》周辺の桜は四月中旬に開花期を迎える。

きょうは四月の最初の金曜日だが、それでも気の早い桜は枝にピンクの蕾《つぼみ》を覗《のぞ》かせている。

空は穏やかな花曇りで、鈍い緑の奥多摩湖の湖水を隔てて、御前山《ごぜんやま》から三頭山《みとうさん》へと連なる対岸の山々が春の霞《かすみ》に煙っている。

この時期としては暖かく、防寒用のコートやブルゾンは必要ない。身軽に動けるのはいいことだ。フットワークが軽くなれば、自然に気分も明るくなる。

江波淳史《えなみあつし》は軽い屈伸運動をしてパトカーに乗り込んだ。気の早い相棒はもう助手席に座り込み、朝のパトロールへの出発をいまや遅しと待っている。

相棒の名前はプール。管轄《かんかつ》地域で起きたある事件をきっかけに江波の愛犬として暮らすことになった。雌《めす》の雑種だが、見かけはほとんどラブラドールレトリーバーで、色はチョコレートブラウン。前足のつま先と尻尾《しっぽ》の先端が白いのが特徴だ。

警察犬としての認定は受けていないが、その事件で立てた手柄によって名誉巡査部長の称号を授与されて、地元の交通安全教室では引っ張りだこの人気者だ。

もともと介助犬の訓練を受けていて、気働きが抜群なうえに老人や子供に優しい。誰にでも懐《なつ》くから不審者を警戒するような仕事には向かないが、そんな気立てのいい相棒に、江波も危険な仕事をさせようとは思わない。

警察犬の訓練を受けさせないかと上から言われたこともあるが、バツイチの江波にとってプールは大切な伴侶《はんりょ》でもあり、訓練と試験に明け暮れる受験生のような生活はさせたくない。駐在所長の愛犬という地位にプールもとくに不満はなさそうだ。

東京都西多摩郡奥多摩町——。東京の最西部に位置するこの土地には、首都圏の水《みず》瓶《がめ》の奥多摩湖を抱くようにして奥多摩山系の峰々が連なる。その最西端で気を吐く雲《くも》取山《とりやま》は、標高二〇一七メートルの東京都最高峰だ。

駐在所のある水根《みずね》は湖水を堰《せ》き止める小河内《おごうち》ダムにいちばん近い集落で、標高はすでに五〇〇メートル台半ば。春の訪れは都心部より半月遅く、冬は半月早くやってくる。

夏が涼しいのはありがたいが、冬から春にかけては積雪もあり、寒さも都内でいちばん厳しい。そういう面では決して暮らしやすいとは言えないが、ここには東京という大都会のイメージとは対極の豊かで美しい自然がある。

赴任して以来、そんな山里の虜《とりこ》になって、本格的な登山道具一式を買いそろえ、いまでは休日の山歩きがかけがえのない趣味になっている。

遠出するわけではないから旅費はかからず、ほとんどの山が日帰りで登れるから宿泊費もかからない。かつて在籍した捜査一課時代には、事件の谷間の長い休暇を持て余し、競馬場やパチンコ屋通いで暇を潰《つぶ》していた。この土地に来てそのころのことを思い出し、人生の貴重な時間を溝《どぶ》に捨てていたような気がして臍《ほぞ》を噬《か》んだものだった。

「江波さん。折り入って相談なんだけど」

ウィンドウ越しに声をかけられ、振り向くと池原《いけはら》旅館の一人息子の孝夫《たかお》がパトカーの脇に立っている。水根に赴任して以来、父親の池原健市《けんいち》ともども親しく付き合ってきた。

大学で山岳部に所属した孝夫は、歳は若いが江波にとっては山の師匠だ。最初に山の手ほどきをしてくれたのは父親だったが、孝夫と一緒に山歩きをするようになってからは、沢登りから岩登り、さらには北アルプスのバリエーションルートまで、江波の趣味はとどまることなく高じていった。

「なんだよ、妙にかしこまって。交通違反切符でも切られたのか」

「そんなんじゃないよ。もしそうだとしても、こんな山奥の駐在さんに揉《も》み消してもらえるはずもないしね」

「山奥の駐在で悪かったな。じゃあ、これからパトロールに出かけるから」

すげなく応じてエンジンを始動すると、孝夫は勝手に後部席に乗り込んだ。

「じゃあ、ドライブに付き合わせてよ。走りながら話を聞いてくれればいいから」

「変な噂が立っても知らないぞ。そこは逮捕された容疑者の指定席だからな」

「こんな狭い土地で、おれと江波さんの仲を知らない人間はいないよ」

孝夫は気にもしない。たしかに地元の老舗《しにせ》旅館の跡とり息子を知らない人間はこの近辺にはいない。遭難者の救助やら子供のための登山教室やらで、江波と行動をともにしているのも周知のことだ。

「それで、相談って？」

やむなく問いかけながら、湖岸沿いに走る青梅《おうめ》街道にパトカーを乗り入れる。プールは背もたれ越しに身を乗り出して、挨拶だとばかりに孝夫の顔を舐《な》めまくる。孝夫は返礼に首筋をくすぐってやる。一通りの儀式が済んだところで、孝夫はおもむろに口を開いた。

「犬を探してもらうわけにはいかない？」

「犬？」

思わず声がひっくり返る。その単語の意味がわかるとでもいうように、プールが一声ワンと吠える。

「そう驚かないでよ。一週間前から行方不明で、動物愛護相談センターでも確認したそうなんだけど、保健所に収容されているという情報はないらしい。そもそもいなくなった場所が場所だからね」

「どこでいなくなったんだ」

「山のなか」

「どこの山のなか？」

「江波さんに頼んでるんだから、この近辺の山に決まってるじゃない」

「この近辺といっても広いけどな」

「御前山の避難小屋のあたりではぐれたそうなんだ」

「しかし犬は嗅覚《きゅうかく》が発達している。飼い主の匂いをすぐ嗅《か》ぎつけると思うがな」

「風邪を引いてたのかもしれないし、記憶力の悪い犬で、ご主人様の匂いを忘れちゃったのかもしれない」

「そのご主人様というのは？」

「先週の土曜日にうちに泊まったお客さんだよ。五十代半ばの女の人でね」

「犬を連れて御前山に登ったわけか」

「最近、そういうの流行《はやり》でしょ。江波さんだってプールをよく山へ連れてくじゃない」

「プールはおれの大事な片腕だからな。遭難者の救助に出動することもあるんだし」

思わず言い訳をしたが、愛犬や愛猫をお供に山に登る人の気持ちはよくわかる。自分が楽しいと感じる場所に愛するものを連れて行きたい、その喜びを分かち合いたいとごく自然に思うのだ。

実際、プールは山が好きだ。プールに限らず、犬も猫も自然のなかを自由に走り回るのが好きなのだ。そして動物好きの人間なら、そんなペットの姿を見るのが嬉しいのだ。

その点では江波も人後に落ちないが、ブームに乗っているように言われるのは心外だ。自分とプールの関係は特別だという思い自体が、そもそもペット連れ登山愛好家の誰しもが感じていることと変わりないはずなのだが――。

「プールは警視庁公認の名誉巡査部長なんだから、そこは職務と言うべきだろうけどね」

孝夫は馬鹿にあっさり引いた。なにやら下心がありそうだ。

「そのお客さんに頼まれたわけか？」

「そこがちょっと違ってて――」

ルームミラーのなかで孝夫ははにかむように頭を掻《か》いた。季節を問わず浅黒い顔の、頬のあたりが心なしか赤い。

「頼まれたのは娘さんからなんだ」

「ご本人はどうしてるんだ」

「落ち込んじゃって、食欲もなくなって、なかば病人みたいな状態らしい。見るに見かねて娘さんが訪ねてきてね」

話の先行きがなんとなく見えてきた。

「その娘さんに頼まれて一肌脱ぐわけか」

「そうなんだよ。おれって、困ってる人を見ると黙っていられないたちだから」

「不純な動機がなきゃいいんだがな」

「そんなのあるわけないじゃない」

孝夫は大袈裟《おおげさ》に首を振る。どちらかと言えばイケメンの部類なのだが、いまどきの言葉で言えば草食系だ。髪を金色にブリーチしたりピアスをつけたりと見かけは軟派を気どっているが、女性に関しては意外に奥手で、自分から攻めていくようなタイプではない。

不純さというより逆にいじらしさを感じて、江波はつい訊《き》いてしまった。

「どういうタイプなんだ？」

「あのね、清楚と言ったらいいのかな。いまどきの軽い女の子とはどっか違っててね」

「犬種を訊いてるんだよ。どういうタイプの犬なんだ？」

苦笑いして江波は問いかけた。孝夫は照れ隠しするようにプールの喉《のど》を撫《な》でながら、すでに完璧にインプットされているらしい捜査情報をレクチャーする。

「三歳の雄《おす》の柴犬でね。名前はチャム。御前山の避難小屋で昼食をとっているときに、突然いなくなったらしいんだよ。小屋の周りから頂上まで名前を呼びながら探したんだけど、鳴き声も聞こえなかったそうなんだ」

「一人で登っていたのか」

「都内の登山サークルに入っててね。その定例山行で、十人くらいで登っていたらしい。パーティの仲間も探してくれたんだけど、ほかのみんなに迷惑がかかると思って、その日は諦《あきら》めて下山したそうなんだ――」

その山行は日帰りの予定だったが、女性は諦め切れず、麓《ふもと》に着いてから仲間と別れ、一人で池原旅館に宿泊したという。翌日もう一度、御前山に登って愛犬を探すためだった。

犬連れで山に登ったことを地元の人々は咎《とが》めるのではないかと思い、孝夫を始め旅館の人間にはそんな事情は話さなかった。

翌朝、旅館を出ると、そのまま一人で山に向かった。前日に下山したルートだから、途中で道に迷うことはなかった。

頂上に着いたのは昼過ぎで、居合わせた登山者に犬を見かけたり鳴き声を聞いたりしなかったかと訊いてみたが、消息に繋《つな》がる話は聞けなかった。自分でも一帯を探してみたが、愛犬がいた痕跡さえ見つからなかった——。

「けっきょくその日も諦めて下山したらしいんだよ。帰りは栃寄《とちより》方面へ下ったから、うちの旅館には立ち寄らなかった」

「一週間も経ってるんだろう。探すのは難しそうだな。沢に落ちたのかもしれないし」

「沢筋を探すとなると、それなりの支度も要れば技術も要る。尾根から源頭《げんとう》に出るには藪《やぶ》漕《こ》ぎもしなきゃいけないしね」

「山はまだ寒い。夜はとくに冷え込む。沢に落ちて体が濡れれば、犬だって凍死しかねないからな」

切ないものを感じながら江波は言った。人間であれ犬であれ、そんな状況で命を終えることを想像するのは辛いものがある。

「おれも最初はそう思ったんだけど――」

孝夫はここからが肝心だというように身を乗り出す。

「きのう娘さんが訪ねてきて、そんな事情を聞かされてね。心当たりのところに電話を入れてみたんだよ」

「心当たりのところというと？」

「四、五日前、避難小屋の補修に管理センターの職員が入ったと聞いてたから、そこの担当者に電話を入れてみたんだよ。いろいろ懇意にしているもんだから」

御前山避難小屋は東京都奥多摩自然公園管理センターが運営する無人の山小屋の一つで、しゃれたロッジ風の建物は整備が行き届いていることで定評がある。奥多摩は豪雪地帯ではないが、それでも春先の低気圧で積雪を見るのは珍しくない。いまは雪で傷んだ避難小屋の補修にセンターは多忙な時期だ。

「そしたら四日前に、小屋の近くで犬の鳴き声を聞いたと言うんだよ」

「この辺の山は里に近いからな。麓の民家の犬かもしれないし、山に迷い込んだ野犬かもしれない」

「なんでそういう悲観的な見方をするのよ」

孝夫は食ってかかる。江波は慌てて謝った。

「済まん、済まん。その娘さんやお母さんにすれば、やっと得られた手がかりだからな」

「四日前というとウィークデイだからね。そもそも登る人間が少ないうえに、犬連れの登山者もいなかった。近場の登山道から獣道《けものみち》まで覗いて見たそうなんだけど、そのうち鳴き声は遠ざかって、まもなく聞こえなくなったらしいんだ。さっそく娘さんに電話を入れたら、あすにでも探しに来たいというわけよ」

「孝夫が付き合ってやれば心強いな」

あっさり応じると、孝夫はすがるような視線を向けてくる。

「それだけのことでわざわざ江波さんに相談しないよ。一仕事頼みたいのはプールだよ」

「プールがなにか役に立つのか」

「犬って、ほかの犬に対する好奇心が強いじゃない。お互いテレパシーが通じるようなことがあるかもしれないし、プールは自分より小さな犬に優しいし――」

「しかし本来は介助犬で、警察犬の訓練を受けているわけじゃないから」

「でも嗅覚はあるんだし、行方不明者を捜し出したこともあるじゃない」

「使っていた首輪とか食器があればな」

「もちろん持ってきてもらうよ。じゃあ、よろしくな、プール。あとでお礼をたっぷり弾むから」

言いながら孝夫はプールに頬ずりをする。江波のほうは差しおいて、まずはプールを懐柔しようという作戦らしい。

「あす一日、プールを貸し出せばいいのか」

確認すると、孝夫は慌ててつけ加える。

「いやいや、江波さんにも付き合ってもらわないと」

「プールは孝夫に懐いているから、おれがいなくても問題ないと思うがね」

「つれないこと言わないで。あしたは休みで、どうせ山歩きするつもりでいたんでしょ」

ずばり突かれて返答に困った。たしかにあすは雲取山方面に向かう予定だった。頂上近くの小屋に一泊し、馴染みの主と一献《いっこん》酌み交わそうと思っていた。

「付き合うのはいいけど、おれはあの辺の地理にそれほど詳しいわけじゃないからな。足手まといになるんじゃないかと思って」

「そんなことないよ、普通の登山者と比べたらほとんど生き字引だよ。おれはこの土地で生まれ育ったんだから当たり前だけど、江波さんは外から来た人だから」

外から来た人──。孝夫が口にしたなにげないその言葉に、江波はいまも越えがたい壁を感じた。警視庁捜査一課の殺人犯捜査係が、奥多摩の駐在所に赴任するまえの江波の所属部署だった。

事情聴取中に目の前で自殺した女性被疑者の絶叫はいまも耳の奥に残っている。自殺させたのは江波の失策だった。容疑は殺人。しかし江波自身はシロと見ていた。任意の事情聴取を強行させたのは、捜査本部を統括するキャリアの管理官だった。

その後の捜査の結果、被疑者のアリバイが証明された。マスコミは警察を批判した。管理官は保身のために、その責任をすべて江波に背負わせた。

その結果、所轄の刑事課への左遷《させん》を内示されたが、すでに江波に刑事への未練はなく、自ら望んで赴任したのが青梅警察署水根駐在所。妻とはすでに離婚していて、駐在所勤務には珍しい独身だった。

そんな江波を土地の人々は温かく迎えてくれた。なかでも親しく付き合ってくれたのが池原親子だった。

江波をここまで山好きに仕込んだのも、せっかく来てくれた駐在所長が簡単には逃げ出せないようにとの遠謀のようでもあり、いまではそれも嬉しく思える。

しかしそんな孝夫のさりげない言葉や、地元の人間同士の声をひそめた会話から、ふと自分が敬して遠ざけられていると感じることがある。おそらく他意はないのだろう。自分のほうが神経過敏になっている——。なるべくそう理解することにしているが、そんな小さな擦《す》り傷でも、しばらくはひりひり痛むものなのだ。

そんな思いに気づいた様子もなく、孝夫は身を乗り出して訊いてくる。

「付き合ってくれるんでしょ。そういう若い女の子と二人きりで山に行くというのは、なにかと誤解を招きがちだと思うんだ。ただでさえ弱っている彼女のおふくろさんに、余計な心配をかけちゃまずいから」

「おれが行くと安心してもらえるのか？」

「一応、お巡りさんだからね。なかには悪いことをするのもいるけど、江波さんはそういう人じゃないから」

孝夫の思惑が見えてきた。好きな相手の前に出ると固まってしまう傾向が自分にはあり、過去に何度かそれで失敗したと告白されたことがある。なんとかならないかとアドバイスを求められ、やむなくそういうことに特効薬はないと答えておいた。

固まってしまうのが孝夫の個性で、酒の力や自己暗示でそのときは誤魔化せても、それでは虚像を見せたことにしかならない。そういう自分に自信を持って、逆に売りにするくらいに割り切れば、固まっている自分も自然に溶けていくのではないのかと――。

そんなアドバイスを忘れたわけではないだろうが、孝夫としてはまだ心細いらしい。愛犬の失踪という相手の弱みにつけ込んだアプローチには不純なものを感じるが、その娘への思いは純粋だと解釈して、江波は付き合ってやることにした。

「警察官として行くわけじゃないぞ。あくまで私人としての行動だから、出会った登山者に警察手帳を見せて職務質問したりはできないからな。娘さんにいいところを見せようとおれに期待されても困るから」

「もちろんだよ。決め手はプールの鼻だから」

孝夫はようやく安心したように後部席から手を伸ばし、ご機嫌をとるようにプールの頭を撫で回す。すでに仕事モードに切り替わり、前方監視に集中しているプールは、さもうるさそうに鼻を鳴らした。

翌朝の奥多摩の空は晴れ渡り、気温も一〇度前後で、山歩きには最適な陽気だった。

山支度をして待っていると、孝夫が愛車のランドクルーザーを駐在所に乗りつけた。助手席には孝夫と同じくらいの年格好の女の子が座っている。

ぱっちりと大きな目をして、鼻は高からず低からず。どちらかと言えば丸顔で、全体に柔和な印象だが、きりっと締まった口元が芯の強さを感じさせた。二人は車から降りてきて、孝夫がしゃちほこ張った顔で紹介する。

「あ、あの、こちら寺井純香《てらいすみか》さん。それからこちらは、さっき話した江波さん」

純香の出で立ちは、ウールの山シャツに薄手のセーター、襟元《えりもと》にはバンダナを巻いている。ボトムは速乾性のカーゴパンツ、足ごしらえは軽めのトレッキングシューズで、この季節の奥多摩には適切だ。ザックもクライミング用の本格的なものだ。いまどきの山ガールのように派手ではないが、全体のセンスから山の経験がかなりありそうだとわかる。

「よろしくお願いします。せっかくのお休みだというのに、勝手に押しかけてしまって」

その年齢の女の子にしてはしっかりした言葉づかいだ。孝夫の目はなかなか高い。そのぶん高嶺《たかね》の花に手を伸ばすことになりはしないかと心配になってくる。

「もともときょうは山歩きする予定だったんです。御前山は最近登っていないんでお誂《あつら》え向きです。それよりワンちゃんとお母さんが心配ですね」

「ええ。チャムと一緒に登ったらと勧めたのは私なんです。だから責任を感じちゃって。母はチャムを子供みたいに可愛がっていたんです。私にしても歳の離れた弟みたいで、このままいなくなったら、母はもちろん、私だって立ち直れるかどうか――」

純香は語尾を震わせた。黒目がちの瞳が潤んでいる。孝夫は案山子《かかし》のように傍《かたわ》らに突っ立ったままだ。自慢のブリーチヘアはバンダナで隠し、きょうはピアスも外している。

ゆうべ寄越した電話では、奥多摩駅まで純香を迎えに行って、その足で駐在所に立ち寄ると言っていた。駅からここまでの道中、どんな会話を交わしたのかは知らないが、いつものリラックスぶりとはほど遠い。

「あら、プールちゃん。孝夫さんから噂は聞いてるよ。とてもお利口なワンちゃんなんだって？　きょうはよろしくお願いね」

純香はしゃがみ込んでプールの首筋を優しくくすぐる。プールは喜色満面で顔舐めの儀式に入るが、純香は嫌がる様子もない。

「お母さんはどんな具合ですか」

江波の問いに、純香は顔を曇らせた。

「食事が進まず半分寝込んでいるような状態で、体力がずいぶん落ちているようなんです。孝夫さんから電話をもらって、犬の鳴き声が聞こえた話をすると、自分も行くと言い出したんですが、どう見ても山に登れる体調じゃなさそうなので、父と一緒になんとか宥《なだ》めて、私一人で来ることにしたんです――」

　本人は医者にかかるのを拒否しているが、純香はいわゆるペットロス症候群と見ているようだ。生きて発見できればいいが、亡骸《なきがら》で見つかるようなことでもあればそのショックは計り知れない。家で待つように言ったのは、そうした不安もあってのことらしい。

　そんな話を聞けば江波の気分も切実だ。プールがいなくなったとき、自分だってその喪失感に堪《た》えられるかどうかわからない。純香はザックのポケットから写真を取りだした。

「母とチャムです」

　純香とよく似た顔立ちの婦人に抱かれて、明るい茶と白のツートンカラーの、耳をぴんと立てた小ぶりな犬が安心しきった表情でこちらを見ている。婦人も犬も幸せそうだ。

　再会を願わずにはいられなかった。はぐれたのが一週間ほど前なら生存の可能性がないわけではない。水とわずかな食料があれば人間でも救出されるケースは珍しくない。

日本の山には天敵になるような猛獣はいない。野犬化して山で暮らす犬がいるくらいだから、飼い犬でも野ネズミくらいは獲れるかもしれない。


奥多摩湖を隔てて南東に盛り上がるどっしりしたピラミッドが御前山で、西の尾根続きにある三頭山とともに奥多摩湖周辺の顕著なランドマークになっている。湖の北を走る石尾根《いしおね》は、より標高の高い鷹ノ巣山《たかすやま》や七ツ石山《ななついしやま》などのピークを連ねて雲取山へと続いているが、その山容は前衛の山に隠れて湖岸からは見えない。

奥多摩湖側から御前山に登るルートは二つある。一つは小河内ダムの堰堤《えんてい》を渡り、対岸の尾根を登るサス沢山コース。途中のサス沢山や大ブナ尾根の登りがきつく、頂上までは三時間以上かかる。

もう一つは栃寄沢コースで、小河内ダムよりだいぶ下流の境橋が起点だが、林道を利用すれば途中の栃寄集落まで車が使え、そこから頂上までなら二時間ほどだ。集落から頂上近くまでの一帯は、都が運営する奥多摩都民の森として整備されている。

今回の目的は犬の捜索だから、最短で頂上に着ける栃寄沢コースをとることにした。

プールとともに後部席に乗り込むと、孝夫は車を発進させて、青梅街道を奥多摩駅方面に向かう。孝夫と純香はもと来た道を戻ることになるが、登山口のある栃寄までは車なら十五分ほどだ。集落には登山客や観光客用の駐車場も完備されている。

奥多摩駅からここまでの道のりで話題はほとんど出尽くしたらしく、孝夫があんまり寡黙なのを見かね、江波が代わって話しかけた。

その服装や装備から、純香は山登りの経験ありと見ていたが、そこは的中したようで、高校時代にはワンゲル部、大学時代には登山同好会に所属して、国内の山を中心に登ってきたらしい。大学四年の年にはネパール・ヒマラヤでのトレッキングも経験したという。

母親に山歩きを勧めたのも彼女で、最初は健康維持が目的だったが、やがて病みつきになり地元の登山サークルに加入した。就職して時間がとりにくくなった純香を尻目に、最近は毎週のように山に出かけていたという。

中高年が中心の趣味のクラブで、岩登りや冬山登山のような厳しいことはやらない。ビッグクライムといえば夏に北アルプスや南アルプスを縦走するくらいで、あとは日帰りか一泊二日で登れる中級山岳を主体とし、初冬から早春にかけては奥多摩や奥武蔵《おくむさし》の低山が活動の中心になっているようだ。

一四〇五メートルと標高は決して低くはないが、たまに降雪があっても根雪はつかず、里からも近い御前山は、そういう登山に向いている。

栃寄の集落へは、橋詰トンネルを抜けたところで青梅街道から分岐して、栃寄沢に沿って山中に入り、つづら折りの登りを経て到着する。ここで標高はすでに七〇〇メートルだ。

観光客用の駐車場にランドクルーザーを停め、林道を御前山登山口に向かう。栃寄は奥深い森に囲まれた小さな集落で、四月も半ばを過ぎれば桜や山つつじが咲き誇り、さながら桃源郷の趣《おもむき》になる。

御前山頂上付近のカタクリの大群落も盛りを迎え、訪れる登山者も多くなるが、いまはその直前の閑散期だ。駐車場にも車は数台あるだけで、周囲に登山者らしい姿は見えない。

「これ、チャムが使っていたものです」

純香がとりだしたのはペット用の食器と首輪だった。プールの鼻先に近づけると、興味深げに鼻をうごめかす。

嗅覚による捜索の訓練は受けていないが、プールは同類への好奇心がことのほか強く、どんな犬とも友達になろうと試みる。振られることもしばしばだが、それでめげるということがない。苦境にいる仲間を見捨てるような犬ではない。

「プール、友達が大変なことになってるかもしれないんだ。一肌脱いでやってくれよ」

揉みしだくように頭を撫でてからリードを外すと、プールは一声吠えて先頭を歩き出す。

舗装された林道をしばらく進み、都民の森のベースとなっている栃寄森の家を過ぎ、車止めのある登山道への分岐に出た。木の間からは沢の対岸に栃寄の大滝が望める。急ぎでなければ間近に見物できるルートもあるが、きょうは山を楽しむのが目的ではない。

落葉樹の森を進んで杉の植林帯に入ると、かすかに甘い針葉樹の香りが鼻腔《びこう》に沁《し》みる。靴底に感じる腐葉土の感触が心地よい。プールは早足で一〇メートルほど先に行っては立ち止まり、早く来いと急《せ》かすように振り返る。

孝夫は三人の先頭に立って黙々と歩を進める。かなりのハイペースだが、純香は遅れをとる様子がない。最近は山から遠ざかっているというが、足の運びに無駄がなく、岩や木の根を乗り越える際の体重移動も滑《なめ》らかだ。

登山道は舗装された作業道と交差しながら高度を上げていく。車が通る作業道は迂《う》回《かい》が多く、一見歩きやすそうでも距離は長くなる。

「あれ、カタクリの花でしょ？」

純香が声を上げる。立ち止まって指さす先に、まだ蕾に近いカタクリの花がうなだれるように咲いている。開花期を迎えれば、花心を下にピンクがかった紫の花弁が篝《かがり》火《び》のようにそり返る。樹林帯の下草を埋めるように咲き誇るその群落は、地味な色彩にもかかわらず豪奢な印象を与える。

御前山は頂上まで樹木に覆われた展望の利かない山で、かつては静かな山歩きを好む限られた登山者しか訪れなかったが、そんなカタクリの大群落が世に知られ、春先にはそれを目当ての登山者で賑《にぎ》わうようになった。

「満開になったらきれいでしょうね」

純香がため息を漏らすと、ここぞとばかりに孝夫が蘊蓄《うんちく》を傾ける。

「春に花が咲いて、夏を過ぎると葉や茎が枯れて消えちゃうから、『スプリング・エフェメラル』って呼ばれてるんだ。『エフェメラル』というのは生まれてすぐ消えてしまうはかないものという意味で、カタクリを含む同種の植物の総称なんだけど、それを『春の妖精』と意訳する人もいる。でも根っ子はちゃんと地下で生きていて、昔はそれで片栗粉をつくったんだ」

大学の講義のように堅苦しいが、それでも孝夫としては意を決してのことだろう。そんな思いを知ってか知らずか、純香は素直に感嘆してみせる。

「そうなんだ。『春の妖精』か。開花したところはほかの山で見たことあるけど、きれいな花なのに、どこかはかない印象があるよね。ぴったりの名前じゃない？」

「そ、そうなんだよ。花もそうだけど、夏を過ぎてからこの上の群生地に行くと、葉も茎も完全になくなってるんだよ、枯れて落ちるわけじゃなく、融《と》けて消えちゃう感じだね。それに発芽から花が咲くまで七、八年もかかる。そんな意味でも神秘的な植物だよね」

孝夫は得意げに言い添える。なんとか自分をアピールできている。後押しするように江波は言った。

「おれの山の師匠が植物にも造詣《ぞうけい》が深いとは知らなかったな。そんなこと教えてくれたこともなかったのに」

「江波さんみたいな無粋な人に花の話なんか似合わないと思ってさ。興味があるんならなんでも訊いてくれる？」

孝夫は軽く鼻を鳴らす。いつもの憎まれ口が出るのはけっこうな話だ。

「だったらこれからなんでも質問攻めにするからな。おれの取り調べは厳しいぞ」

「そういえば、自然公園管理センターに問い合わせたときに、変なことを聞いたんだよ」

挑発には乗らず、孝夫は唐突に話題を変えた。江波は問い返した。

「変なこと？」

孝夫は歩き出しながら話を続けた。

「最近、あちこちの避難小屋におかしな男が出没しているから気をつけろって」

「なにか被害が出ているのか」

「それなら警察に通報するでしょ。犯罪に類することをするわけじゃないけど、わざと荷物を広げて必要以上のスペースを占領して、空けてくれと頼んでも言うことを聞かない。夜になると嫌がらせに大きな音でラジオを鳴らしたり、要するにほかの登山者にひどく威圧的な態度をとるらしいんだよ」

「センターに苦情が届いたわけだ」

「そうなんだよ。登山者というより小屋に住み着いている浮浪者といった感じらしい。職員が行ってみるともぬけの殻《から》でね。いまだに正体が摑《つか》めないようなんだ」

「御前山の避難小屋にも現れたのか」

「まだのようだね。補修に出かけたときも、不審な人間が住み着いている形跡はなかったようだから。最初に現れたのは柳避難小屋で、次が破風山《はふうさん》避難小屋、最近では酉《とり》谷山《だにやま》避難小屋や一杯水《いっぱいみず》避難小屋といったあたりらしい」

柳避難小屋は奥秩父《おくちちぶ》の名峰、甲武信《こぶし》ヶ岳《たけ》の秩父側の登路上にあり、破風山避難小屋はやはり奥秩父主脈上の西破風山と木賊山《とくさやま》の鞍部にある。管理しているのは埼玉県の秩父環境管理事務所だ。

酉谷山避難小屋と一杯水避難小屋は雲取山から日原《にっぱら》方面に延びる長沢背稜《ながさわはいりょう》の一角にあり、どちらも東京都奥多摩自然公園管理センターの管轄になる。位置関係から言えば、その不審な男は西から東へ移動していることになる。

御前山を含む奥多摩湖の南の山域にも避難小屋はいくつかあるが、こちらにはまだ出没していないようだ。

「そのうちこっち方面にも来るかもしれないから、気をつけたほうがいいと言われたよ」

孝夫はとくに不安げもなく言うが、江波にすれば心穏やかではない。

犯罪と言えるような行動をとらない限り検挙するわけにはいかないが、警察官の立場を離れれば、奥多摩の山は自らもこよなく愛するフィールドだ。そこを訪れる登山者に不快な思いをさせる人間は許せない。

沢状の急坂を一時間ほど登って尾根道に出た。一帯はカラマツやブナの疎林で、葉を落とした木々のあいだに石尾根の眺望が開ける。六《む》ツ石山《いしやま》、鷹ノ巣山、七ツ石山を経て雲取山へ続く奥多摩の主脈の展望台として恰好だ。

東屋《あずまや》のある広場で休憩をとることにした。登山口から一時間ちょっと。けっこうな急坂だったが、ほとんど休むことなく登り切った。

山向きに体質が改造されてしまっている孝夫や江波にとってはなんでもないが、登山経験が豊富でも、普段は都会で暮らす純香にとっては楽なピッチではないはずだ。しかし途中で息が上がることも音《ね》を上げることもなかった。

この足なら避難小屋まであと二十分ほどだろう。頂上まではそこから五分もかからない。十時過ぎには着いてしまうから、チャムを捜索する時間は十分とれる。

傍らのベンチに腰を下ろし、孝夫が紅茶入りのテルモス（ステンレス魔法瓶）を取りだしたとき、プールが突然駆けだして、横手の藪に飛び込んだ。

藪を掻き分けて進む音がする。見下ろすとそこは栃寄沢の源頭に続く急斜面で、丈の高いクマザサが密集して生い茂る。匂いをかぎながら進んでいるからだろう。焦げ茶色の背中や尻尾がときおり覗くだけで、プールはほとんど潜水艦のような状態だ。

「なにか見つけたのかな」

孝夫の顔に緊張が走る。傍らで純香も息を呑《の》んでいる。チャムが無事に見つかる期待より、逆に悪いことのほうを想像してしまう。もし近くで生きているのなら、鳴き声の一つも聞こえてよさそうなものだ。

一〇メートルほど下ったところで、プールが藪から顔を出して振り向いた。その口になにか咥《くわ》えている。

「あ、あれ——」

純香が声を上げる。プールはその場で踵《きびす》を返し、クマザサの急斜面を一目散に駆け登る。今度は海面をジャンプするイルカのようだ。

傍らの藪から飛び出すと、プールは自慢げな表情で江波に歩み寄る。咥えていたのは犬の首輪だった。江波は純香に問いかけた。

「これ、ひょっとして？」

純香は小さく頷《うなず》いて、プールの口からそれを受けとった。その唇がかすかに震えている。

首輪はブルーの革製で、金色のリベットと大きめのビーズが交互に並んでいる。迷子になったときに備えたのだろう。内側には油性ペンで電話番号が書いてある。

ちぎれた様子はなく、バックルが自然に外れたか、あるいはだれかの手で外されたものと思われた。泥は付着しているが血痕のようなものはない。首輪だけ残して、チャムはどこへ消えたのか――。

「近くにいるよ。きっと無事に見つかるよ」

熱のこもった調子で孝夫が言う。

「それなら私がここにいることが、匂いや声でわかるんじゃないかしら。自分から姿を現すわけでもないし、鳴き声も聞こえないし」

純香は悲観に傾いている。孝夫はそれでも言いつのる。

「知らないところで一人ぼっちになって、怖くて動けないのかもしれないし、体が弱って鳴くこともできないのかもしれない」

孝夫にとってチャムを無事に救出することは、いまや恋の行方を懸けた人生の最重要課題のようだ。

江波の思いは複雑だ。首輪が外れた理由はわからないが、怪我をしたり弱っていたりしなければ、自力で麓に下りた可能性がある。あるいは通りかかった登山者に懐いて一緒に下ったのかもしれない。

誰かが保護したとしても、その人間がペットにしてしまえば、チャムは純香や母親のもとへは帰れない。悪意がなくてもそれは起こり得る。プールが江波のところに住み着いたきっかけがそれだった。飼い主とはその後連絡がとれ正式に譲り受けたが、そうでなければその飼い主が知らないままに、プールは江波の愛犬としてずっと過ごしていたことだろう。

「生きている証《あかし》が欲しいんです。死んだんじゃないことだけでもわかれば、母も救われると思うんです。それは私も同じです」

純香は切ない口調で訴える。そのときプールがまた藪に駆け込んだ。先ほどとは方向が違う。こんどは二〇メートルほど下で立ち止まり、ここまで来いというように吠えている。

「またなにか見つけたようだね。上まで持って来れないらしいから、おれたちが下りてくしかなさそうだよ」

孝夫はザックからロープを取りだして、一方の端を路肩のブナの幹に結《ゆ》わえ、もう一方を下に投げ下ろした。足元の見えない藪には危険が多い。転倒すれば沢の底まで落下しかねない。懸垂下降《アプザイレン》するほどの傾斜ではないが、ロープを頼りに下れば安全度は増す。

孝夫を先頭に、純香、江波の順で下りていく。笹の下には岩角や木の根が飛び出していて、ロープなしでは足元が不安定だ。孝夫の機転は正解だった。さすが山の師匠だと感じ入る。

プールのいるところまで先に下った孝夫が頓狂《とんきょう》な声を上げた。

「なんだよ、これ。やばいじゃない」

「なにかあったのか？」

問いかけると、孝夫は傍らの灌木《かんぼく》の枯れ枝をへし折って、それを目の前の藪に差し込んだ、バシッという鈍い衝撃音が聞こえた。

「トラバサミだよ。いまは法律で使用が禁止されてるはずだけど」

「トラバサミ？」

「ああ、ほかにもあるかもしれないから足元に気をつけてね。プールはさすが賢いよ。うっかり踏んづけてたら足の骨が折れてたよ」

トラバサミは中央の板を獲物が踏むと、バネ仕掛けで二枚の金属板が合わさって足を挟み込む強力な罠《わな》だ。動物に長時間にわたって苦痛を与え、人間やペットが誤ってかかる事故もあり、世界的に使用が禁止される傾向にある。日本でもいまは禁止されているが、密猟者による使用はあとを絶たない。

「どうするの？　明らかに犯罪なんだから、取り締まらないとまずいんじゃないの」

孝夫は深刻な口ぶりだ。傍らに下りて藪のなかを覗き込むと、たしかに真新しい両バネ式のトラバサミが獣道らしいクマザサのトンネルに設置されている。内径一二センチほどのトラップ部分にはゴム製の緩衝材が装着されているが、それでも孝夫が踏み板を押すのに使った枯れ枝は見事にへし折られている。プールがトラバサミがなにか知っていたはずはないが、もし踏んでいたらその細い足も同じ運命に遭っていたかもしれない。

「純香さん、大丈夫？」

孝夫が心配そうに声をかけた。振り向くと純香が青ざめた顔で肩を震わせている。彼女は彼女で、愛犬のチャムがトラバサミにかかったところを想像したのだろう。それでも純香は気丈に答える。

「大丈夫です。でもプールがこれを見つけたということは――」

期待を滲《にじ》ませて孝夫が応じる。

「チャムがこのあたりを通ったのかもしれないね。匂いが残っていたんじゃないのかな」

「その罠に掛かったということは？」

純香の不安はもっともだ。密猟者なら獲物を回収して仕掛け直すこともある。犬だとわかって連れ帰った可能性もあるが、その場合は大怪我をしているのは間違いないし、発覚を恐れて殺害することも考えられる。

「ワンちゃんの捜索ですか。それはご苦労様でした」

月曜日の午前中、パトロールから帰る時間を見計らったようにやってきた南村陽平《みなみむらようへい》は、皮肉か真面目かよくわからない調子で言った。

青梅警察署の刑事課強行犯係係長――。本庁時代は巡査部長だったが、いまは警部補で、階級では江波に並んでしまった。捜査一課では同じ班に属し、まもなく江波のあとを追うように青梅署に異動してきた。

警部補に昇進してだから左遷とはいえないが、江波が奥多摩に異動してからもなにごとにつけ慕《した》っててくれた。江波をトカゲの尻尾にして保身を図った上の人間の覚えが悪かったのは間違いない。

昇進をいい口実に所轄への異動を内示され、どうせ一課を追い出されるならと、江波がいる青梅警察署を希望した。もっと陽の当たる二十三区の所轄も選べたが、それは南村の反骨によるものだろう。

用がなくても気が向けばふらりと駐在所を訪れる。江波のように山に入れ込むことはなかったが、都下の所轄ののんびりした水が南村の性には合っているようで、かつては江波も尖らせていた一課の刑事特有の角もだいぶ丸くなってきた。

「週末はどのみち山に出かけるつもりだったから、行き先が変わっただけの話なんだが――」

江波はチャム捜索作戦の顚末《てんまつ》を語って聞かせた。あれから一帯をくまなく探したが、消息に繫がるものは見つからなかった。避難小屋や頂上周辺にあった獣道や杣道《そまみち》はあらかたチェックしたが、不審なトラバサミもプールが見つけたものだけだった。

トラバサミのほうは発見してすぐ青梅署の生活安全課と地元の鳥獣保護管理員に通報した。警察は担当者が不在で動かなかったが、鳥獣保護管理員はまもなく飛んできてそれを撤去した。

彼らには司法警察権がなく、警察が連携して動かない限り、仕掛けられたものを見つけては撤去するイタチごっこにならざるを得ないとのことだった。

保護管理員が見たところ、そのトラバサミに最近獲物が掛かった形跡はないという。獣道といっても通る動物がいなければ廃道化する。そこもそんな廃道の一つで、犯人はこの辺の山の事情に疎《うと》い人間だろうとのことだった。

純香は失望を抱えて帰っていった。救われたのはチャムがトラバサミに掛かった可能性が低いことくらいだが、それでも不安は残る。密猟目的で罠を仕掛ける場合、一ヵ所だけということはまずあり得ないらしい。だとしたら未発見のものがまだあるかもしれない。

けっきょくできるのはチャムの無事を祈るくらいだ。御前山は里に近く、成犬なら自力で麓へ下るのは簡単で、誰かが保護して自分の家のペットにしたのではないかというのが鳥獣保護員の見方だった。

孝夫は旅館の仕事そっちのけで翌日も捜索を続けたが、チャムの消息に繋がる発見はやはりなく、それは純香への恋がこのまま幕を閉じる公算が高いことを意味していた——。

聞き終えると南村は意外な話を切り出した。

「そのトラバサミの話、きょうお邪魔した用件と関係あるかもしれません。じつはいま、ある広域捜査の事案を担当していまして」

「トラバサミを使った凶悪事件なんて聞いたことないぞ」

「そういう事案じゃないんですよ。例の山梨で起きた会社社長殺人事件——」

「容疑者はまだ捕まっていないんだったな」

「甲府市内のホームセンターで、一ヵ月ほどまえに容疑者の石川和正《いしかわかずまさ》を目撃したという証言が出てきましてね」

「そこでなにか買い物を？」

江波は閃《ひらめ》きを感じて問いかけた。逃走中の犯人の買い物は潜伏先や逃走先を特定する重要なヒントになる。カー用品なら車で移動していることを意味し、寝具や調理用具ならどこかにアパートを借りた可能性を示唆する。

「なんだと思います？」

「意味ありげだな。勿体《もったい》ぶらずに言えよ」

「テント、寝袋、カセットコンロ、ガスカートリッジ、アルミ製のクッカー、包丁、食器類、ラジオ、ヘッドランプ、大型のリュックサック、釣り道具。それに——」

「まさか——」

「トラバサミです」

江波は怖気《おぞけ》立《だ》つものを感じた。

「いやな話を聞いたな。しかしそんなものがホームセンターで買えるのか」

「使用禁止といっても狩猟に関してだけで、害獣駆除が目的なら知事の許可を得ればOKです。内径が一二センチ以内で緩衝材がついているものなら販売するのは自由です。購入時に許可証を提示する必要もないんです」

「それじゃ野放しと変わりないじゃないか」

「現に普通の住宅地で、犬や猫が掛かって大怪我をするケースも多いようです」

「たちの悪い愉快犯だな」

「しかし石川の場合はもっと切実な理由があるんでしょう。山梨県警の捜査本部は、山に籠《こ》もったと見ています。釣り道具やトラバサミを買ったのは、山中で魚や小動物を獲って食料にするつもりなのではないかと――」

純香が見せてくれた写真のなかのチャムの愛くるしい顔を思い出し、慄《おのの》きを覚えながら江波は頷いた。

「たしかにな。これからはフキノトウやタラノメ、ワラビ、ササノコと山菜が豊富な時期だ。そこに魚や肉が加われば、必要なのは米と調味料くらいで、あとはほとんど自給自足できる」

「それで先輩のお知恵を借りに来たんです。山に入ったとしたら、奥秩父から奥多摩にかけての山域だと県警は見ています」

「理由はわかるよ。山梨県には南アルプスや八ヶ岳《やつがたけ》もあるが、そちらはまだ雪が多い。しかし奥秩父の東部や奥多摩なら、いまの時期はほとんど雪がない。そのうえ無人の避難小屋が多いから山ごもりにはうってつけだ」

「県警もそんな見方をしています。それで事件が広域指定になって、本庁が奥多摩を管轄するうちの署に下駄を預けてきたわけです」

「奥秩父や奥多摩の避難小屋に、登山者を装った捜査員を張り付ければいいじゃないか」

「そこが広域捜査の難しいところなんです。なにしろ長野、山梨、埼玉、東京の四都県にまたがる広い山域で、各警察本部の足並みが揃わない。奥秩父に入ったというのがそもそも推測のレベルで、見当違いなら無駄骨になりますから。いまのところ山梨県警以外はどこも腰が引けている状態でして」

「だったらすべて山梨に任せればいい」

「ところがほかはそこが気に入らない。自分たちの縄張りで他県警に大捕り物をされるのは体面に関わるということでしょう」

南村は苦虫を嚙《か》み潰す。その手の縄張り意識は役人の持病で、警察という役所も例外ではない。それが邪魔をして流れが滞っている情報がまだありそうだ。江波は孝夫が仕入れた迷惑男の話を聞かせてやった。

「そいつが石川だと？」

南村は口をあんぐり開けた。多少の自信を感じながら江波は言った。

「違うと言い切る根拠はないな」

「どうしてセンターは警察に知らせてくれなかったんでしょうね」

「そこはお互い様だろう。石川がこのあたりの山にいる可能性があることを、警察はセンターに教えていないわけだから」

「おっしゃるとおり。同じ都が所管する役所なのに、そこまでパイプの通りが悪いとは」

「幸いまだ不測の事態は起きていない、しかしこれから暖かくなれば小屋の利用者も多くなる。放ってはおけないだろう」

「そのトラバサミを仕掛けたのが石川だとしたら、もう奥多摩湖の南まで足を延ばしていることになりますね」

「そこをまず確認しないとな。現物は鳥獣保護員が保管しているはずだ。メーカーや型番を調べれば石川が買ったものかどうか判明するし、指紋が残っている可能性もある」

「センターに通報した登山者からも話を聞いてみます。目撃した不審な男と石川の人相が似ていれば、有力な証拠になりますから」

「まだ全国手配はしていなかったのか」

「山梨県警は甲府市内に潜伏していると見ていましたから。広域捜査が決まったのはつい三日前でして」

「のんびりした話だな。とにかく急いだほうがいい。一般市民に被害が出てからじゃ遅い」

「貴重な情報をありがとうございました。さっそく確認します」

南村は慌てふためいて本署へ帰っていった。


連絡すると、孝夫はほどなくやってきた。

「大変なことになったね。そいつ凶暴なの？」

「凶暴かどうかわからないが、近所では偏屈で我儘《わがまま》な人間で通っていたようだ。隣の家で子供が夜泣きをしただけで怒鳴り込んでくる。近所の家に配達された新聞をただ読みして、苦情を言うと、読み終えて返したんだから文句はないだろうと開き直る。ゴミの分別には協力しない、町内会費は払わない――。どれもテレビのワイドショーからのネタだから、真偽のほどはわからないけどね」

自分が直接関わる事件でなければ、警察官のもつ情報は茶の間の視聴者と変わりない。かつての強行犯担当刑事の習性で、殺人事件にはつい興味を覚えるが、眉につばをつけたくなるような報道が多いのは言うまでもない。

「迷惑男とキャラクターは似てるね。社長を殺したのは金銭上の恨みだったんでしょ」

「それも逮捕して取り調べてみないと本当のところはわからない。まだ関係者の想像の域を出ていないようだから」

「殺したのは間違いないの？」

「現場の公園で見つかった凶器の包丁に指紋があった。公園で社長とやり合っているのを目撃した人間もいる。その点は間違いないだろう。たぶん諍《いさか》いに端を発した衝動的な殺人だな」

「そうだと罪は軽くなるの？」

「量刑は計画性が高いほど重くなる」

「しかし殺されるほうは迷惑な話だね。自分は普通に付き合っているつもりでも、相手が突然暴発しちゃうんじゃね。そいつ、犬を食べたりするのかな」

孝夫はいかにも不安げだ。江波もそこは答えに窮する。

「普通の人間ならそんな気は起こらないと思うけど――」

「石川は普通の人間じゃないみたいだからね。純香ちゃんに知らせたほうがいいだろうか」

孝夫にすれば純香の声を聞く恰好の口実かもしれないが、現状ではただ不安を掻き立てるだけのことだろう。

「もう少し様子を見てからのほうがいい。まだトラバサミを仕掛けたのが石川と決まったわけじゃないし」

「そうだよね。おふくろさんは余計ショックを受けるかもしれないし」

孝夫は渋々応じたが、江波も気持ちは落ち着かない。プールがトラバサミを見つけたのは、その付近でチャムの匂いがしたからなのは間違いない。仕掛けたのが石川なら、チャムと石川が接触した可能性は否定できない。

石川の狩猟の対象はイノシシや野ウサギだろう。しかし罠猟《わなりょう》の成功率がそう高いとは思えない。食料に不自由しているときなら、おかしな考えを起こさないとも限らない。

そのとき携帯の呼び出し音が鳴り出した。孝夫は慌ててポケットから取りだして、ディスプレイを開き、怪訝《けげん》な表情を覗かせた。

「純香ちゃんからだよ。どこかでチャムが見つかったんだろうか」

期待と不安がこもごもという様子で孝夫は携帯を耳に当てた。その顔がしだいにこわばっていく。なにかまずいことでも起きたのか。チャムの訃報でも飛び込んだのか――。

孝夫は五分ほどで通話を終えた。

「困ったことになったよ。おふくろさんが一人で山に出かけちゃったらしい」

「山って、まさか御前山に？」

「ほかに行くとこないと思うよ。きょうは山岳会の定例山行の日じゃないそうだし」

「山に出かけたのは間違いないんだな」

「親父さんは定年退職していつもは家にいるんだけど、きょうは町内会の行事で朝早くから出かけていたらしいんだよ。帰ってきたら姿が見えない。部屋を覗いてみたら愛用の登山装備がなかった。携帯を呼び出しても返事がないらしい。電波の状態が悪いところにいるのか、バッテリーが切れているのか」

「心配だな。体力がだいぶ落ちていると聞いているし、きょうは空模様も怪しいし――」

江波は窓の外を見た。御前山も三頭山もまだ雲に隠れてはいないが、夜には気圧の谷が通過するという。孝夫は別の心配をする。

「石川とばったり遭うかもしれないしね」

「ほかに登山者もいるだろうから、そうそう悪さはできないとは思うんだが」

そうは言っても自信はない。しかし一昨日、江波たちが確認したところでは、御前山避難小屋に人が住み着いている気配はなかった。きのうも孝夫はもう一度登ってみたが、やはり小屋のなかはきれいに片付いていて、だれかがスペースを占領しているような様子はみられなかった。

「向かったのが御前山だとしたら、コースは湯久保《ゆくぼ》尾根かもしれないよ」

孝夫が言う。当たりかもしれない。御前山への直登コースのうち、奥多摩湖側からの二つはすでに歩いている。残るのは秋川側からの湯久保尾根コースだ。チャムの捜索が目的なら、そちらから登る可能性は大いにある。

「これから行ってみるよ。栃寄から登って湯久保へ下れば、途中で会えるかもしれない」

孝夫は忙《せわ》しなく席を立つ。江波も立ち上がった。

「おれも行くよ。万一の際には人手がいる」

「江波さんには残ってて欲しいんだ。純香ちゃんと親父さんがこっちに向かっている」

「そうか。じゃあ、任せるしかないな。なにかあったらすぐに連絡をくれよ。いつでも飛び出せるように待機しているから」

胸騒ぎを覚えながら江波は応じた。

孝夫が駐在所を飛び出してすぐ、都民の森の管理事務所に電話を入れて事情を説明し、作業道のゲートを開けてくれるように依頼した。担当者は快諾してくれた。それなら避難小屋のすぐ下まで車で行ける。孝夫の足なら、そこから小屋まで十分もかからないだろう。

そのことを携帯で孝夫に伝えたところで、駐在所の警察電話が鳴り出した。受話器をとると、慌てた様子の南村の声が流れてきた。

「先輩。正解のようです。トラバサミの型番はホームセンターで購入したものと一致しました。もちろん日本中どこでも売っている製品ですから、まだ断言はできませんが」

「指紋は？」

「出ませんでした。雨や夜露で流されたのかもしれないし、指紋がつかないように慎重に扱ったのかもしれません」

「だったら、決め手になったのは？」

「石川の写真です。センターに苦情を言ってきた五名のうち、三名と連絡がとれ、急遽《きゅうきょ》、自宅や職場に近い所轄の捜査員に走ってもらいました。写真のほうは髭《ひげ》を剃《そ》っており、小屋で見かけた男は伸び放題だったようですが、三名ともよく似ていると証言しました」

「だとしたら御前山まで足を延ばしている可能性が高いな。しかし小屋に居候している形跡はなかった」

「いつも小屋を利用しているとは限りませんよ。石川はテントも購入していますから。ほかの小屋ですでに何度も目撃されているんで、用心しているのかもしれません」

「じつは、こっちでも困ったことが起きてな――」

純香の母親のことを説明すると、困惑したように南村は言った。

「たしかに心配ですが、通り魔とか連続殺人犯じゃないですから、あえて刺激しなければ攻撃的な行動に出ることはないでしょう。そんなことをすれば藪蛇《やぶへび》になりますから」

「そう願いたいな。いま孝夫君が山に向かっている。もうじき頂上に着くだろう。状況はそのとき連絡してくれるはずだ」

「こちらはそういう迅速な動きがとれません。これから本庁に話を上げて、そこから合同捜査本部に連絡が行って、そこで長ったらしい会議が続くわけでしょうから」

「お役所仕事はとかくそういうもんだ。まだ百パーセント確実な話じゃないからな」

「問題はその女性の安否ですね」

「そうなんだ。難しい山じゃないんだが、体調不良だと聞いているし、天候もこれから下り坂のようだから――」

江波は窓の外を見た。頭上の雲はさらに厚みを増しているようだった。


孝夫から連絡が入ったのは二十分後だった。

「いま避難小屋。いちばん奥まで車で入れたから、あっという間だったよ」

「変わったことは？」

「きのう来たときと様子が違っててね」

「というと？」

「荷物があるんだよ――」

孝夫は声を落とした。板張りの床の一角にかなりの量の荷物があるらしい。たたんだままのテント、寝袋、クッカー、カセットコンロ――。大きめのザックのなかにはほかにもいろいろ入っていそうだが、どれも見たところホームセンターで売っているような安物のキャンピング用品で、登山用の本格的なものではないという。

センターに届いた苦情のように、はた迷惑に取り散らかしているわけではなく、壁際にきちんとまとめて置いてあるらしい。

「とりあえず運び込んだだけという感じかな。普通の登山者かもしれないけど、でも日帰りで登れる御前山に、こんな大荷物を運び上げるってのがどうもね」

孝夫は思いあぐねる様子だ。江波は落ち着きの悪いものを感じた。

「石川だとしたら、こっちへは着いたばかりということか」

「どうだろう。テントもあるから、近場でキャンプしていたのかも。全国手配されたのはラジオのニュースで聞けるから、人と顔を合わせる避難小屋はまずいと思ったんじゃないの。ところが今夜は一雨来そうだから、急遽、こちらに待避したのかも」

「ホームセンターで売っているテントなんて、雨が降ったらほとんど使い物にならないからな。トラバサミを仕掛けたのが石川だとしたら、それで辻褄《つじつま》が合ってくる」

「やな感じだね。チャムはもう石川の胃袋に収まっちゃってるかもしれないよ」

孝夫は不吉なことを口走る。気分が暗くなるだけなので、江波は話題を変えた。

「お母さんのほうはどうなんだ。まだ小屋に立ち寄った様子はないのか」

「なさそうだね。着いていればこのあたりでチャムを探していると思うから。それより、湯久保側から登ったとしたら、道に迷っていないか心配だよ。初めてのコースだから」

「雲行きも怪しいしな。ほかの登山者は？」

「一人も会わなかったよ。これから頂上まで行ってみるけど、たぶん少ないと思うよ。月曜日で、しかも天気が下り坂となると」

「ますますお母さんが心配だな」

「そうだね。道に迷って雨に降られれば、命に関わる場合もあるから」

孝夫は不安を隠さない。しかし純香と父親の不安はそれ以上だろう。

「純香さんたちが到着したら、二人を連れておれも上に向かうよ」

「わかった。頂上にいないようだったら、こっちはそのまま湯久保尾根を下ってみるよ」

孝夫はそう言って通話を終えた。江波は南村にそれを伝えた。南村は唸《うな》った。

「石川がいる可能性は十分ありますね。すぐに上司と相談します」

「そうしてくれ。合同捜査本部の判断待ちをしていたら、せっかくの逮捕のチャンスを逃すかもしれない」

焦燥を覚えながら江波は言った。空はいよいよ暗くなり、御前山や三頭山の頂《いただき》が雲底に呑み込まれている。一雨来るのは夜だと思っていたが、それが早まりそうな気配だった。

石川の逮捕に手間取れば、御前山一帯を山狩りすることになりかねない。非常線が張られれば、純香の母親に万一のことがあったとき、救出が難航して手遅れになる惧《おそ》れもある。

まもなく孝夫から連絡が入った。頂上には登山者が三人おり、そのうち一人は湯久保尾根コースから、残りの二人はサス沢山コースからだった。湯久保尾根コースの登山者からは貴重な情報が得られた。

武蔵五日市《むさしいつかいち》駅から登山口までのバスに乗り合わせた女性が純香の母親によく似ていたらしい。預かっていたチャムとのツーショットの写真で確認してもらったというから、情報の確度は高いだろう。

「そっちから登ったのは間違いないようだから、急いで湯久保まで下りてみるよ。おれの足なら一時間もかからないから」

孝夫は気忙しげに言って通話を切った。

まもなく純香と父親が到着した。父親の運転で杉並の自宅から車を飛ばしてきたという。すでに山支度を調《ととの》えていた江波は、さっそくパトカーに乗り換えてもらい、プールも同乗させて栃寄に向かった。

管理事務所に着いてしばらくすると、南村が配下の捜査員を引き連れてやってきた。

「合同捜査本部からはまだゴーサインが出ていません。取り逃がした場合、大規模な山狩り作戦になると思われるので、関係諸機関の調整が必要だとのことでして」

南村は苦り切った顔だ。江波は嘆息した。

「いかにも上の役所（警察庁）の連中が言いだしそうな話だな」

「母がご迷惑をおかけしているのはわかっています。でも警察がまだ動けないんなら、そのあいだに母を探したいんです。もともと体力が弱っています。これ以上天候が悪化したら取り返しのつかないことになるかもしれません」

訴える純香の声は悲痛だ。父親も身を乗り出す。

「こちらの身勝手だとはわかっていますが、石川という男が避難小屋に現れたとしたら、そこに向かっている家内が巻き込まれるかもしれない。まだ姿を見せていないいまなら、むしろ危険は少ないんじゃないでしょうか」

二人の言うことは理にかなっている。しかしその理が通らないのが警察という組織の度しがたい本性だ。それを思えば二の足を踏む。こちらの判断だけで動いて、万一のことがあれば首が飛ぶ。自分の首だけならまだしも、南村だって無事では済まない。自分を慕ってくれたお陰で冷や飯を食わされることになった後輩に、これ以上の迷惑はかけたくない。

事務所の窓の外では小雨がぱらつきだしている。孝夫がうまく母親を探してくれればいいが、湯久保方面にいるとの読みが外れたら最悪の事態になりかねない。

「それなら私に任せてもらえませんか」

腹を括《くく》って江波は言った。南村が慌てた。

「どうするんですか。うちの署長は母屋（警視庁）の判断待ちで、母屋は合同捜査本部の判断待ちです。いま勝手に動いたら――」

「有給休暇ということにする。どうせ山に入るつもりだったから、着ているのは私服の登山ウェアで、拳銃も携行していない。一私人として避難小屋に逗留《とうりゅう》する」

「小屋を監視するんなら、ご一緒しますよ」

「そんな警察ファッションじゃ話にならん」

江波は笑った。南村をはじめ本署の捜査員の出《い》で立《た》ちは、さすがにスーツ姿ではないものの、警察のロゴ入りのウィンドブレーカーに紺の作業ズボンで、靴も登山用とはほど遠い編み上げのワークブーツ。それでは容疑者に逃げてくださいとサインを送るようなものだ。

「小屋にある荷物が石川のものなら、やつは必ず姿を見せる。おれがそこにいれば、お母さんが立ち寄ったとしても安全は確保できる。おまえたちは管理事務所の作業用車両を借りて作業道の終点で待機していてくれ。石川が現れたら携帯で呼び出す。そこから避難小屋までは十分もかからない」

「だったら私の銃を携行してください」

南村がウィンドブレーカーの下のショルダーホルスターを示す。江波は首を振った。

「見破られたら目も当てられない。心配ないよ。石川は飛び道具は持っていない」

駐在所勤務になってやむなく拳銃を携行しているが、かつては丸腰で捜査に当たるのが強行犯担当刑事としての矜持《きょうじ》だった。刑事の武器は知力と努力で、武力は無用と心得ていた。心のなかでそんな刑事魂《だましい》にギアが切り替わるのを江波は感じた。

孝夫からはまもなく連絡があり、いま湯久保尾根の中間あたりだという。杣道や獣道も注意深く覗いているが、純香の母親の姿は見当たらないようだった。

現状を説明し、見つかっても見つからなくてもそのまま下山して、こちらへは戻らないようにと言っておいた。江波を巻き込んだのは自分だから、それでは気が済まないと孝夫は食い下がったが、すでに民間人が関与できる段階ではないのだと強引に説得した。

時刻は午後三時を過ぎ、どんよりした空からは大粒の雨が落ちていた。樹林のなかは無風だが、杉の梢《こずえ》の揺れ具合で風も強まっているのがわかる。稜線で風雨にさらされれば低体温症に陥る。それは山での遭難死で大きな比重を占めている。彼女の行方《ゆくえ》がわからないことが、いまや最大の不安要因だった。

管理事務所にプールを預かってもらい、作業用のバンを借りて都民の森の作業道を終点まで登り詰める。南村たちはそこに停めたバンのなかで待機し、江波は登山道を避難小屋へと向かった。

小屋には誰もいなかった。孝夫が言ったとおり、壁際に家財道具一式といってよさそうな荷物が置いてある。

江波も適当に距離を置いてザックを降ろした。天候悪化で避難した登山者を装うために、ストーブとコッヘルを出してお湯を沸かす。

小屋の内部は清潔なフローリングで、片隅に十組ほどの布団が備え付けてあり、南東向きの大窓が洒落《しやれ》たロッジのような明るい雰囲気を醸《かも》し出している。

その窓にも大粒の雨滴が打ちつけている。荷物だけ小屋に置いて石川はどこにいるのか。しかしテントを運び込んでいる以上、ここにやってくるのは間違いない。


一時間待っても石川は姿を見せない。孝夫は登山口まで下りたものの、けっきょく母親を見つけられず、バスと電車を乗り継いでこちらへ戻ってくるという。

これからさらに天候が悪化すれば、彼女の捜索のためにまとまった人数の救助隊を組織することになる。一方で石川を捕まえ損ねれば、そちらも大々的な山狩りに発展しかねない。狭い山域でその両立は無理な注文だ。重要なのはなんとしてでもここで石川を捕捉することなのだ。それも一刻も早く――。

マナーモードの携帯が唸る。南村からの着信だ。耳に当てると苛立《いらだ》った声が流れてくる。

「まだ現れませんか」

「まだだ。本署の動きはどうなんだ」

「各登山口に検問を設けて、入山者の規制と不審者の訊問を始めたようです」

「やらないよりはましという程度だな。まあいい。変に張り切って邪魔されるよりは」

「奥さんも姿を見せていないんですね」

「ああ。雨も強まってきた。孝夫君も発見できなかったようだ。山岳救助隊の出動準備を進めてくれないか。石川を検挙したらすぐに動き出せるようにして欲しい」

「了解。ご主人と娘さんが心配しています。最終的にはどっちを選択するかですね」

南村は厳しい判断を覚悟しているようだ。このまま石川が姿を見せなければ、どこかで人命救助を優先する決断を下すことになる。上に判断を仰いでも埒《らち》は明かない。場合によっては進退を懸けることになるだろう。

そのとき戸口の外で物音がした。

「だれか来た。あとで掛け直す」

通話を切って携帯を仕舞い、素知らぬ顔で様子を窺《うかが》うと、戸口のドアが開き、いたわるような男の声が聞こえてきた。

「寒かっただろう。早く入んな。すぐに暖かくしてやるからな」

それに答えるように犬の鳴き声が聞こえ、栗色の毛並の小ぶりな犬が駆け込んできた。激しく体を揺すり、雨に濡れた体毛の水気を振り払う。首輪はつけていない。

その姿を見て江波は目を疑った。柴犬だ。それも写真で見たチャムとそっくりだ。

続いて男が入ってきた。白髪まじりの髭が顔の下半分を覆っている。耳や襟足を隠す蓬髪《ほうはつ》も、明らかに安物と見えるレインウェアも、雨でぐっしょり濡れている。

いったん奥まで駆け込んだ柴犬は、すぐさまUターンして男の足にじゃれついた。男は屈み込んでその頭を慈《いつく》しむように撫でている。

そのとき男は江波がいるのに気がついた。足元の犬に向けられていた優しい眼差しが、別人のもののように険しくなった。

「いつからここにいる?」

男は鋭い口調で訊いてくる。その瞳の色は威嚇《いかく》しているようでもあり、怯《おび》えているようでもある。平静を装って江波は応じた。

「一時間くらいまえですよ」

「どこから来た?」

「三頭山から縦走してきてね。湯久保尾根を下る予定だったけど、雨がひどくなったんで、ここで一泊することにしたんです」

「それにしちゃ、あまり濡れてないな」

男の指摘にぎくりとする。なかなか観察が細かい。動揺を隠して江波は言った。

「ここに来たときは大した降りじゃなかったし、休んでいるうちに乾いたんでしょう」

男はふんと鼻を鳴らし、濡れたレインウェアを脱いで、荷物がある場所にどっかり座り込む。柴犬はその膝に乗り、体を伸ばして男の髭面を舐め回す。男はその頭や背中をいかにもいとおしそうに撫でてやる。ただならぬ関係に思われた。その柴犬がチャムなのは間違いない。それがどうしてここまで懐いているのか——。

「よしよし、コロ。腹減ってるだろう。いま美味《うま》いものをつくってやるからな」

男はカセットコンロに焼き網を置いて点火して、ザックから取りだしたものをその上に載せた。イワナの干物だ。渓流で釣り上げて、保存食として加工したもののようだった。

柴犬は待ち遠しそうに上目遣いに男を見上げ、鼻をうごめかして舌なめずりをする。「コロ」というのが男がつけた名前らしい。

南村に見せてもらった手配写真の記憶を、頭のなかで男の髭面に重ね合わせる。間違いない。石川和正だと確信した。

江波は立ち上がった。男が警戒するように問いかける。

「どこへ行く？」

「トイレだよ」

素っ気なく答えて戸口へ向かう。トイレは隣接した別棟だ。もちろんそれは口実で、南村に携帯で連絡を入れるためだった。

ドアを開けると、外から冷たい風が吹き込んだ。柴犬が突然立ち上がり、小走りに戸口に駆け寄ると、鼻をひくつかせながら外の様子を見回した。直後になにかに弾かれたように、開いている戸口を走り抜けた。

「おい、コロ、どこへ行くんだ？」

男は声を上げ、慌てて犬のあとを追う。

「おまえが不用心に戸を開けるからだ」

すれ違いざま毒づいて、男はそのまま外へ飛び出した。江波もすかさずそれに続いた。

小屋の周囲は葉の落ちた広葉樹林で、葉のある季節のように雨を防いではくれない。柴犬の姿はどこにも見えない。それでも男は犬並みの嗅覚でもあるかのように、迷うことなく山頂の方向に走り出す。

雨着を着る余裕はなかった。山シャツの襟元から雨滴が浸入する。木立を吹き抜ける風に体温を奪われる。こんな状態を続けていれば、低体温症で命を失うことにもなりかねない。

純香の母親の安否が気にかかる。もし万一のことがあったとき、その救出に万全を尽くしたと自信をもって言えるのか。石川の検挙を優先した選択が正しかったと言えるのか。

前方の藪のなかで甲高《かんだか》い犬の声がする。男はその藪に駆け込んだ。

犬の声が止んだ。江波も藪に駆け込んだ。

しばらく進むとクマザサの茂みに横たわる人影が見えた。赤いアノラックを着た女性のようだ。男は傍らにしゃがみ込み、肩を揺すってなにか語りかけている。江波はさらに近づいた。純香が見せてくれた写真にチャムと一緒に写っていた、純香とよく似たあの婦人だった。

柴犬は前足を女性の胸に押し当てて、心臓マッサージでもするように交互に動かしながら、甘え声を出して顔を舐め回す。

「まだ息がある。救助隊を呼んでくれ」

男が唐突に振り向いて言う。その声に奇妙な温もりが感じられる。江波は戸惑った。救助隊が来れば身元が割れる。石川ならそんなことは嫌うはずだ。やはり別人なのか――。穏やかな口調で男は続けた。

「わかってるよ。あんた刑事だろ。下の作業道の終点に停まっている車のなかにいるのはお仲間なんだろ」

「気づいていたのか」

「ああ、そろそろ年貢の納めどきだと思ってね。コロはいいことをしてくれた。人殺しのおれに、最後に人助けをさせてくれた」

男の瞳が潤んで見えるのは、雨のせいなのか涙のせいなのか、江波にはとっさにわからない。そのとき か細い、しかし情愛の籠もった女性の声が、クマザサを打つ雨音を縫って聞こえた。

「チャム、元気だったのね。置き去りにしてごめんね。ずっと私を待っててくれたのね。ありがとうね、チャム――」

石川は南村と配下の捜査員に逮捕された。

純香の母親は軽度の低体温症で、搬送された病院で治療を受けて翌日には元気に退院した。それでもあと数時間あの状態でいたら、命に関わる事態に至ったのは言うまでもない。

石川が御前山にやってきたのは十日ほどまえだった。あちこちの避難小屋を転々とするうちに何人もの登山者に目撃されていたため、そろそろ危険だと警戒心が働き、居心地のいい避難小屋は諦めて、人目に付かない沢筋にテントを張っていたという。

トラバサミは不慣れで成果が得られず、食料の確保には釣りのほうが効率がよかった。チャムと遭遇したのは栃寄沢の支沢でイワナ釣りをしていたときだったこともあった。動物の死骸が流れてきた。久しぶりに肉にありつけるかもしれないと喜び勇んで引き揚げてみると、それは犬だった。そのうえまだ息があった。

上流には滝があり、その下は深い滝壺で、滝の上は急傾斜の岩場だった。たぶん真上の尾根から転落して滝壺に落ち、岸に上がれずにいるうちに体が凍えてしまったのだろう。

乾いた布でマッサージしてやると、犬はまもなく意識を取り戻した。少年のころ飼っていたコロという柴犬にそっくりだった。

焼いたイワナと味噌汁をかけたご飯を与えると、犬はきれいに平らげて、しばらく無邪気にじゃれついてから、安心しきったように膝の上で眠りに落ちた。石川は迷わずその犬をコロと名付けた。

孤独な逃亡生活で渇ききった心に、コロは砂漠の泉のように潤いを与えてくれた。

首輪には電話番号が書いてあり、そこに連絡をすれば飼い主に引き渡せるのはわかっていたが、料金を払っていない携帯電話はすでに使えず、それ以上にコロなしでこれからの逃亡生活に堪えられるとは思えなかった。コロを連れて山菜採りに出かけたときに、クマザサの藪に首輪は捨てた。

下請け苛《いじ》めで会社を倒産させた元請けの社長を殺したことへの良心の呵責《かしゃく》は微塵もなかった。借金を背負った自分を見捨てた妻子にもなんの愛着も感じていなかった。落ちるところまで落ちた自分にコロは無償の愛を注いでくれる。そんなコロの瞳を見つめているだけで目頭が熱くなった。

人間というのは因果な存在だと石川は日ごろから思っていた。同類を愛することがこれほど下手な生き物がほかにいるものかと訝《いぶか》った。自分が世界の誰一人愛せないことを石川は知っていた。そしておそらくこの世界で自分を愛してくれる人間も皆無だろうということを。人が口にする愛は他人を利用するための方便に過ぎないというのが、石川がこれまでの人生で得た最大の教訓だった——。

管理事務所の一室で青梅署からくる護送車を待つあいだ、問わず語りに石川はそんなことを語り、穏やかな表情でさらに続けた。

「ただね、あの奥さんと会っておれのなにかが変わったんだよ。コロの喜びようをみで命を擲《なげう》つ覚悟て、あの人が飼い主だとすぐにわかった。どんな経緯か知らないけど、命を擲つ覚悟でコロを探しに来てくれた。たかが犬一匹のためにだよ。それが無性に嬉しくてね。だからあの人の命を救うことがおれの義務なんだと、あのときわけもなく感じたんだよ――」

一刻も早く病院へ運ばなければならない状態だとは想像できた。石川は考えた。自分が逃げれば現場が混乱して救出が遅れる。自分が大人しく逮捕されることが、あの人の命を救ういちばんの近道だと――。

「コロのためにもそうしてやらなきゃと思ってね。逃げれば逃げられた。しかし捕まるのは時間の問題だ。コロはあの人が大好きで、あの人もコロが大好きだ。おれにはそれがよくわかった。そう感じたとき、心のなかの氷が融けたような気がしたんだよ。おれにも人を愛することができるんだって。それを教えてくれたのがコロなんだよ。つまりあいつみたいに無心にやればいいんだって――」

石川の逮捕劇から数日後、孝夫が駐在所にやってきてしみじみ言った。

「江波さんから石川の話を聞いて、おれもいろいろ考えさせられたよ」

「コロから人の愛し方を教えられた話か」

「ああ、変に説得力があると思ってね。たしかに動物から教えられることってあるよ。その意味じゃプールだっておれの先生だよ」

いつもの挨拶をしようと歩み寄るプールを抱きとめて孝夫は続ける。

「でもそれって、石川みたいに人生の崖っぷちに立った人間だから見えた真実なのかもしれないね」

「ああ、犯したのは重い犯罪でも、情状の余地はだいぶありそうだからな」

「人生をぶっ壊されたわけだからね。そういう意味じゃ、おれなんかまだ幸せなほうだよ」

口にしている話題にはそぐわず、どこか嬉しそうな表情を見れば、どうやらその幸せの由《よ》って来《きた》るところについて話したいらしいとわかる。気を利かせてこちらから訊いてやる。

「それで孝夫の愛の行方はどんな具合なんだ？」

「そうストレートに訊かれると困るけど」

孝夫は頭を掻いた。駐在所の窓の向こうには逆光に浮かび上がる御前山の大きなシルエット。湖水を渡る風は日に日にぬるんで、日当たりのいい場所ではすでに五分咲きの桜が出始めている。

「こんどの週末、予定はあるの？」

「とくに決めてはいないけど」

先週行きそびれた雲取山に登るつもりでいたが、孝夫が思惑ありげなので、しらばくれて様子を窺うことにした。案の定、孝夫はおずおずと切り出した。

「雲取山に行こうと思うんだよ。チャムも一緒に来るから、プールもどうかと思って」

「チャムが一緒にって、誰と？」

「もちろん純香ちゃんだよ。あ、江波さんが忙しいんなら、プールだけでもいいんだよ」

「おれ抜きのダブルデートは許せんな」

江波は突っかかるように言ってみた。孝夫は慌てて首を振る。

「そんなつもりじゃないよ。ただ無理をさせちゃいけないと思って」

「無理なんてことないよ。しかしどうしても邪魔だと言われるんじゃ、しょうがない」

「邪魔だなんてとんでもない。彼女だってもう一度江波さんに会ってお礼したいって言ってるんだから。おれの言い方がまずかったんなら謝るよ。なんとか機嫌を直してよ」

孝夫は修復に懸命だ。江波は内心ほくそ笑んだ。奥手の孝夫が独力で純香とのデートの約束を取り付けたのはとりあえず喜ばしいことだった。自分の近くでもう一つの春がほころび始めているらしいのが江波は嬉しかった。

〈おれにも人を愛することができるんだって。それを教えてくれたのがコロなんだよ。つまりあいつみたいに無心にやればいいんだって――〉

石川のそんな言葉を思い出す。彼が置かれた状況とは大いに違うが、そこには江波の心にも、おそらく孝夫の心にも響くものがあったわけだった。そして思った。いまの自分はそんな前向きな気持ちをどこかで見失ってはいないかと――。

ある思いが立ち上がった。そうだ、久しぶりにあの人を山に誘おう――。その人の面影が思い浮かび、奥多摩の稜線を渡る春風のように、江波の心を新しい季節への予感が吹き抜けた。

仙人の消息

開け放ったパトカーの窓から吹き込む初夏の風が心地よい。

江波淳史は眩《まぶ》しく輝く奥多摩《おくたま》湖の湖水に目を細めた。助手席では相棒のプールが、きょうも平和な一日になりそうだと言わんばかりに大あくびをする。

関東地方に梅雨《つゆ》明け宣言が出たのは一昨日で、頭上にはきょうも抜けるような夏空が広がっていた。

駐在所に戻り、昼食の支度を始めたところへ電話が鳴った。受話器をとると、流れてきたのは内田《うちだ》遼子《りょうこ》の声だった。

「パトロール、終わったの」

「いま帰ったところだよ。そっちは？」

「お休みなのよ。お昼、まだなんでしょ」

「これからつくろうと思ってたんだ」

江波は声を弾ませた。遼子は町立図書館で司書をやっているが、きょうは月曜日で休館日なのを思い出した。彼女の父親を冤罪《えんざい》から救ったある事件をきっかけに親しく付き合うようになり、二人の休日が合えば山に一緒に登ったりもする間柄だ。

どちらもバツイチで、周囲は似合いだとはやし立てるが、江波は結婚についていまも臆病で、なかなか一歩が踏み切れない。遼子がどう思っているかは知らないが、単なる好感以上のものがありそうな気配は、その種の機微に疎《うと》い江波にも感じとれる。

「よかった。ちらし寿司をつくったから持ってくわね。プールのぶんも用意したから」

電話の話が聞こえたわけでもないだろうが、足元に寝そべっていたプールが首をもたげてクーンと甘えた声を出す。なにか楽しいことが起きそうだという気配を江波の表情から感じとったらしい。遼子は料理が趣味で、ときおり自慢の作品のお相伴《しょうばん》に与《あずか》らせてくれる。

「それは楽しみだ。お父さんは元気？」

「朝から盆栽いじり。夏は手入れが大変なのよ。生長が早いし、虫がつきやすいから」

父の内田省吾《しょうご》は、奥多摩町役場を定年退職してまもなく妻に先立たれ、認知症によく似た症状の老人性鬱病《うつびょう》に陥ったが、いまはほとんど回復し、遼子と親子二人で睦《むつ》まじく暮らしている。

地元の人々との垣根のない交流は駐在所長にとって欠かせない。勤務は一日八時間、週休は二日と建前上は決まっているが、現実は二十四時間毎日勤務と言ってよく、早い話がこの土地で暮らすこと自体が仕事のようなものなのだ。

さぞかし窮屈だろうと当初は思っていたが、赴任してしばらくすると、山村のゆったりした時の流れに公私ともに身を委《ゆだ》ねることが、むしろ人として自然な生き方にも感じられてきた。持って生まれた気質と土地柄の相性もあるだろう。馴染《なじ》めずに早々と異動していく者も少なくないが、江波はこの土地に骨を埋《うず》めてもいいような気にさえなっている。

「忙しいのはいいことじゃないのかな。体の健康にも心の健康にも」

そんな言葉に、遼子は明るい声を返す。

「最近は抗鬱剤も必要なくなったみたいなの。元気になったのはいいけど、こんどは逆に口うるさくなってね」

「どういうことに？」

「父親が娘のことで気にかけることなら、たいがい決まっているじゃない」

そう言われてもとっさに思い当たらない。反応の鈍い江波に焦《じ》れたように遼子は続けた。

「いつまで独り身でいるのかとか――」

「ああ、そういうことか」

「うん。つまりそういうことよ。じゃあこれから行くからね」

拍子抜けしたように遼子は電話を切った。間《ま》が悪い会話に我ながら苦笑いするが、ほかに気の利いたリアクションも思い浮かばない。

五月の下旬には遼子と一緒に雲取山《くもとりやま》へ登った。孝夫と彼が首ったけの寺井純香の山デートに付き合わされてのダブルデート、いや純香の家の愛犬チャムとプールも仲良くやっていたから、トリプルデートといったところか。

なかなか休みが合わないから一緒に登る機会は年に何度かだが、奥多摩の山は遼子にとっても愛すべき場所のようで、しばしば一人でも登っているようだ。新参者の江波にとっても、自分が好きな奥多摩を遼子が愛してくれるのは嬉しいことだ。

遼子の家から駐在所までは車で五分もかからない。さっそくお茶の用意をし、ご馳走の到着を心待ちにしているところへ池原旅館の主《あるじ》の池原健市がやってきた。

「江波さん、ちょっと気がかりなことがあるんだよ——」

事務室の椅子に勝手に腰を下ろし、池原はどこか深刻顔だ。

「例の仙人なんだけど」

「田村幸助《たむらこうすけ》さん？」

池原は頷いて続けた。

「半月ほどまえ、せがれがお客さんを案内してサス沢山に登ったとき、御前山《ごぜんやま》から下りてくるところに出くわしたそうなんだが、それから見かけたという話を聞いていない。七ツ石《なないし》小屋や奥多摩小屋の主人も心配しているようなんだ」

地元ではその人のことを仙人と呼んでいるが、本人が自称しているわけではない。田村幸助という名前にしても、三年まえの春に奥多摩に姿を現したときに、たまたま水根《みずね》の駐在所に登山届を出していて、そこに書いてあった名前がそうだっただけで、本名かどうかはわからない。年齢は六十七歳と記載されていたから、正しければ現在は七十歳ということになる。

そのときは遭難や事故が起きたわけではなく、自宅にも記載されていた緊急連絡先にも電話を入れる必要はなかった。自宅は青梅《おうめ》市となっていたが、緊急連絡先として書かれていたのは同じ姓の女性の名前で、電話番号は東京都区内のものだったと記憶している。

奥多摩に現れたころは普通の登山者だったが、普通と違ったのはその頻度だった。江波は月に二、三度、見かけることがあり、まもなく会えば挨拶を交わす間柄になっていた。

そのうち地元で話題になり出した。山小屋の主たちやあちこちの登山口の商店や旅館や民宿関係者の話を総合すると、ほとんど毎日、奥多摩の山のどこかに出没しているらしい。

奥多摩は都心から近いこともあり、リピーターも珍しくない。だからといってせいぜい年に数回、季節を変えてやってくるパターンが大半で、職場に通勤するように奥多摩へ通い詰める登山者はまずいない。

地元の人間ととくに積極的に付き合おうとはしないが、声をかければ挨拶を返すし、気が向けば立ち話に応じることもある。

なぜ奥多摩にこれほど執心するのかと訊《たず》ねた者もいるが、ここはいいところだからと言うばかりで、納得できるような答えは返してくれない。連続登山記録でも狙っているのかと水を向けても、そういうことには端《はな》から興味がないと笑うだけらしい。

奥多摩駅の駅員の話では、青梅と奥多摩間の定期乗車券を持っており、朝やってきて夕方帰ることもあれば、二日か三日戻って来ないこともある。戻っても来ず、翌日また奥多摩駅に下車することもあるという。

つまり山中で何泊かすることがあり、秋川方面や秩父《ちちぶ》方面へ下山することもあるようだ。そのうち駅員も慣れてしまって、馴染みの通勤客のように、顔を合わせれば自然に挨拶を交わすようになったという。

仙人が山にやってくるのは雪の心配がない五月から十一月までで、どうやら寒さは苦手らしい。さすがに台風の日などはやってこないが、多少の雨なら平気で入山し、なにごともなく下山してくる。眺望のない雨の山など普通の登山者は敬遠するが、仙人にとってはそれも愛する奥多摩の表情の一つなのだろう。

営業小屋に泊まったという話は聞いていない。ときおり水の補給や昼食のために立ち寄るくらいで、数日にわたる入山のときは、避難小屋を使うか野宿をしているのだろうというのが大方の想像だ。

その登山スタイルが突然変貌したのは奥多摩に通うようになって二年目に入ってからだった。足ごしらえはそれまでのトレッキングシューズから地下足袋《じかたび》と脚絆《きやはん》に、背負っていた登山用のザックも、木製の背負子《しよいこ》にキャンバス製の頭陀袋《ずだぶくろ》をセットした風変わりなものに変わっていた。

雨が降れば、それまで愛用していたゴアテックスの雨着の代わりに、頭には菅笠《すげがさ》、体にはビニールシートを加工した雨合羽を纏《まと》う。

ある小屋の主人が理由を訊ねると、それはまだ登山がスポーツとして定着する以前にこの山域を往来した杣人《そまびと》や旅人の姿に近いもので、山に溶け込み、山の鼓動と一体化するにはいちばんだというような話をしたという。

国立公園内での焚《た》き火《び》は禁じられているので、一泊以上の山行のときは煮炊き用のガソリンストーブくらいは携行するが、ラジオや携帯電話や懐中電灯のような文明の利器は極力持ち込まないと本人は言ったらしい。

いまどきの常識からすればかなり異様な風体で、鈴をつけた金剛杖《こんごうづえ》を片手に尾根や谷を駆けるような速さで歩き回る。整備された一般ルートも廃道や獣道《けものみち》も区別なく、興味の赴くままに藪《やぶ》を掻《か》き分け、谷を遡行《そこう》する。

荷揚げで登る小屋の関係者がそんな姿を何度も見かけた。まさかと思う場所から突然姿を現して、またまさかと思う方向に姿を消す。それに加えて肩までの蓬髪《ほうはつ》に山羊《やぎ》のような顎髭《あごひげ》――。そんな姿が見られるようになって、地元の人々が献上したニックネームが「仙人」だった。

「半月のあいだ、誰も見ていないわけ？」

江波が問い返すと、池原は不安げな表情で頷いた。

「そうらしいんだよ。山小屋の親爺連中も見ていない。奥多摩駅の駅員も乗り降りするところを見かけないそうなんだ。変だろう」

「普通の人ならともかく、あの仙人に関してはたしかに変だね」

江波も頷くしかない。深い付き合いはなかったが、そういう点なら池原にしても小屋の人間にしても似たようなものだろう。

独特の山支度に身を固め、軽快な足どりで山に向かう仙人の姿は江波もしばしば目にしていたし、山道で出会って当たり障りのない会話をしたこともある。

間近に見れば眼光鋭く、額《ひたい》や頬には深い皺《しわ》が刻まれ、小柄だが贅肉《ぜいにく》のそぎ落とされた体は野生の獣のように精悍《せいかん》だ。しかし言葉の調子はいたって温和で、話し好きというわけではないが、ことさら偏屈なところもない。

本人の境涯《きょうがい》に触れるような話題になると、穏やかに笑ってそれには答えず、それじゃあと言って先を急いでしまう。趣味と仕事を兼ねた山歩きのせいで、江波も脚力では常人を上回る自信はあるが、そんなとき、たまたま方向が同じでも、どう頑張っても仙人のペースについていけない。

世間の基準からいえば変人の部類だが、人に迷惑をかけたり不快感を与えるわけではない。自慢げに来歴を語るでもないし、なにかを成し遂げて名を挙げようという肩肘張ったところもまるでない。律儀《りちぎ》に自宅と山を行き来しているところをみれば、世捨て人というわけでもないらしい。

そんな仙人が江波が思い描く奥多摩の山の情景に、いまではなくてはならない点景として住み着いている。池原にしても小屋主たちにしてもたぶん思いは同じだろう。

「ああいう人だから簡単に遭難したりはしないだろうが、体調を崩して寝込んででもいるんじゃないかとつい気になってね」

親身な口ぶりで池原は言う。遭難届が出ているわけではないから、警察が首を突っ込む段階ではない。しかし仙人の身になにかがあった可能性は高い。池原は自宅や緊急連絡先に安否を問い合わせたいのだろう。

「あとで連絡をとってみます。無事でいるならそれでよし。遭難でもしていたらまずいですから」

「そうしてもらえるとありがたい。どうも落ち着きが悪くてね。もし遭難だとしたら、もう半月も経っているわけだから――」

池原はそこで口ごもる。言いたいことはよくわかる。山で遭難したとしたら、半月経って生存していることはまずあり得ない。池原はそうではないことを確認したいわけだろう。

「心配ないですよ。そろそろ奥多摩も飽きて、ほかの山に登っているのかもしれないし」

努めて明るい調子で江波は言った。

そんな話をしているところへ遼子がやってきた。

「お待たせ。あら、池原さん、いたの？」

「邪魔だと言うんなら、帰るけど」

池原はにやついて立ち上がる。

「そんなこと言ってないじゃない。でも池原さんのぶんはないけどね」

遼子はさらりと応じて、手にしていた風呂敷包みをデスクの上に置いた。風呂敷を開くと、漆塗《うるしぬ》りの重箱と小ぶりのプラスチック容器が重なっている。

「遼子ちゃんがつくったのか」

池原が身を乗り出す。遼子は頷いて、重箱の蓋《ふた》を開けてみせた。

「こっちは江波さんのぶん――」

錦糸卵《きんしたまご》や椎茸《しいたけ》、絹さや、筍《たけのこ》、蓮根《れんこん》、海老、イクラといった具材が目にも鮮やかだ。

続けてプラスチック容器の蓋を開く。

「それからこっちはプールのぶん。材料は人間のと同じだけど、ご飯は普通のにしてあるの。酢飯はワンちゃんの好みに合うかどうかわからないから――」

こちらも見た目は江波のと変わらない。遼子の足元でしきりに鼻をうごめかし、プールはすでに気もそぞろだ。池原も興味津々という様子で身を乗り出す。

「こりゃ美味《うま》そうだな。うちのメニューにもこういうのを入れようかな。帰ったら調理場に相談してみよう」

老舗《しにせ》旅館の主の池原に言われて、遼子もまんざらではなさそうだ。

「いいんじゃないかしら。さっぱりしてるから夏場は食欲も増すし、地元の山菜を使えば土地の特色も出せるしね」

「いやあ、久しぶりのご馳走だ。助かるなあ。いつものように買い置きの総菜で誤魔化すつもりでいたんだよ」

江波も口元が緩んだ。社交辞令ではない。折々にお相伴に与らせてくれる遼子の料理は玄人《くろうと》はだしで、単調になりがちな独身男の食生活に思いがけない彩りを与えてくれる。遼子は空いている湯飲みにお茶を注ぐ。

「余計なお世話じゃないかと心配だったのよ。よかったわ」

「とんでもないよ。そのうえプールにまで気を遣《つか》ってくれて」

「おれには気を遣ってくれないわけか」

池原は不服顔だ。遼子は笑って応じた。

「いるって知ってたら用意したわよ。それに池原さんはこの道のプロじゃない。お客さんに美味《おい》しい料理を出すのが仕事なんだから」

「ところが紺屋《こうや》の白袴《しろばかま》でね。余り物の賄《まかな》い料理ばかりだから、たまにはちゃんとしたものを食って舌に磨《みが》きをかけないと」

「だったら次は池原さんのぶんもつくるわよ。じゃあ父が待ってるから私はこれで。容器はあとでとりにくるわね」

帰ろうとする遼子を池原が引き留める。

「いま仙人の話をしてたんだよ。遼子ちゃんは最近見かけたかね」

「いいえ。ここのところ山へは登っていないから。なにかあったの？」

「じつはね——」

池原が説明すると、遼子は眉を曇らせた。

「それは心配ね。私が会ったのは一ヵ月くらいまえ。六《む》ツ石山《いしやま》の頂上を通りかかったら、石に腰掛けてちょっと辛そうにしていたのを覚えているわ」

「辛そうにしていた？」

江波が問い返すと、遼子は手近なパイプ椅子に腰を下ろした。プールは我慢しきれない様子でその膝《ひざ》に前足を乗せ、デスクの上のご馳走に流し目を遣う。遼子が容器を足元に置いてやると、プールは喜び勇んで賞味にとりかかる。

「そうなの。なんだか顔色が悪くて、首筋にじっとり汗が滲《にじ》んでいたのよ」

「珍しいね。山の精気が栄養源みたいに、山にいるときは元気そのものだったのに」

「私、訊いてみたのよ。具合が悪いんですかって。そしたら大丈夫、大丈夫って言って、氷川《ひかわ》方面へ下っていったのよ」

「そのときの足どりは？」

「あれじゃ普通の人と変わりなかったわ。私は榛《はん》ノ木《き》尾根を通って水根に下ったんだけど、ついていってあげればよかったって、ちょっと後悔したくらいよ」

普通の人と同じで心配されるところが仙人の仙人たるゆえんだが、そのときすでに体調に異変があったとしたら、いまはそれがより悪化して、山に登れない状態だとも考えられる。池原が首を振る。

「せがれがサス沢山で会ったときは普段通りかくしゃくとしていたらしい。いくら仙人でも体調のいい悪いはあるだろうからな」

「でもそのとき以来、奥多摩に姿を見せていないとなると、やっぱり気になるわよね」

遼子は不安を隠さない。彼女にとっても池原にとっても、小屋の主人や奥多摩の駅員にとっても仙人は赤の他人だが、元気で山に登り続けて欲しいという偽らざる思いがあるらしい。

それは江波も同様だ。仙人は自分についてほとんど語らない。なのに接していると なにかが伝わってくる。心に染みてくると言うべきか。小さなランタンから発せられる輻射熱《ふくしゃねつ》のように、ほのかだが体の芯にじかに伝わるような温《ぬく》もりを感じさせるのだ。池原が身を乗り出す。

「こんな言い方をしちゃ失礼かもしれないが、あの人は山の獣みたいに自然のなかに溶け込んでいた。おれや上で暮らしている小屋主たちだって、ああいう境地にまでは達していない。いくつのときから山に登り始めたのか知らないが、言うなれば奥多摩の重要文化財だよ。いや天然記念物と言うべきかな」

「そうだよね。いなくなったら、なにか大きなものを失うような気がするね」

同感だというように遼子は頷く。いかにも食欲をそそる目の前のちらし寿司にさっそく箸をつけながら江波は言った。

「なんとか連絡がつけばいいんだけどね。無事でいてくれれば、それでこちらも安心できるし、体を壊すとか困ったことが起きているようなら、お節介かもしれないけど、なにか手助けができるかもしれないし」

「じゃあ、なるべく早く連絡をとってみてよ。無事でいるならおれも安心できるから」

そう言って湯飲みのお茶を飲み干すと、池原はそそくさと帰っていった。

「私も帰らないと。父がお腹を空かして待ってるから」

遼子も立ち上がる。舌鼓《したつづみ》を打ちながら江波は言った。

「きょうはごちそうさま。本当に美味いよ。図書館の司書なんかやらせておくのはもったいない」

「だったら別の就職口を見つけてくれる？」

遼子の顔が真剣だ。江波は問い返した。

「希望は？」

「例えば主婦業とか――」

戸惑う江波に、遼子は笑って続けた。

「冗談よ、冗談。いまは司書の仕事にやりがいを感じてるのよ。料理はあくまで趣味だから。仙人さんのことでなにかわかったら私にも教えてね。話を聞いたらすごく気になってきちゃった」

すでに自分のぶんは食べ終えて、まだ物足りないように見上げるプールの頭を一撫《ひとな》でするると、遼子も慌てて帰っていった。

食事を終えて、江波は事務室のロッカーから段ボール箱を一つ引き出した。業務日誌やら拾得物や盗難の届け、山岳救助の報告書の控えなどと一緒に、過去に受理した登山届もファイルしてある。

目的のものはすぐに見つかった。まず青梅の自宅にかけてみた。何度呼び出しても応答がない。留守電もセットされていないようで、いつまで経っても呼び出し音が鳴り続ける。

どこかへ出かけているのならあとでかけ直せばいいわけだが、そうするにしてもなにか気持ちが落ち着かない。

いまはナンバーディスプレイが普及しているから、知らない相手からの電話に応答しない家は少なくない。ましてや仙人の年齢なら振り込め詐欺《さぎ》の恰好のターゲットだから、そういう可能性も大いにある。

時間をおいてまたかけてみるか、それとも緊急連絡先の女性のところにかけてみるか——。思い悩んだ末、江波は意を決した。姓が同じなら縁続きなのは間違いない。仙人の近況について、その女性からならなんらかの情報は得られるだろう。

女性の名前は田村奈津子《なつこ》。市外局番は〇三で、二十三区内に居住していることはわかるが、住所までは書かれていない。

ダイヤルすると、こちらも呼び出し音が続く。応答なしかと諦《あきら》めかけたとき、「もしもし」という男の声が流れてきた。

「突然失礼します。そちらは田村奈津子さんのお宅でしょうか」

丁寧な調子で問いかけたが、相手は逆に訊いてくる。

「あんた、だれ？　最初に名乗るのが筋だろう」

「失礼しました。私、青梅警察署地域課の江波と申します。じつは——」

事情を説明しようとしたとたんに、木で鼻を括《くく》ったように男は応じた。

「警察だと？　こっちは用事はないよ」

「少しお話をさせてください。犯罪の捜査に関わるような話ではありませんので」

「当たりまえだよ。おれはなにも悪いことはしちゃいない」

「用事があるのは田村奈津子さんでして。田村幸助さんのことでちょっとお伺いしたいことがあるんです」

「あんた、爺さんの行方を追っているのか」

男の調子が変わった。まずい相手と喋《しゃべ》ってしまったかもしれないと江波は警戒した。

「行方を追うとか、そういうことじゃないんです。お元気でいるのかどうか、それを確認したいだけでして」

「あのねえ、爺さんのことでなにか知ってるんならこっちが教えて欲しいんだよ。どこにいるかわかっててとぼけてるんじゃないのか」

男は凄みを利かせてくる。その口ぶりからすれば、男と仙人のあいだになんらかのなにやら深い関係があるのは間違いない。仙人が山に来なくなった理由とも大いに繋《つな》がりがありそうだ。相手が警察官と知ってこういう態度に出る男がまともな筋の人間とは思えない。それならなおさら刺激するのは得策ではない。

「こちらとしては田村さんの安否を確認したいだけなんです。山で遭難している可能性もあります。それならすぐに捜索にかからないと生命に関わることにもなりますので」

「爺さんは山になんか行ってないよ」

「どうしておわかりで?」

「半月前に家の近くで車に撥《は》ねられて足を折ったんだよ。本当に知らないのか」

男は探るように訊いてくる。それは貴重な情報だ。だとしたら山で遭難した可能性はほぼなくなった。絶対にと言いきれないのは、あの仙人なら松葉杖を突いてでも山に登りかねないという思いからだが、いくらなんでもそれは考えすぎだろう。

「知りませんでした。どこかに入院を？」

「言うことを聞かない爺さんで、一週間まえに勝手に退院しちまった」

「そのときはまだ完治はしていませんね」

「もちろんだよ。大腿《だいたい》部骨折で全治三ヵ月というのが医者の見立てだったから」

男はため息を吐《つ》く。ここまでの話の流れからして、仙人の安否を気遣ってのことだとは思えない。不審な思いで江波は問いかけた。

「失礼ですが、あなたと田村幸助さんはどういうご関係で？」

「なんでそんなことを言わなくちゃいけないんだよ。大きなお世話ってもんだろう」

「それはたしかに。そちらは田村奈津子さんのお宅で間違いありませんね」

「あんたはそこへかけたわけだろう。しかし電話に出たのはおれだった。それ以上なにも言うことはないよ」

「お名前をお聞かせ願えませんか」

「ジョニー・デップっていうもんだ。いやブラッド・ピットだったかな。近ごろ物忘れがひどくてね」

食えない相手だということだけはよくわかった。江波はひとこと釘を刺した。

「あなたがどういう人間か知らないけれど、調べようと思えばいつでも調べられますよ。そういうふざけたことを言っていると、田村幸助さんの身になにか起きた場合、まずあなたに容疑がかかるかもしれない。警察を甘く見ないほうがいいですよ」

「なんだよ、たかが制服のお巡りのくせに、偉そうなことほざくんじゃないよ。おれがどんな悪さをしたって言うんだよ。あの爺さんにひどい目に遭わされたのはこっちだよ。言うなれば被害者はこのおれだ」

地域課と言っただけで制服警官だと察しがつく程度に、男は警察事情に詳しいようだ。どういう素性の人間なのか、いよいよ頭が混乱してくる。

「だったら事情を聞かせてくれませんか。力になれるかもしれないでしょう」

「ふざけるなよ。そもそもあんた、本当に警官か。そうだとしても仕事で電話してきたわけじゃないんだろう。あの爺さんの周りには欲の皮の突っ張ったのがうじゃうじゃいるからな。美味しいところを掠《かす》めとろうとしてもそうはいかない。青梅の地域課の江波って言ったな。おれのほうもあんたのことを調べさせてもらうぞ。偽警官じゃないとしたら職権を濫用《らんよう》した脅迫だ。そのときはきっちり告訴してやるから、首を洗って待ってろよ」

言い捨てて男は電話を切った。その口ぶりからすれば警察関係者？　こちらは所属と氏名を知られてしまった。告訴うんぬんの話は脅《おど》しに過ぎないだろう。向こうもしろ暗いところがあるようだから、そんな挙に出れば藪蛇《やぶへび》だ。

しかし相手が何者かわからない以上、こちらが不利なのは間違いない。はったりは利かせておいたものの、正直言ってそれを調べるすべはない。

男が言ったとおり、こちらは田村奈津子という女性のところに電話をかけた。そこに男がいたということは、配偶者か愛人か、あるいは肉親のような関係か、いずれにしても同居しているらしいとみるのが妥当だろう。

しかし男はその女性が家にいるともいないとも言わなかった。そこが不気味な点だった。失踪しているのは仙人だけではないのではないか――。

元刑事の嗅覚《きゆうかく》がきな臭《くさ》い匂いを感じとっていた。大腿部骨折という重傷の身で、仙人はいまどこにいるというのか。

欲もなく見栄もなく、心のままに自然と戯《たわむ》れ、自在に人生を謳歌《おうか》していると見ていたあの仙人と、男がほのめかした仙人をとり巻く状況のギャップが頭のなかで埋まらない。

爺さんの周りには欲の皮の突っ張ったのがうじゃうじゃいる――。そう男は言っていた。それはどういう意味なのか。仙人がいまなんらかの事件に巻き込まれているとしたら、警察官として、いやそれ以上に奥多摩の山を愛する仲間の一人として、見て見ぬふりをするわけにはいかない。

池原と遼子に連絡を入れると、ときを移さず二人は飛んできた。

「気にくわない野郎だな。とっ捕まえて締め上げてやるわけにはいかないのか」

池原はいきり立つ。江波は宥《なだ》めるしかない。

「犯罪に当たる事実が認知されたわけじゃないから、それは無理ですよ。いずれにせよ山で遭難死した可能性はこれで消えたし、どこかで生きているのも間違いない」

「だからって、それで一件落着というわけにはいかないわよね」

遼子は深刻な口ぶりだ。たしかに同感だが、いまできるのは情報の収集くらいだ。そこで思い浮かぶ顔と言えば青梅署刑事課の南村だった。江波は言った。

「半月前の交通事故という話が本当なら、青梅署の交通課に記録が残っているはずだから、問い合わせれば搬送された病院もわかる。そこを出てからどこへ行ったかもわかるかもしれないし、怪我を抱えたまま退院しなければならなかった理由もわかる。

南村に言えば調べてもらえると思うんだけど」

「あんたの後輩の刑事さんか。一見頼りなさそうだけど、肝心なところでは骨を見せてくれるよな。さっそく頼んでみてくれるか」

池原は江波の上司のような口ぶりだ。なお思案げに遼子が言う。

「別の病院へ移ったんならいいけど、そうじゃないとしたら大変なことじゃない？」

「青梅の自宅で寝込んでいるということはないのか。身動きできなくて電話に出られないのかもしれないし、電話に出れば自分がいることがその男にばれるから、受話器をとらないのかもしれないだろう」

池原が膝を叩く。それもあり得なくはない。

「南村の体が空いているようなら、そっちも覗《のぞ》いてもらえるでしょう。難しいようなら、あすかあさって、休暇をとって私が見てきてもいいですよ」

「なんにしても、その野郎より先に仙人を見つけることだ。場合によっちゃうちで療養してもらったっていいんだ。病院へ通う必要があればせがれに車で運ばせるから。もちろん宿代なんて請求しないよ」

池原は心強いことを言う。かといってそんな好意を仙人が素直に受けるかどうかはわからない。

善は急げと江波が電話を入れると、南村はすぐに出た。

「先輩、ご無沙汰してます。青梅は暑くて堪《たま》らないんで、避暑がてら四方山話《よもやまばなし》でもしに行こうかと思ってたんですが、そっちは山の事故やらで忙しいんでしょう」

「学校が夏休みまえだからそれほどでもないよ。ところで折り入って相談があるんだが」

「なんですか。なにか事件でも？」

「じつは怪しげな事態が起きててね――」

ここまでの事情をかいつまんで説明すると、南村はさっそく乗ってきた。

「その仙人の話なら先輩から聞いたことがありますよ。私も一度お目にかかりたいと思っていたんです。しかし心配じゃないですか」

「そうなんだ。まだ事件性があるとはいえない段階で、手を煩《わずら》わせるのは心苦しいんだが」

「いいですよ。交通課に問い合わせればすぐにわかりますから、折り返し電話します。それから自宅のほうもあとで覗いてみますよ」

「そっちはそっちで忙しいんじゃないのか」

「ここんとこ書類仕事ばかりで退屈してたんです。気分転換と言っちゃなんですが、事件の匂いが懐《なつ》かしいくらいなもんでしたから」

「じゃあ好意に甘えることにしよう」

「ついでに田村奈津子という女性の自宅も調べておきますよ。電話会社に問い合わせれば番号から住所がわかりますから」

「それもやってもらえれば助かるな」

「しかし気になりますね、その男。警察関係者だとしたら手強《てごわ》いかもしれません。うちの署の関係者ということはないでしょうね」

南村は唸《うな》る。江波もそこまでは考えなかった。

「いや、ないこともないだろう。まだ大っぴらにしないほうがいいかもしれないな」

「事件性の有無はべつにしても、仙人の身辺でよからぬことが起きている惧《おそ》れは多分にありますね。とりあえずこちらは慎重に動きます。下手に騒ぎ立てて火に油を注ぐことになってはまずいですから」

「たしかにな。いまのところは民事レベルの話だが、警察が本格的に関わるような事態になったらかえってことだ」

胸騒ぎを覚えながら江波は言った。電話を終えて南村とのやりとりを報告すると、池原も不安を隠さない。

「警察関係者だとしたら薄気味悪い話だな。しかしいまどきはあんたみたいなのは珍しいくらいで、毎日のようにろくでなしの警官がニュースに登場するご時世だから」

そう言われると面目もないが、警察官が悪事に走った場合、捜査する側の手の内を知っているぶん扱いが難しい。現に先ほどのあの男も、こちらにできることとできないことを見極めて足元を見るような口を利いていた。

「それ以前に、仙人の怪我が心配よね。大腿部骨折で全治三ヵ月っていったら、普通の生活は無理だろうし、治ったとしても――」

切ない調子で遼子が言う。池原も複雑な表情で応じる。

「山を歩き回るのはもう無理かもしれないね。いくら鍛えているといっても、高齢者の骨折は回復が遅いと聞くからな。寝たきりになってしまうことも少なくないらしいし」

そこまで不吉な話をしなくてもと思うが、言っていることは間違っていない。あの仙人から山をとり上げることがいかにもむごく感じられて、江波は覚えず強い口調で言った。

「大丈夫です。あの人は伊達《だて》に仙人の称号は受けていませんよ。きっと復活します」

「そうだよな。それじゃ夢がなくなるものな。その気になればあんなふうにも生きられるんだって思えるだけで、人間やってることに希望を感じるものな」

自分を励ますように池原は言った。そこは江波も似たようなものだ。自分に彼ほど人生を自在に生きる度量があるとは思えないが、そんな仙人がいてくれることが、心に風通しのいい隙間をつくってくれる。絶望を感じさせるような人生の壁も、気持ちのもちようで風のようにすり抜けられそうな気がしてくる。そんな思いが通い合ったように遼子が言う。

「元気になって、また奥多摩に来て欲しいよね。ここはあの人の家だから。私たちよりずっとずっと奥多摩に愛されていた人だから」

南村からは三十分後に電話が来た。

「わかりましたよ。事故があったのは十六日前です。青梅市内の自宅近くの市道で、うしろから来た軽トラックに撥ねられたそうです。原因は脇見運転でした。搬送されたのは市立総合病院です」

「怪我の状況は？」

「その男の話に間違いはありません。大腿部骨折で全治三ヵ月という診断のようです」

「一週間前に退院したという話は？」

「病院で確認したところ、それも本当のようでした。骨折した部位は金属で固定しましたが、完全に接合するまで一ヵ月以上は要するので、まだ無理だと説得したらしいんですが、あとは自宅で療養するからと振り切って退院したそうです」

「そのときの容態《ようだい》は？」

「普通は痛くて体を動かすのも嫌らしいんですが、松葉杖を突いて元気に退院していったそうです」

そこはいかにも仙人らしい。

「家族は迎えに来なかったのか？」

「娘さんだという人が付き添ったようです」

「田村奈津子という女性か？」

「そこまでは聞いていないようです」

「じゃあ田村奈津子という人の住所は？」

訊くと南村はわずかに声を弾ませた。

「わかりました。中野区新井一丁目の――」

その住所をメモして江波は確認した。

「電話契約はいまも継続しているわけだな」

「ええ。その人の名義で契約しているということは、電話に出た男はその家の人間じゃない可能性もありますね」

「そういうことになるな」

不穏な思いで江波は応じた。こんどはその女性の安否が気になり出した。南村が言う。

「それじゃこれからその仙人――。いや田村幸助さんの自宅を覗いてきます。いてくれればいいんですが」

「ああ、頼むよ。女性の自宅のほうは、今夜、おれが覗きにいってみる」

「お付き合いしますよ。その電話に出た男、どうも危ない雰囲気じゃないですか」

南村は積極的だ。そこまでやってもらうのは江波も気が引けた。

「あくまで私的なことだから、それじゃ申し訳ないよ。ここから先はおれがやるから」

「そんなことはないですよ。もし重大事件の端緒だとしたら、見逃せば刑事として怠慢ということになりますから。まあ、取り越し苦労であってくれればいいんですが」

南村に引く気配はない。人当たりは柔らかいが、言い出すと意外に頑固なところがある。江波自身がすでに事件の気配を嗅《か》ぎとっているわけで、彼の言い分も間違ってはいない。

「だったらお言葉に甘えることにするよ」

「青梅駅のホームでお待ちしてますよ。何時にしますか」

壁に貼ってあるバスの時刻表を一瞥《いちべつ》して江波は言った。

「六時半には落ち合えるだろう。なにもなければ、帰りにどこかで暑気払いでもしようか」

「いいですね。先輩と一献《いっこん》傾けるのも久しぶりですから」

答える南村の頬の緩んだ顔が思い浮かんだ。

さしあたりいまは自分たちの出番はなさそうだということで、池原と遼子は不安を抱えて帰っていった。小一時間のうちに南村はまた電話を寄越した。

「行ってきましたよ。田村さん宅。やはり誰もいませんでした」

「そうか。心配したとおりになってきたな」

「呼び鈴を何度押しても応答がなく、玄関には鍵がかかり、窓は閉め切ってあって、電気のメーターも止まっていましたから、人がいないのは間違いありません。郵便受けには郵便物やチラシがかなり溜まっていました」

「だれかに連れ去られたような気配は?」

「とくにありません。隣の奥さんが通りかかったんで、話を聞いてみたんです。事故に遭ったことは知っていたようですが、その後は一度も姿を見かけていないそうです」

「隣近所と付き合いはあったようなのか」

「その奥さんは三年まえに引っ越してきたそうで、田村さんは一人暮らしのうえに日中は滅多に家にいないんで、付き合いはほとんどないとのことでした。通りすがりに挨拶することはあるようで、にこやかで腰が低いと好感はもっていたようです。ただ最初は独特の山支度に戸惑ったと言ってましたがね」

「暮らし向きは？」

「あまり裕福には見えませんでした。家は築後四、五十年は経っていそうな狭い一戸建てで、だいぶ傷《いた》んでもいるようでした」

「資産家という印象はなかったんだな」

「少なくとも家の様子からは。ただ質素倹約を旨《むね》としている資産家というのも世間にはいますから」

　そこは南村の言うとおりだ。しかし仙人のことを思ってとはいえ、なにもなければ知らずに済んだそんなプライバシーにまで踏み込まざるを得ないことに江波の心は痛んだ。

「市立総合病院を退院したあと、家には戻っていない可能性がありますね」

南村は声を落とす。そうだとしたら、あの男の言葉も辻褄《つじつま》が合う。仙人は自分の意志で身を隠したと考えるべきだろう。身に迫るなんらかの危険を感じとって――。

「事故はたしかに脇見運転だったんだな」

「交通課ではドライバーの供述どおりで間違いないとみています。加害者の事故後の行動は適切だったそうです。零細な個人事業者で、田村氏は自賠責保険の範囲内での補償以外は求めなかったようです」

「そこはいかにも仙人らしいな。とりあえず拉致《らち》されたとか危害を加えられた形跡がないのは救われるよ」

「そうですね。重傷を負った身でどこでどうしているかが気がかりではありますが。なんにしても、まずはその女性と話をしてみる必要があるでしょう」

「今夜、自宅へ出向けば、いくらか状況が見えてくるとは思うんだが」

心許《こころもと》ない思いで江波は言った。あれから何度か電話をかけようかとも思ったが、またあの男が出る可能性が高かったし、かえって警戒されることにもなりかねない。しかし向こうもまだ仙人の行方《ゆくえ》は把握していないわけで、冷静に考えればそう焦ることはない。

「じゃあ、六時半に青梅の駅で」

そう言ってどこか不安な気分で電話を終えた。プールが膝に前足を置いて心配そうに顔を見上げる。その頭を撫でながら、日に焼けた顔をほころばせ、はにかむように微笑《ほほえ》んでいた仙人のことを思った。あの笑顔にもう二度と接することができないような気がして、切ない思いがこみ上げるのを押さえられない。


南村が調べてくれた中野区新井一丁目の住所に建っていたのは、やや古い六階建てのマンションだった。

外階段を登っていくと、三階の西の角部屋にただ「田村」と書かれただけの表札が出ていた。すべての階をざっと見て回ったが、同姓の住人はほかにいないようだった。

室内に明かりはなく、人がいる気配を感じない。ドアフォンのボタンを押しても応答しない。日中はあの男が間違いなくいたはずだ。仙人も行方不明、唯一の手がかりのその女性も行方不明となると、こちらとしては打つ手がない。

配電盤をみると電気メーターはゆっくり回っている。冷蔵庫程度は動いていそうだ。エントランスに下りて確認すると、郵便受けは空だった。

「どうします。しばらく待ちますか」

南村が訊く。外出しているだけかもしれないからそれは当然だが、ただ待つだけでは芸がない。隣の部屋には明かりが点《つ》いていた。話を聞いてみるべきかどうか迷うところだ。

いまは江波ももちろん私服だ。こんな時間に私服の警察官が個人の家を訪問すれば、近隣の人間は不審に思う。犯罪に関与したわけでもないのに、捜査対象になっているような誤解を与えるのは心苦しい。そんな考えを漏らすと、南村も頷いた。

「まだそこまで踏み込む段階じゃありませんね。こんなところでうろうろしていると、怪しまれて交番に通報されたりしかねませんから、どこか適当な場所を見つけて待ちましょう。あそこはどうですか」

南村が指さしたのは道路を隔てた斜め向かいの路地だった。街灯の明かりが届かない暗がりで、人目にはつきにくい。

そこに身を隠して小一時間待ったが、田村奈津子とおぼしい女性は現れない。電話に出た男らしい人物もやってこない。さすがの南村も厭戦《えんせん》気分を覗かせる。

「どうしますか。一晩じゅうでも張り込んでみますか」

「そうもいかないだろう。そっちだってあしたは仕事だし、腹もだいぶ空いてきたし」

同調するように江波が応じ、路地から歩み出ようとしたとき、道路の向こうからやってくる女性の姿が見えた。歳は四十代半ばくらいか。あっさりしたデザインのワンピース。髪は短めで、化粧はごく薄い。いまどきの都会の女性にしては地味な印象だ。ひらめくものを感じて目顔で示すと、南村も事情を呑《の》み込んだように頷いた。

路地に身を隠して待つと、女性はそのままマンションに向かう。一階でエレベーターを待っているのを確認し、こちらは外階段を駆け上がる。階段の手すりの陰から様子を窺《うかが》っていると、エレベーターの扉が開いた。

女性はエレベーターを降りて、田村の表札のある部屋のまえに立った。鍵を出そうとしているのか、肩から提げたバッグのなかをまさぐっている。南村に合図して女性に歩み寄り、穏やかな口調で声をかけた。

「田村奈津子さんですね。私、青梅警察署地域課の江波と申します」

女性は驚いたふうだったが、とくに怯《おび》えた様子もなく問い返す。

「そうですが、父の交通事故のことですか」

「田村幸助さんの娘さんですね」

江波が確認すると、女性は頷いた。

「ええ。でも事故についてはもう示談が済んでいますが」

「これは警察の仕事ではないんです。お父さんがお元気かどうか、そのことが気になりまして、なにか事情をご存じじゃないかとお邪魔した次第でして——」

名刺を差し出して、地元の人々の仙人の安否を気遣う思いを伝えると、田村奈津子は警戒を解いたようだった。

「それはご心配をおかけしました。父は元気で療養に専念していますのでご安心ください。あんな変わり者の父をそこまで思っていただけるなんて——」

「お父さんはいまどちらに？　一週間前に退院されたとのことですが、ご自宅にはいらっしゃらないようで」

江波の問いに、奈津子は困惑ぎみに応じた。

「あの、お答えできないんです。父がそう希望しているものですから」

「そうですか。できればお見舞いにでもと思っていたんですが」

残念そうに言うと、奈津子は怪しむでもなく、むしろ恐縮したような態度をみせる。

「お世話になったうえにそんなお気遣いまで頂いて。でも本当にお気持ちだけでけっこうです。父のことですから、元気になればまた奥多摩へお邪魔することになると思います」

そんな奈津子の言葉自体に不審なところはない。いくら善意によるものだと説明されても、見ず知らずの人間にその程度の距離をおいて接することが非礼だとは江波も感じない。しかしそれでも腑《ふ》に落ちないものが残る。思い切って訊いてみた。

「日中、お電話を差し上げたんですが、男の方が電話に出られました。ご主人ですか」

奈津子の表情が硬くなった。

「あの、それは個人的なことですから、お答えする必要はないと思いますが」

ここでも柔らかいが突き抜けがたい壁が立ちふさがる。同居しているらしいとは想像できるが、どういう関係なのかは見当がつかない。もちろんその素性もだ。しかし私的な立場で接触しているに過ぎない現状では大人しく引き下がるしかない。不審な思いを押し隠し、江波は慇懃《いんぎん》に言った。

「差し出がましいことを申し上げて失礼しました。お父さんのご容態だけでも教えていただけますか」

「回復は順調です。動かないと筋力が落ちると言って、毎日松葉杖で歩き回っています。本人は再来月には山へ戻ると言っています」

奈津子は明るい調子で応じたが、その微笑みがどこかこわばって見えるのは気のせいかと江波は訝《いぶか》った。


「けっきょく答えは出ませんでしたね」

中野駅前の居酒屋で、とりあえずのビールで乾杯したところで南村は言った。割り切れない思いで江波は応じた。

「娘さんが面倒を見ているんなら、心配することもないのかもしれないが、しかしなにかすっきりしないな」

「例の男でしょう。仙人とも娘さんともいい関係じゃなさそうな気がしませんか」

「ああ。仙人の面倒を見るんなら、青梅の自宅でも娘さんのマンションでもいいはずなのに、そのどちらでもない場所にいるらしい。ところが男のほうはそれを知らない。その男から仙人を護《まも》ろうとして、べつのどこかに匿《かくま》っているようにも思えるな」

「怪我のほうはともかく、そっちのほうが心配ですよ。困っていることがあれば言ってくれるといいんですが」

「かといって、そういうケースで警察がすぐに動くとは限らないからな」

困惑ぎみに江波が応じると、南村も苦り切ったように言う。

「被害届を放置して、殺人にまで発展させてしまったストーカー事件もありますからね」

南村は苦り切ったように言う。日本の警察には民事不介入という原則があるが、法で決められたことではなく、面倒なことに首を突っ込みたくない警察サイドの言い訳という性格がむしろ強い。南村が言うストーカー事件にしても、そういう体質が招いた最悪の結末と言うべきだが、仙人の一件に関しては、あえて介入しようにもまだ事件性が希薄すぎる。

「おれたちにできるのはここまでだな。少なくとも仙人が生きていることはわかった。娘さんの話が本当なら、怪我の回復も順調のようだ。それだけでも上出来だよ」

「そのようです。仙人が元気に山に戻ってくれる日を待つしかないですね」

南村は景気をつけるようにビールを呷《あお》った。

それから一週間経った。学校もいよいよ夏休みに入り、子供連れの行楽客が増えてきた。

仙人についてのニュースはなにも入ってこない。彼が本当に仙術を使えて、自分で足を治してしまい、もう奥多摩のどこかを歩き回っているのではないか――。江波はついそんな夢想をしてしまう。

その日の午後、水根沢キャンプ場でキャンプをしていた男性客が駐在所に駆け込んできた。うっかり目を離した隙に、五歳の男の子がいなくなったという。

水根沢は大小の滝が連続する沢登りの人気ルートで、梅雨が明けて間もない夏場は水量も豊富だ。キャンプ場は沢の入り口にあり、そこから入渓《にゅうけい》ポイントまで細いトレールが延びている。水流が強く、大人なら十分足が立つが、五歳の子供では溺《おぼ》れる惧れがある。

池原旅館に電話を入れると、孝夫が助っ人に来てくれるという。江波は男性客とプールをパトカーに乗せて駐在所を飛び出した。子供が身につけていたものがあればプールの鼻が役に立つ。

キャンプ場の駐車場にパトカーを乗り入れると、見慣れたランドクルーザーが停まっていて、ブリーチヘアにバンダナを巻いた孝夫が傍《かたわ》らに立っている。先に着いていたようだ。ここまでなら旅館からのほうが距離が近い。

沢用のシューズに履き替え、救難用具一式の入ったザックを背負い、江波たちはキャンプ場に走った。待ちかねていた母親が手にしていた子供の帽子の匂いを嗅がせ、リードを外すと、プールは沢の入り口へと一目散に駆けだした。

江波と孝夫はあとを追った。プールはしきりに地面の匂いを嗅ぎながら、沢に沿うトレールを進んでいく。しかし周囲の斜面にも沢の流れのなかにも子供の姿は見えない。焦燥を覚えながら一〇〇メートルほど進んだところで、プールが突然吠えだした。

水流のなかに突きだした高さ二メートルほどの岩がある。プールはその岩に向かって吠えている。江波は沢に足を踏み入れた。深さは太股までくらいで、大人なら流される心配はない。岩のうしろへ回り込むと、岩に引っかかった流木に必死でしがみついている子供の姿が見えた。

江波は水流に抗《あらが》って歩み寄り、濡れそぼった子供の体を抱き上げた。上流から回り込んできた孝夫がやったねと言うようにVサインをつくる。泣きじゃくる子供を宥めながらトレールに戻り、子供を両親に手渡した。

トレールをはしゃぎながら歩いているうちに、足を滑らせて転落したのだろう。流木がなかったら溺死《できし》していたかもしれない。なんとか無事に仕事をやり遂げて、安堵のため息を吐《つ》いたところへ孝夫がやってきた。

「江波さん。仙人、こんな名前だったよね」

言いながら差し出した手に載っているのは、直径五センチほどの金色のメダルだった。

その夕刻、遼子から電話があった。

「わかったわよ、江波さん。あれはアメリカの有名な化学賞のメダルなの。化学の分野ではノーベル賞に匹敵すると言われるくらい権威があって、受賞者のなかからその後ノーベル化学賞を受賞した人も大勢出ているのよ――」

図書館司書はさすがに調べ物のプロで、日本では知る人の少ないその賞のことを、遼子は国会図書館のデータベースを検索して調べてくれたようだった。

「メダルに刻印されていたコウスケ・タムラという名前は間違いなくリストにあったわ。受賞したのは二十二年まえよ。基礎化学の分野で、いろいろな医薬品の材料になる特殊なタンパク質の合成に成功したらしいの。アメリカの大手化学会社のフェロー（特別研究員）だったときのようね」

「同姓同名ということはないんだね」

「年齢が一致するし、当時の写真もあるんだけど、いまの仙人をそのまま若くしたような顔なのよ。絶対間違いないわ」

遼子は興奮気味だ。突然飛び出した仙人の思いがけない過去――。そんな栄光に満ちた人生と、現在の仙人の暮らし向きの落差に江波は驚くばかりだった。

孝夫がメダルを見つけたのは子供がすがっていた流木の下の岩のあいだで、陽光を受けてきらきら光っていたので興味を覚えて拾い上げたらしい。カラスと一緒で光るものには目がないのだと本人は言っていた。たぶん仙人が身につけていて落としたものだろう。

その後の人生の曲折については知るよしもないが、仙人にとって大切なものだったことは間違いない。さっそく娘の奈津子に電話を入れることにした。例の男が出たら用件を言わずに切ればいい。

やはり呼び出し音が鳴り続ける。留守ならかけ直すしかないと受話器を置きかけたとたんに、留守電の音声が応答した。

一週間前にお邪魔した青梅警察署の江波だと告げ、電話が欲しい旨のメッセージを吹き込んだ。用件を言えばあの男が再生して聞いてしまう惧れがあった。

しかしその晩、奈津子から連絡はなかった。なにかの理由で帰宅しなかったのか、自分を警戒して接触しようとしないのか――。江波は思いあぐねた。

住所はわかっているから宅配便で送ることはできる。しかしできればじかに手渡したかった。宅配便ではあの男が受けとってしまうかもしれない。しかしそれ以上に、あのメダルはそうするに値する、仙人にとって大切なもののはずだった。

しかし三日経っても、四日経っても奈津子からは音沙汰がない。あれから何度も電話を入れた。そのたびに留守電が応答して、江波は同じようなメッセージを吹き込んだ。

居留守を使っているとは思えない。留守なら出向いても会えないわけだが、そうだとすると気になるのは家を空けている理由だ。なにかが起きていなければいいがと不安に駆られる。奈津子の身に、そして仙人の身に――。

出かけるしかないと腹を固めた。もう遠慮はしていられない。留守のようなら隣家の住人から事情を聞くしかない。それでもだめなら一晩じゅうでも張り込んでみるしかない。

南村には連絡しないことにした。あくまで江波の私情に基づく行動で、場合によっては警察官の職務から逸脱することもある。そこまで付き合えとはとても言えない。

中野のマンションを訪れたのは午後七時。奈津子の部屋に明かりは点《とも》っていなかった。躊躇《ちゅうちょ》なく隣家のドアフォンのボタンを押した。

「どなたですか？」

スピーカーから不審げな女性の声が流れてくる。ドアフォンはいま流行のテレビ付きのようだ。レンズのまえに警察手帳をかざして江波は言った。

「警察の者です。お隣さんのことで、ちょっとお伺いしたいことがありまして」

聞き込みの対象が自分ではないと知ると、好奇心に駆られて積極的に応じるタイプと、とばっちりを避けて口を閉ざすタイプがいる。幸い隣家の住人は前者のようだった。

「田村さんのこと？　ここしばらく家を空けてるみたいですよ」

「ここしばらくというと？」

「先週から」

「正確に覚えていますか」

「そう言われてもねえ。出勤時間がだいたい同じで、駅までいっしょに歩くこともあるのよ。歳が同じくらいだからときどき話もするの。見かけなくなったのは火曜日か水曜日くらいかなあ」

「夜もいらっしゃらないんですね」

「明かりはずっと消えたままだから、たぶんいないと思うけど」

南村とここを訪れたのが月曜日だった。奈津子はその翌日から姿を消した可能性がある。江波はさらに問いかけた。

「一人でお住まいなんですか」

「そうなんだけど、たまに男の人が来るのよ。ちょっと興味があったから誰なのって訊《き》いたら、弟さんだって」

住人はつまらなそうに言う。それも重要な情報だ。その話が本当なら、電話に出た男はその弟だろう。

「田村さんのお勤め先はご存じですか」

「所沢の病院に勤めているって聞いたけど。なんとかホスピスっていう――」

「ホスピス？」

胸騒ぎを覚えながら問い返した。女性は知らないのかというような調子で応じた。

「不治の病《やまい》の人が入る病院よ。田村さんはそこの女医さんなのよ」

隣家の住人に礼を言い、大通りに出て捉まえたタクシーを中野区立中央図書館へ走らせた。閉館は午後八時で、ぎりぎり間に合った。

タウンページの棚に向かい、入間《いるま》・狭山《さやま》・所沢市版を取り出した。ホスピスという項目はなく、病院・療養所で探してみる。施設名にホスピスがつくところは一ヵ所しかない。愛寿《あいじゅ》ホスピス、所在地は所沢市青葉台――。

電話番号をメモし、閉館のアナウンスが流れ始めた図書館をあとにして、中野駅方向に歩きながら携帯で電話を入れた。

「はい、愛寿ホスピスですが」

はきはきした受付の女性の声が応答する。さっそく訊いてみた。

「田村奈津子先生はおいででしょうか」

「休暇をとっておりますが」

「そうですか。いつから？」

「先週の火曜日からです」

隣家の住人の曖昧《あいまい》な記憶とのあいだに大きな齟齬《そご》はない。青梅警察署の江波だと名乗って、さらに踏み込んだ。

「どういう理由でしょうか」

「そこまで立ち入ったことは――。個人的なことだと聞いておりますが」

とたんに相手の反応が悪くなる。江波はそれでも押していった。

「わけあって連絡をとりたいんですが、ご自宅にはおられないようなんです。携帯電話の番号はご存じでしょうか」

「職員のプライバシーに関わることなので」

相手は渋る。あくまで私的な行動で、捜査上の名目がないからこれ以上は押せない。江波は方向を変えた。

「そちらに田村幸助さんという方は入院していますか」

「先日、退院されました」

入院していたというのは江波の山勘に過ぎなかったが、なんと的中したようだ。

「それはいつ？」

「先週の火曜日です」

ここでも日時が一致する。慄《おのの》きを覚えながら江波は確認した。

「その方は田村奈津子先生のお父上ですね」

「ご存じなんですか」

相手は当惑を隠さない。しかしこちらもいま一つ腑に落ちない。

「たしか足を骨折されているはずですが」

「はい。左の大腿骨を」

「そちらには、そういう怪我の患者さんも入院するんですか」

「いいえ、ここはホスピスですから、受け入れるのはあくまで余命が短く、かつ延命治療を望んでいない方です」

「田村幸助さんはそういう病気だと？」

「そうご理解いただければ――」

同情を滲ませた口調で女性は言う。江波は衝撃を覚えた。仙人に起きた異変は交通事故による骨折だけだと思っていた。遼子が六ツ石山で遭遇したとき、辛そうにしていたという話を思い出す。仙人がそんな病に気づいたのは、最近のことではないのかもしれない。

そもそも奥多摩にひたすら通い詰めるという常識を超えた行動自体が、そのことと無関係だったとは思えない。元気そのものだと思っていた仙人のイメージが唐突に悲壮な色を帯びてきた。江波は問いかけた。

「病名を教えていただけますか」

「それもプライバシーに関わることなので」

「それでは退院された理由は？　田村先生の休暇と関係がありますか？」

「申し上げられません。ただホスピスの患者さんも、体調のいいときはご自宅に帰ったりご家族と旅行されたりということはなさいます。私どもがお勧めすることもあります」

娘の奈津子の個人的な休暇も仙人の退院も、ホスピス側にとっては理解可能な行動だと言いたいようだ。

「しかし骨折していたのでは、生活面でなにかと不自由なのでは？」

さりげない誘い水にも相手は乗ってこない。

「それも含めまして、患者さんの容態について第三者の方にお話しするのは禁じられておりますので」

死期を知った人間が残された人生を心穏やかに過ごす場所がホスピスなら、そういう配慮もわからないではない。気がかりなのはあのメダルのことだった。

「じつは田村さんにお渡ししたい大切なものがありまして。田村先生宛にお送りして手渡していただければと思っているんですが」

「それならお受けできます。先生と連絡がとれましたら伝えておきますので」

ようやく親身な対応ができたことに安心したように、女性は明るい声で応じた。

奥多摩の空は相変わらず晴れ渡っていたが、江波の心は曇ったままだった。

江波からの報告に、池原も遼子もショックを受けたようだった。病名も余命も聞けたわけではない。しかしホスピスに入院したということは、自ら延命治療の可能性を断ち切ったことでもあるわけで、仙人が病から立ち直り、ふたたび元気に奥多摩に姿を見せることはおそらくもうあり得ない。

そう思ったとき、失ったものの大きさに気づかされて、その切なさが堪《た》えがたい。仙人が江波たちになにかをしてくれたわけではない。しかしただそこにいるだけで周囲の者に力を与えてくれる——。仙人はそんな希有《けう》な人だった。消沈した声で池原は言った。

「奥多摩も寂しくなるな。まだ夏は盛りだというのに、胸の奥を秋風が吹き抜けるような気分だよ」

「仙人さんはこの世にお別れを言うために奥多摩に通っていたんだね。限られた生命の力を惜しみなく出し切って、この世との最後の会話を楽しんでいたのかもしれないね」

遼子も感慨深げだ。孝夫が見つけたメダルは、翌日、発見した経緯を書き記した手紙とともに愛寿ホスピスの田村奈津子医師宛に宅配便で送った。仙人の手にそれが渡れば、礼の電話くらいは寄越すかもしれない。仙人の声がもう一度聞けるかもしれない。そんなほのかな期待はあるが、それが今生《こんじょう》の別れになるかと思えばまた辛い。

ただならぬ電話がかかってきたのは、その翌日のパトロール中だった。

表示されているのは知らない携帯の番号だ。路肩にパトカーを停めて応答すると、押し殺したような女の声が聞こえてきた。

「江波さん、助けてください。ここは――」

そのあと何秒か、人が揉《も》み合うような音が続いて通話は切れた。

その声には聞き覚えがあった。田村奈津子の声だと江波は確信した。江波の携帯の番号はあのとき渡した名刺に書いてある。助けてくださいとは？ ここはどこなのだ？ いずれにしても危険な状況にあるのは間違いない。だとしたら仙人もそこにいる可能性が高い。

なぜ一一〇番ではなく自分にかけてきたのかと訝った。責任逃れしようというのではない。一一〇番通報なら携帯の位置情報も自動的に伝わる仕組みになっていて、通信指令センターは通報者の所在地を即座に把握できるからだ。

どこにいるのかわからなくては動きようがない。直後に続いた揉み合うような音――。たぶんそのとき携帯を取り上げられたのだろう。だとしたらもう連絡がくることは期待できない。背筋を冷たいものが走る。元刑事の嗅覚を疑うべきではなかったと歯嚙《はが》みする。

発信元の電話番号にこちらからかけてみたが、電源が切れているか電波の届かない場所にいるというメッセージが流れて繋がらない。

ふとひらめいた。かかってきた携帯の番号をメモし、愛寿ホスピスに電話を入れる。応対したのはあのときと同じ女性だった。

「先日お電話した青梅署の江波です。緊急事態です。田村先生の携帯の番号を教えてください」

「すでに申し上げましたように――」

事情を呑み込めない女性はやはり渋った。面倒な説明をしている暇はない。

「ではイエスかノーかだけ答えてください。先生の携帯はこの番号ですか――」

メモしてあった番号を読み上げる。お待ちくださいと女性は応じ、保留のメロディーが流れ出す。一分ほどで女性は電話口に戻った。

「違います。これでよろしいでしょうか」

勘は当たった。彼女が拉致されたり監禁されたりしているとしたら、自分の携帯は取り上げられているはずだった。別の番号だということは、隙を見て犯人の携帯で連絡してきた可能性がある。

「けっこうです。ありがとうございました」

礼を言い、こんどは南村に電話を入れた。状況を説明すると、南村は緊張した様子で応じた。

「携帯の所有者を調べるのは簡単ですが、できれば位置情報が欲しいですね」

「そっちは令状が必要だろう」

「それは建前です。相手にもよりますが、緊急性の高い事案なら対応してくれることもあります。これからすぐに動きます」

南村は張り切って通話を切った。つのる焦燥と闘いながら江波はパトカーを走らせた。場合によっては自分が個人で動くことになるだろう。まだ立件もされていない失踪事件に警察が組織として乗り出してくれる保証はない。

駐在所に戻ったところへ南村から連絡が入った。

「わかりました。携帯の所有者は田村雅彦《まさひこ》という男です」

「田村医師の弟で間違いなさそうだな」

「そうだと思いますが、それ以上に驚くべきことがあります」

「それは?」

「江波さんが怪しんだように、田村雅彦は警察官です。それも青梅署の——」

「本当なのか」

「間違いありません。警備課の所属です。確認したところ、先週から私用で休暇をとっています」

「公安の刑事か」

江波は舌打ちした。所轄《しょかつ》の警備課は警視庁公安部の直轄で、同じ署に属していてもほかの部署とはほとんど交流がない。田村という姓に南村が心当たりがなかったのも頷《うなず》ける。

「居場所はわかるのか」

「田村の自宅ならわかりますが、果たしてそこにいるかどうか。いま署内は大騒ぎです。一大不祥事になりかねませんから。署長直々の指揮で捜査員を向かわせたところです。いないようなら署長が電話会社に直談判して位置情報を提供させるそうです。私もこれから現場に飛びます」

思いがけない展開で、自分の出番はなくなったようだ。江波はまずは安堵のため息を吐いた。

仙人と奈津子は田村雅彦の自宅に軟禁されていた。

青梅署の捜査員が踏み込んだとき、三人は食事の最中だったという。ドアを開けたのは雅彦で、室内に踏み込む捜査員に抵抗することもなかった。仙人も奈津子も暴力を振るわれたような様子はない。雅彦が署に連行されたあと、捜査員はその場で仙人と奈津子から事情を聴取した。

雅彦の狙いは仙人の財産だった。仙人は十数億円の資産を持っていた。二十二年まえに成功した研究に対して会社が支払った対価だという。もちろん会社はその特許から数百倍の利益を上げていた。

そこからは様々な医薬品が開発された。ところが十数年後、その一つが重大な薬害事故を引き起こした。がんの免疫療法のためのその薬剤の副作用で、アメリカ国内だけでも百人近い死者が出た。

もちろん彼は基礎物質の合成に成功しただけで、薬害事故に責任はない。それ以外では医療分野に貢献する数多くの製品がそのタンパク質を材料に生み出されていたのだから。

しかしアメリカのメディアは彼を元凶と決めつけた。バッシングの嵐に名声は一夜にして地に落ちた。妻は一年後にストレスで自殺した。

失意のうちに帰国した彼は学界との付き合いを一切断ち切って、青梅に古い家を買い、きょうまで人目につかない質素な暮らしを続けてきたという。

そんな彼の唯一の趣味が山歩きだった。終《つい》の棲家《すみか》に青梅を選んだのはそのためだった。月に一、二度は奥多摩の山に足を向けた。二十代のころは山に親しんでいたが、その後の多忙な研究生活で長らく足が遠のいていた。

かつては地味だと思って目もくれなかった奥多摩が、落魄《らくはく》の心にしっくりと馴染んだ。新緑の春、白雲湧き立つ夏、目にも鮮やかな紅葉の秋――。訪れる者を柔らかく秘めやかに抱き留めてくれる奥多摩の自然が、暗く沈んでいた彼の心に早春の木々の芽吹きのような希望を点してくれた。

そんな仙人が末期の胃がんの宣告を受けたのは三年まえのことだった。自分の研究が結果として招いた薬害への自責の念もあっただろう。彼は延命治療を拒絶した。そして奥多摩の山々に余生のすべてを傾けようと決意した。

放置すれば余命は一年と言われていたが、予想に反して進行は遅く、症状もほとんど出なかった。奥多摩の自然との心と体の交感が思わぬ治癒《ちゆ》効果をもたらしてくれたのではないかと彼は考えた。ときおり腹部に突発的な痛みを感じることもあったが、それも数時間で消失した。遼子が六ツ石山で遭遇したときの仙人はたぶんそういう状態だったのだろう。

完治するとは思わなかったが、少しでも命を長らえることができるなら、それは奥多摩が与えてくれる貴重な贈り物のように彼には思えた。登山スタイルを変えたのも、それを心と体のすべてで受けとりたいという一念からだった。

がんの宣告を受けたとき、ほとんど使うことなく残っていた財産は、途上国で医療奉仕活動をしている国際NPOに寄付することに決めていた。

薬害には法的にも道義的にも責任はなかったが、それでも自分が開発した物質がもとで多くの人が死んだのは事実だった。そのことへの呵責《かしゃく》もあったし、それで自殺に追いやることになった妻への贖罪《しょくざい》の意味もあったかもしれない。

遺言書を作成し、内容を娘と息子に説明した。そんな巨額の資産があることを、彼は二人の子供に話していなかった。教えるときは自分が死ぬときでいい。惧れたのは、早くからそれを知ることで、子供たちの人生が狂うことだった。

二人にとっては青天の霹靂《へきれき》だった。自分たちが手にできるのはそれぞれ四分の一ずつの遺留分相当額のみ。それでも決して少額ではない、奈津子は賛成したが、雅彦は撤回を強く迫った。

仙人は頑として聞き入れなかった。雅彦の要求は執拗《しつよう》だった。やむなく裁判所に申し立て、接近禁止命令をとった。

するとと今度は姉のほうに接触するようになり、勝手に合い鍵をつくってマンションに上がり込んでは、遺産相続についての密約の書面でもあるのではないかと探し回ったりしていたらしい。

事故で入院した病院から自分が勤めるホスピスに転院させたのは、接近禁止命令が期限切れで効力を失い、雅彦がふたたび仙人に近寄ってきたからでもあった。しかしいちばんの理由は、骨折の治療の際の検査で腹膜へのがんの転移が発見されたためだった。

胃がんの転移は予後が悪いとされている。本当に最後だとわかったときは、奈津子のいるホスピスで最期を迎えるというのが仙人との約束だった。

弟の雅彦は父からすれば不肖の息子だった。高校生のときは不良グループに入り、警察沙汰を起こしたこともあった。大学は中退した。それでもなんとか警視庁に職を得たのは僥倖《ぎようこう》としか言えなかった。

その性格は優秀な学者だった父と、学業に秀でていた姉へのコンプレックスから生まれたものだろうと奈津子も父も想像し、強い態度に出ることを控えて忍耐強く付き合ってきた。今回の事件はそんな甘い態度が生んだ結果かもしれないと奈津子は慚愧《ざんき》を滲ませた。

それまで入院していた病院には、事情を話して、転院先は誰にも教えないように頼んでおいた。しかし雅彦はさっそく嗅ぎつけて面会に訪れた。

そのときは仙人の意志を確認した上で奈津子が拒絶したが、雅彦の執拗な性格を考えれば、これから毎日でも通ってくるのはわかっていた。奈津子は仙人を自宅に引き取り、自分も休暇をとって介護に当たろうと決意した。

母が自殺し、学界からの冷たい仕打ちに堪えながら、自分を医大に進学させてくれた父の最期を看取ることは、奈津子にとって義務であるより喜びだった。

ところが父を連れ帰った翌日、近所のスーパーへ買い物に出て、帰ってみると父がいなかった。雅彦の携帯に電話を入れると、いま一緒に自宅へ向かっているところだという。父の最期はぜひ自分が看取りたいという口実だったが、妻子とは何年かまえに離別していて、勤めもある雅彦に父の面倒が見られるわけがない。

奈津子は雅彦の家に飛んでいった。雅彦が松葉杖を隠してしまったため、仙人は自力で動けなかった。いかに小柄な父とはいえ、奈津子の力で車まで運んでいくのは無理だった。そのうち携帯を取り上げられ、ドアチェーンには南京錠が取り付けられ、逃げ出すことは絶望的になった。

食事はほとんど店屋物で済ませ、そのほかの食品や日用品は近所の店が配達してくれたから生活面で困ることはなかったが、四六時中休む間も与えない雅彦の執拗な説得に、仙人は体力と気力を消耗するばかりだった。

思い余って雅彦が仮眠している隙にバッグの携帯を盗み出し、一一〇番に通報して事情を説明したが、担当者は家族内の揉めごとと解釈し、民事不介入がどうこうと理屈をつけて動いてくれなかった。

高齢者にとって体を動かさない生活はそれだけで体調を悪化させる。仙人も食が細り、しきりに腹部の痛みを訴えるようになった。全身への転移が始まっているのではないかと奈津子は惧れた。末期がんの場合、放置すれば激しい痛みに襲われることが多い。

延命治療は望まないにしても、痛みに対する治療は平穏な最期を迎えさせるためにも必要だった。警視庁がだめならと思い当たったのが江波だった。また弟の携帯を盗み出し、名刺にあった番号に電話をすると、パトロール中で留守だという案内が流れてきた。

名刺には携帯の番号も書いてあったのを思い出し、そちらにかけると、こんどは通じた。ところが事情を説明しようとしたところを弟に見つかり、携帯を取り上げられた。万策尽きたとうちひしがれていたところへ、飛び込んできたのが青梅署の捜査員だった。

雅彦は不起訴となった。仙人が望まなかったこともあったが、家族内の揉めごとを犯罪と見なしたがらない日本の警察の体質の表れでもあったし、それ以上に身内の不祥事を事件として扱えば、署長以下幹部の責任問題に発展するという警察サイドの危惧もあったはずだった。

それでも雅彦は懲戒処分を受けて即日依願退職した。彼の行為からすれば、裁判所に相続欠格の申し立てをする、あるいは遺言書で相続廃除の意思表示をすることによって遺留分も行かないようにすることもできたが、仙人はその手続きをとらず、遺言書の書き換えも行わなかった。

それから三ヵ月後、奈津子から連絡が入った。仙人が奥多摩を訪れるという。

骨折は完治し、転移もそれほど進行せず、胃がん自体も縮小したくらいで、体調は山歩きに熱中していたころと変わらないと本人は言っているらしい。

もちろん長引いた療養生活で足腰の衰えは覆いようもない。しかしトレーニングのための階段の上り下りでは、すでに奈津子はついて行けないという。江波は池原健市や孝夫や遼子、彼を知る山小屋の主たちに連絡を入れ、仙人を迎え入れる準備を整えた。

　十月中旬のその日、麓《ふもと》は紅葉の盛りには早かったが、深い青を湛《たた》えた秋空の下、石《いし》尾根《おね》の稜線はすでに目くるめく錦に装いを変えていた。それは奥多摩がいちばん輝く季節の始まりだった。

　仙人は奈津子に付き添われ、あの独特の山姿でやってきた。ルートは榧《かや》ノ木《き》尾根経由の鷹《たか》ノ巣《す》山《やま》往復。足どりはかつてのように軽くはない。しかし山に戻った喜びを体全体で味わい尽くそうとでもするように、愛用の金剛杖を手に、一歩一歩着実に歩を進める姿が江波の心を打った。

　今回は鷹ノ巣山で我慢するが、次は雲取山を目指すと仙人は宣言し、命が続く限り登り続けることが、こんな自分を愛し受け入れてくれた奥多摩の山々とそこで暮らす人々への恩返しだと、希望にあふれた表情で語った。

　江波は奇跡を祈らずにはいられなかった。余命宣告されたがん患者が自然治癒してしまうこともあるという。仙人が大好きな奥多摩の自然が、彼の命の熾火《おきび》を掻き起こしてくれることを願わずにいられなかった。同行した池原親子も遼子も小屋主たちも思いは同じだっただろう。

　無事に下山した仙人はさすがに疲れたようだったが、その疲れそのものが心地よいとでもいうように、池原旅館の一室でくつろぐ表情はいかにも幸福そうだった。

池原は無料でいいから一泊していくように勧めたが、それでは大名旅行になってしまう、それは自分の流儀ではないと仙人は固辞して、奈津子の運転する車で帰っていった。

奈津子から訃報《ふほう》が届いたのはその半月ほどあとだった。あの日、鷹ノ巣山の頂上で見せたような安らいだ死に顔だったという。

「仙人さん、逝《い》っちゃったんだね」

綿毛のようなひつじ雲が浮かぶ空を見上げて遼子は言った。奥多摩湖は麓まで降りてきた紅葉を湖面に映し、峰から吹き下ろす風はすでに肌を刺すように冷たい。

「いや、生きてるよ。おれたちの心のなかにずっと。いまだって金剛杖を突いて、足に羽が生えたみたいに山のなかを歩き回っている姿がおれには見えるんだよ」

湖水を囲んで連なる奥多摩の峰々に目を向けながら池原が言う。

そんな言葉を聞くと、熊避《よ》けだと言って仙人が杖につけていた鈴の涼やかな音色が耳元で聞こえるような気がしてきた。悲しみでもない、切なさでもない、言葉にしがたい柔らかく温かい感情が静かに心を満たすのを江波は感じた。

冬の序章

紅葉の盛りには訪れる観光客や登山者も多く、駐在所もなかなか多忙だったが、色づいた木々が葉を落とし、山がくすんだ褐色《かっしょく》の衣装に衣替《ころもが》えする十一月下旬になると、奥多摩《おくたま》は本来の山村の落ち着きを取り戻す。

きのうは山に初雪が降った。根雪になるにはほど遠いが、稜線《りょうせん》付近の樹林は目映《まばゆ》い新雪を纏《まと》い、湖を吹き渡る風の冷たさが冬の序章の到来を感じさせる。

プールは冬毛が生えたせいで、体全体が丸みを帯びてきた。うら寂しい一方で不思議に心が和《なご》む季節でもある。冬眠前のクマやヤマネの心境はこんなものかもしれないとふと思う。

きょうは日曜日で駐在所も定休日。とくに出かける予定はなかったが、なにやらプールは興奮気味だ。普段着のままの江波を見て、すでに休みだと察知しているようだ。

それにプールは雪山が好きなのだ。麓《ふもと》には積もらなかったし、雪に匂いがあると聞いたこともないが、本能的な感覚でわかるのか、戸口の前をしきりに行ったり来たりして、早く出発しようと言いたげに流し目を送る。

頭上を見ると、雪雲の切れ間から青空が覗《のぞ》いている。プールの注文に応じてやろうかという気になった。江波自身もしばらく山から足が遠のいて、体重が若干増えている。それなら善は急げだと、プールとともに簡単に朝食を済ませ、急いで身支度を調《ととの》える。

山で遭難者が出たときすぐに行動できるように、山道具一式はいつもザックにまとめてある。カップラーメンやチョコレート、スナックの類《たぐ》いからプールのドッグフードまで、一日程度の入山なら改めての準備は必要ない。一歩きすれば登山口で、思い立ったとき山に向かえるのは山里の駐在所長の特権だ。

想定したのは榛《はん》ノ木《き》尾根を登って六《む》ツ石山《いしやま》に達し、石尾根《いしおね》経由で鷹《たか》ノ巣山《すやま》へ向かうコース。帰りは水根沢《みずねさわ》林道を下ることにする。それなら起点も終点も駐在所のある水根になる。

一般の登山者なら優に八時間はかかるはずだが、江波とプールの足ならせいぜい六時間。いま午前八時で、午後早くには下山できる。

緊急時のために行き先を伝えておこうと、駐在所から目と鼻の先の池原旅館に立ち寄ると、孝夫が厨房《ちゅうぼう》の勝手口から顔を出した。予定を話すと孝夫は慌ててエプロンを外す。

「おれも一緒に行くよ。急いで支度するから待っててよ」

「無理しなくてもいいよ。忙しいんだろ」

「きょうはお客さんが二組しかいなくてね。親父とおふくろで手が足りるから大丈夫。これから年末年始まではほとんど開店休業だし、登山道の状態も見ておきたいから」

孝夫はことともなげに言う。仕事をサボる口実をつくってしまったようで父親の健市に申し訳ない気もするが、登山道は地元の旅館や山小屋にとって大事なインフラだ。

登山客が安全に登り下りできるように、危険個所を修復する仕事の大半は彼らがボランティアでやっている。安全登山は地元警察にとっても大事な課題で、時間が許せば江波もそんな仕事を手伝ってきた。

「紅葉シーズンにはずいぶん登山者が来ていたから、どうなっているか心配だな」

江波は頷《うなず》いて言った。最近はダブルストックで登るスタイルが普及して、そのせいか登山道の傷みが目立つようになった。登山用ストックの金属の石突きは腐葉土《ふようど》に覆われた奥多摩の登山道にとっては厄介だ。狭い道ではストックを突く位置も限られるから、特定の場所にそれが集中し、緩《ゆる》んだ路肩が雨で崩落することも珍しくない。

道標《みちしるべ》やルート指示の赤布のチェックも重要だ。道標の向きを変える悪戯《いたずら》をする輩《やから》もいる。危険な枝道や獣道《けものみち》の入り口には、登山者が迷い込まないようにロープが張ってあるが、それを外して侵入したり、動物が囓《かじ》ってしまうこともある。発見したらすぐに補修しないと、場合によっては登山者の生命にも関わる。

「じゃあ、すぐに支度してくるから」

孝夫は忙《せわ》しなく奥へ向かう。そのとき傍《かたわ》らで陽気な声が響いた。

「プール、元気してた？　これからお出かけ？」

振り向くと水根ストアの一人娘の真紀《まき》だった。近隣でも評判の器量好しのうえに、もともとひょろりと背が高く、小学生のときからどこか大人びて見えていた。

今年から中学生になって、さらに磨きがかかった様子だが、本人はとくに自覚しているふうでもなく、普段から明るく屈託がないから、近隣で一軒しかないスーパーの看板娘として地元の大人たちのあいだでも人気者だ。

はぐれ犬になっていたプールを発見したのが真紀だった。小学校のプールの更衣室で腹を空かせて弱っていたのを駐在所に連れてきた。親が反対するので家では飼えないと言われ、やむなく江波が預かるようになり、そのまま独身の江波の伴侶《はんりょ》の座を占めてしまった。

名付け親も真紀で、プールの更衣室にいたからプールと理由はすこぶる単純だ。本人はいまも母親代わりのつもりのようで、プールの好みのドッグフードを小遣いで買ってては届けてくれたり、江波に代わって散歩に付き合ったりもしてくれる。

プールも恩義は忘れていないようで、真紀に対しては飛びきり愛想がいい。傍らにしゃがんだ真紀の顔にさっそく鼻面を擦《こす》りつけて、しきりに甘え声を出している。真紀もいとおしそうに喉元《のどもと》や耳の周りをくすぐってやる。

「真紀ちゃんは、どこかへ出かけないのか」

問いかけると、羨《うらや》ましそうに真紀は応じる。

「いいね、駐在さんはプールと山に行けて。お母さんが親戚の法事で出かけるから、きょうはお店の手伝い。私だっていつもは学校で忙しいんだから、休みの日くらい好きなことをしたいのに」

「真紀ちゃんが店にいると売り上げが増えるって、お母さんが言ってたぞ」

「そんなの、どうでもいいよ。お小遣いが増えるわけじゃないんだから。それよりきょうはダブルデートなの？」

「ダブルデート？」

「孝夫ちゃんと純香さん。それから駐在さんと遼子さん、あとプールと純香さんちのワンちゃん。でもそれだとダブルじゃないか。そういうのなんて言うの？」

「トリプルデートだよ。でもきょうは遼子さんも純香さんもチャムもいないから」

「ああ、チャムっていうんだね、あのワンちゃん。遼子さんはお仕事なの？」

「図書館は日曜日が忙しいし、山へ行くのは朝起きて突然思いついたから」

「じゃあ、男の人が二人とプールだけか。なんだか侘《わ》びしいね。お店がなければ私が代わりに付き合ってあげたのに」

真紀はさりげない表情でませた口を利く。大の男が中学生に同情されるのも情けないが、むきになるのも大人げない。

「仕方がないよ。半分は仕事みたいなもんだから。本格的に雪が降るまえに、登山道のチェックをしておかないと」

「でもプールと一緒なら楽しいね。私も行きたいなあ」

「山の上は雪があるから、装備も本格的にしないとね」

「うん。こんどちゃんとした靴を買ってもらうよ。そういえばきのう、男の人と女の人が榛ノ木尾根の登山口のほうに行くのを見たよ。どっちも普通のスニーカーにジーンズにセーターで、ちっちゃなリュックサック背負ってた。ああいうのって、危ないんじゃない？」

「たしかにそうだな。いまの季節は注意しないといけないんだよ。ちょっと天気が崩れると、冬山と同じになるからね。スニーカーで雪道を歩けば凍傷になることもあるし」

「凍傷になると、指を切るんでしょ」

「重症ならね。きのうのいつごろ？」

「いまくらいの時間。うちの店のまえでタクシーを下りて、自販機で缶コーヒーとかタバコを買って、そのまま山に向かったの。注意しようかと思ったんだけど、怖そうだからやめちゃった」

真紀は怖気《おぞけ》を震うように首をすくめた。

「怖そうだった？」

「うん。男の人がね。女の人を叱《しか》ってたの。すごく意地悪な感じだった」

「女の人のほうは？」

「笑って謝ったり宥《なだ》めたりしてたけど、でもどこか怖がってるようだった。変だよ、あの二人。山に来る人って、普通はもっと楽しそうにしてるもの」

「歳はいくつくらい？」

「男の人は孝夫ちゃんよりちょっと上かな。女の人はもう少し年上で、三十歳くらい。どっちかっていうときれいな人だった」

「男のほうは？」

「イケメンの真逆」

真紀は顔をしかめる。美女と野獣のイメージが頭に浮かぶが、真紀の話だけではなんとも言えない。しかしこの時期の軽装での登山が不安なのは間違いない。江波は頷いた。

「教えてくれてありがとう。途中で会ったら注意しておくよ」

「ちゃんと警察手帳見せなきゃだめだよ。普通の人だと思われたら馬鹿にされるから」

真紀は生真面目に忠告する。

「きょうは休みだから、そういうときは手帳は持たない規則になってるんだよ。なくしたりしたら大変なことになるからね」

「そうなの。じゃあ、効果ないかもね。駐在さんて、あんまり怖そうに見えないから」

真紀はあからさまに落胆する。強面《こわもて》で商売になるのはマル暴（暴力団）担当の刑事くらいのものだが、一般市民が警察に抱く期待は複雑だ。噛《か》んで含めるように江波は言った。

「その男が悪者と決まったわけじゃないからね。おれが凄く怖い人間で、真紀ちゃんたちがいつもびくびくしてなきゃいけないとしたら、みんな幸せじゃないと思うけど」

「そうかもね。駐在さんはこれまでも、本当の悪者はちゃんとやっつけてくれたからね」

真紀は神妙な口振りだ。この少女の直感力が事件解決の糸口を導き出したことがあった。先入観を抱くのはまずいが、穏やかではない気分になるのを抑えられない。そのとき勝手口から山支度をした孝夫が飛び出してきた。

「ごめん、待たせちゃって。じゃあ行こうか。あれ、真紀も一緒に来るのか」

「行かないよ。きょうはお店の手伝いだよ」

「商売繁盛で羨ましいな。うちなんかいまの時期はからきしで、暇でしょうがないから江波さんに付き合ってやることにしたんだよ」

泣き言を言っているようで恩着せがましい。

「べつに頼んだわけじゃないんだけどな」

軽く厭味《いやみ》を言うと、孝夫は慌てて修正する。

「そういう意味じゃなくて、無駄に時間を潰《つぶ》してるのもなんだから、久しぶりにご一緒させてもらって、ついでに登山道の点検なんかもしちゃおうかなと思ってね」

「純香さんには振られちゃったの？」

真紀のあけすけな問いに、孝夫は慌てて首を振る。

「きょうは仕事。ゆうべ電話で話をして、来月は八ヶ岳《やつがたけ》に行くことに決まったんだから」

「八ヶ岳って、雲取山《くもとりやま》より高いの？」

「うん。山は険しいし、冬は風が強くて寒いし、雪も雲取山よりずっと多い」

「そんな危ないところへ大事な彼女を連れていって大丈夫？　遭難しても駐在さんに救助してもらえないよ」

「心配ないよ。奥多摩一の名ガイドのおれが一緒なら、遭難なんてあり得ない。純香ちゃんも山の経験は豊富だし」

孝夫は胸を張る。奥手だと思って心配していたら、思った以上に進展しているらしい。

「やるじゃん、孝夫ちゃん」

真紀が弾んだ声で応じると、同感だとでも言うようにプールがワンと一声吠える。

孝夫はまんざらでもない表情だ。

「それほどでもないけどね。まあ、江波さんも少しはおれにあやかって、そろそろ独身生活にピリオドを打って欲しいもんだよ」

このあいだは仲をとりもってくれと泣きついてきたのに、えらく態度が大きくなったと鼻白《はなじろ》む。

「じゃあ、行こうか。天気はこのまま回復しそうだし」

孝夫は意気揚々と歩き出す。プールは名残《なごり》惜しそうに真紀の顔をひと舐《な》めし、さあ行こうというようにリードをピンと張る。

「じゃあ、仕事を頑張ってね。その二人組がいたら、しっかり注意しておくから」

江波が声をかけると、わかったというように頷いて、真紀は店のほうに戻っていった。


「なんか、気になるね、その話――」

登山口に向かいながら真紀の話を聞かせると、孝夫は思案げな口振りだ。

「朝のうちは晴れていたから、たぶん大丈夫だと思って登ったんだろう」

「山を知っている人間なら、天気予報を聞いていれば二の足を踏むけどね」

孝夫は眉をひそめた。きのうは夕刻から夜半にかけて気圧の谷が通過して、関東甲信越の山間部では雪が降るとの予報が出ていた。

榛ノ木尾根から登ったとすると、向かった先は六ツ石山か鷹ノ巣山だろう。この季節としては安易なルートとは言いがたい。真紀が目撃した二人の服装からすると、山の経験が豊富だとはとても思えない。

「遭難の通報は入っていないんでしょ」

「一件もなかったよ。なにかあったら、おれのところへ真っ先に連絡が来るはずだから」

「避難小屋に泊まっていれば、なんとかやり過ごせたかもしれないけど、気になるのは遭難じゃなくて――」

孝夫は不安げに言いよどむ。

「その男のことか」

「よからぬ目的で山に来たような気がしない？　真紀はいい勘してるから」

「決めつけるわけにはいかないが、おれもあんまりいい感触は受けないな」

「鷹ノ巣山の避難小屋は無人だし、麓からけっこう距離があるからね。いまは山にも人がいないし。ろくでもないことをするには向いている」

「単に無知なだけだろう。そういう登山者は奥多摩じゃ珍しくない。山が深いし麓からの標高差もある。それなのに都心に近いからと馬鹿にしてハイキング気分でやってくる」

あまり想像を逞《たくま》しくしてもと、江波は軽く水を差した。孝夫もそれ以上は拘《こだわ》らない。

「気楽に来られるのと気楽に登れるのとは別だからね。氷川《ひかわ》の町から雲取山まで一気に登ると、おれだってマジでバテるもの。榛ノ木尾根だって奥多摩の三大急坂の一つなんだから、軽い気分で登るとえらい目に遭うよ」

「去年も途中で疲れて、携帯で救助を要請してきたのがいたな」

「携帯の普及も考えものだよね。本当に危ないときには命綱になるけど、転んでどこかを擦《す》り剝《む》いたとか、足にマメができたとか、どうでもいいことで救助を要請するのがいるからね。登山届は出ていなかったの」

「ポストは朝晩チェックしているよ。ここ数日は一件もなかったな」

「律儀《りちぎ》に届けを出す人は少ないからね」

「警察というのは普通の市民にあまり好かれていないからな。プライバシー保護に敏感な風潮もあって、住所氏名、緊急時の連絡先まで書かされるのを嫌う人もいる。遭難時以外にそういう情報を使うことはないんだが」

「でも、わからないでもないよ。高校時代の先輩で、バイク泥棒の容疑で捕まって、一週間も留置場に入れられた人がいてね。無実を主張してもぜんぜん聞いてもらえなくて、ついに根負けしてやってもいないことを自供しちゃった。あとで真犯人が見つかって釈放されたけど、それから本当にグレちゃって、窃盗事件を起こして少年院に入ってね。そのあとどうなったかは聞いていないけど」

孝夫に他意はないだろうが、かつて取り調べ中に無実の女性を自殺させた、本庁捜査一課時代のあの心の傷はまだ癒《い》えない。かすかな疼《うず》きを覚えながら江波は言った。

「市民に信頼される警察なんてかけ声ばかりで、警察官の不祥事は新聞の社会面の定番だし、不適切な取り調べによる冤罪《えんざい》事件もいろいろ明るみに出ているからな。信頼しろって言うのが虫がいい話かもしれないよ」

「あ、江波さんを責めてるんじゃないんだよ。おかげでこの一帯は、警察ともいいコミュニケーションができてるわけだから」

「おれの力よりそういう土地柄なんだろう。警視庁の管内には地元とうまくいっていない駐在所が少なくないと聞いているから」

「そう言ってもらえると嬉しいよ。江波さんの前任の駐在さんもいい人だったけど、山にはあんまり興味がなくてね」

「それで親父さんと組んで、おれを山好きに仕込んだわけだ」

「いやいや、素質があったんだよ。前の駐在さんだって、親父は何度も誘ったんだけど、高いところは苦手だと逃げられちゃってね」

「おかげで生涯の趣味を見つけたよ。ここに来なかったら死ぬまで山とは無縁だった」

「良かったんだか悪かったんだかわからないけど、楽しんでくれているようで、おれも親父もそこは喜んでいるんだよ」

「ああ、良かったんだよ、間違いなく」

率直な思いで江波は言った。人生にはある種の分水嶺《ぶんすいれい》がある。世界の見え方が百八十度変わってしまうような転機がある。この土地に赴任したときがそれだった。

一課時代はただ勝ち組になるために、ひたすら精魂を傾ける日々だった。しかし夏の道路の逃げ水のように、幸福は追うほどに彼方に走り去った。

すべてを失って初めて見える真実があるのだろう。追うのではなく立ち止まること。いまここにあるものに充足すること。そこに幸福の泉があることを、この土地の自然と人の営みが教えてくれた。

本庁の捜査一課には、いまも都落ちした負け犬というレッテルを貼る連中がいると聞く。しかし幸福とは自分の心で感じるものだ。他人がどう見ようと、いまは少しも気にならない。

青空はさらに広がって、雲間から射す初冬の陽光が目に眩《まぶ》しい。集落を縫《ぬ》う舗装路をしばらく登り、民家の横手を抜けて針葉樹の森に入る。そこが榛ノ木尾根への登山口だ。

リードを外してやると、プールは喜び勇んで樹林のなかに駆け込んだ。すでに何度か登っていて、ルートは頭に入っているようだ。一気に一〇メートルほどを駆け上がり、早く来いというように振り向いて一声吠える。

産土《うぶすな》神社の赤い鳥居を横に見ながら、登山道はすぐに傾斜を強めていく。杉の落葉に埋まった樹間の道は、昨夜の雨をたっぷり吸って、ぬかるんではいないが滑りやすい。冷涼な空気に杉の香りと苔《こけ》の香りが入り混じり、不思議に心を和ませる。

杉の人工林のあいだを延びる急坂をほぼ一直線に登っていく。直近の登山者のものらしい踏み跡は見当たらない。二人組の踏み跡はその後の雨で消えてしまったのだろう。

澄んだ高音の囀《さえず》りが頭上で響き、目を向けると、黒いベレー帽を被ったコガラが枝から枝へ飛び渡るのが見える。登るにつれて水根沢谷の沢音が遠ざかり、聞こえるのは梢《こずえ》を吹きすぎる風の音とリズミカルな二人の靴音だけだ。気温は一〇度を下回り、先を行くプールの吐く息も白い。

「純香ちゃんとはうまくいってるのか」

訊《き》くと孝夫はにやついた。鼻の下がいつもより五ミリは長い。

「まあまあだね。なにしろ趣味が一致してるから」

「来月は八ヶ岳って言ってたな。どこを登るんだ」

「ジョウゴ沢でアイスクライミング。彼女がやってみたいというもんだから」

孝夫は嬉しそうに言う。ジョウゴ沢は南八ヶ岳の硫黄岳《いおうだけ》西面に突き上げる沢で、冬にはダイナミックな氷瀑《ひょうばく》を連ねたアイスクライミングの恰好のゲレンデになる。江波も奥多摩にある氷瀑で、孝夫からアイスクライミングの手ほどきを受けている。基本さえ覚えればそう難しい技術ではなく、岩を登るのとは別の楽しみがある。

「行くのはいつ？」

「十二月の後半だね。がちがちに凍るのがそのころだから。お互いスケジュールが合う日を見計らってという感じだよ。江波さんは年末特別警戒があるから無理なんでしょ」

足元を見たような言い草だ。たしかに十二月中旬を過ぎると警察は忙しい。駐在所勤務の警官も市内の警備に駆り出されるから、のんびり休暇をとるわけにもいかない。それでもからかい半分に言ってやる。

「難しいけど、本署に頼んでみようかな。山岳救助のスキルアップとか理由をつければ、駄目だとは言われないかもしれない」

「無理しちゃまずいよ。上に睨《にら》まれて江波さんが左遷《させん》されたら、地元は大損失だから」

孝夫は慌てて止めにかかる。さりげない調子で江波は応じた。

「奥多摩の駐在所から左遷と言われても、行き先がそうざらにあるとは思えないけどな」

「あ、そういう失礼なこと言っていいの。地元のみんながどれだけ大事にしているか、江波さんだってよくわかってるでしょう」

そう言われれば頷くしかない。

「すまん。大いに感謝はしているよ」

「わかってくれてればいいんだけどね。江波さんとは年が明けたらゆっくり付き合ってあげるからさ。年内は職務に励んでよ」

純香との関係がよほど進展しているのか、孝夫は馬鹿に鼻息が荒い。図に乗って痛い目に遭わなければいいがと心配にもなるが、それは老婆心というものだろう。

一時間半ほど登るとちらほら雪が見えてきた。樹林も常緑樹の人工林から落葉樹の天然林に変わり、葉の落ちたブナやカラマツの枝のあちこちを綿帽子のような雪が飾っている。見上げる空は抜けるように青い。

プールは落ち葉に積もった雪を蹴散《けち》らして斜面を駆け登り、待ちきれないというようにまた江波たちのところへ戻ってくる。それでは倍の距離を歩くことになるが、そんな小賢《こざか》しい計算には頓着《とんちゃく》しない。

溝状《みぞじょう》になった急斜面を登り切ると、樹林が切れて眺望が開けた。トオノクボと呼ばれる平坦な広場で、小河内《おごうち》ダム下流の境《さかい》の集落から登ってくる本来のルートとここで合流する。水根からここまでは支尾根で、正確には境からトオノクボを経て六ツ石山までが榛ノ木尾根ということになる。

広場には水根方面、六ツ石山方面、境方面を指し示す道標が立っていて、悪戯をされた様子もない。登山者が一服入れるのにちょうどよく、ペットボトルや弁当の容器が捨てられていることがよくあるが、うっすら雪の積もった広場にゴミらしいものは見当たらない。

木立の切れ目越しに奥多摩湖対岸の雄、御前山《ごぜんやま》が均整のとれた三角形でせり上がる。このあたりで標高は一三〇〇メートルほど。気温はすでに氷点に近く、吹く風は肌を切るように冷たいが、陽光は燦々《さんさん》と降り注ぎ、アノラックのなかの空気を温室のように暖めてくれる。ここまでの急登のせいもあり、肌はいくらか汗ばんでさえいる。

「一休みしようか、江波さん。ずいぶん速いペースで来たから」

孝夫が声をかけてくる。江波も足の筋肉が張っている。この先も一本調子の登りが続く。小休止には絶好のポイントだ。

「そうしよう。急ぐ旅でもないからな」

江波はザックを下ろし、温かいコーヒー入りのテルモスとクッキーとプールの好物のビーフジャーキーを取り出した。そのとき少し先の尾根道で突然プールが吠えだした。

「プール、おやつの時間だぞ。戻ってこい」

江波が呼びかけても、プールは左手の谷筋に向かって吠え続け、早く来いと言いたげに忙しなくこちらに顔を向けてくる。

「なにか見つけたのかな」

孝夫が不安げに言う。真紀から聞いた例の二人の話があるから、江波も安穏《あんのん》とした気分ではいられない。

「行ってみるしかなさそうだな」

慌てててザックを背負い直し、プールのところに駆け寄った。下草の藪《やぶ》が切れて、急峻《きゅうしゅん》なガレ場が見下ろせる。その斜面の途中に、横たわっている人の姿が見える。体は半ば雪に埋もれ、生きている気配が感じられない。

「心配してたことが起きちゃったようだね」

孝夫が表情を曇らせる。

「下りてみよう」

頷いて江波はザックからロープを取り出すと、近くのカラマツの幹に手早く巻きつけて、末端をガレ場に投げ下ろした。そのロープを伝って慎重に下降する。孝夫も続いて下りてくる。プールはその横を一気に駆け下りる。

先に現場に到着し、プールは横たわる人の周囲を嗅《か》ぎ回る。近づくに従って江波の気持ちは暗くなる。首が不自然な角度で曲がっている。周囲の雪に血痕《けっこん》のようなものはない。

体を覆う雪の状態から見て、事故が起きたのはきのうの夕刻以前だろう。周囲に視線を巡らせても、ほかに人の姿は見当たらない。

五〇メートルのロープをいっぱいに使って、遭難者のいる場所に下り立った。出血はないが顔や手に打撲痕らしい青あざがある。首はやはり骨折しているようだ。頸動《けいどう》脈《みゃく》に手を当ててみるが、もちろん脈拍は感じられない。体は氷のように冷え切っている。

短めに髪を刈った若い男で、服装は街着風のセーターにジーンズ。履いているのはスニーカー。孝夫も傍らに下りてきた。

「プールが吠えてたとこ、藪が切れていて登山道と間違えやすいんだよ。ロープで通せんぼしてあったんだけど、誰かに切られたみたいだね。うっかり踏み込んで、ガレ場を一気に転落したんだろうね」

「真紀が見た男女二人組の片方じゃないか？」

指摘すると、孝夫はしゃがみ込んで男の顔を覗き込む。とたんにその表情がこわばった。

「知ってるよ、この人。さっき話したじゃない。バイク泥棒の濡衣《ぬれぎぬ》を着せられて、そのあと本当にグレちゃったっていう高校の先輩だよ。木村和志《きむらかずし》っていうんだけど」

「間違いないか？」

「ああ、間違いないよ。けっこう記憶に残りそうな顔でしょ。濡衣を着せられたのはそのせいもあったかもしれないね」

真紀も言っていたが、たしかにどこかいかつい顔で、人に好感を与えるタイプではなさそうだ。しかし人の心は顔では判断できない。この程度の面相の御仁《ごじん》は警視庁にはいくらでもいて、大半は心優しい真面目な警察官だ。

「どうしよう。上まで運び上げる?」

「いや、そうもいかない。遭難死とみてまず間違いないが、現段階では変死体だ。警察に連絡して検視の手続きを踏まないと」

「でも変じゃない? 真紀の話だと、女の人が一緒だったんでしょ」

孝夫が怪訝《けげん》そうに言う。腑《ふ》に落ちない気分で江波も応じた。

「上から見た限り、それらしい人の姿はなかったな。パートナーが転落して自分が無事だったら、なんらかの方法で通報してきていいはずだがな」

「携帯もあるし、ここから水根までなら、下りで一時間ちょっとだからね」

「そちらも遭難してなきゃいいんだが」

不穏な思いは拭《ぬぐ》えない。近くにその女性がいるとしたら、プールが反応してもいいのだが、さっきから遺体のそばを離れない。

「探すとなると大仕事だね。それよりパートナーが転落したのを知っていて、わざと通報しなかったということは考えられない?」

孝夫は微妙なところを突いてくる。さらに想像を巡らせれば、転落させたのがその女かもしれないとも考えられる。そうなれば遭難ではなく殺人だ。その先入観を振り払い、まずは気持ちを落ち着かせ、江波は携帯を取り出した。尾根の側面という条件にしては電波状態は悪くない。

一一〇番に通報すれば警視庁の通信指令センターが対応するが、単なる遭難事件ではなさそうで、この不審な状況を担当官に理解させるのは厄介だ。江波は迷わず南村の携帯を呼び出した。

「どうしたんですか、先輩？　きょうは休みじゃないんですか」

南村はすぐに応じた。江波は問い返した。

「そっちもきょうは休みじゃないのか？」

「当直なんです。なにかあったんですか」

「それはよかった。じつは——」

説明すると、南村のトーンが変わった。

「事件性がないとは言い切れませんね。遭難と、そちらの線の両方で考える必要があるかもしれません」

「まずは検視だな。遺体は動かさないでおくよ。持ち物にも触らない。そちらが到着するまでおれたちは、その女性の手がかりがないか周辺を探してみるよ」

「そうしてください。すぐに課長と相談して、対応が決まったら連絡を入れます」

打てば響くように南村は応じた。

「けっきょく、ただの遭難死で終わっちゃうのかね」

孝夫は納得できないという口振りだ。

榛ノ木尾根で発見された遺体は、まもなくやってきた青梅《おうめ》署の山岳救助隊と刑事生活安全組織犯罪対策課の混成チームによる現場検証が行われたのち、検視のために運び下ろされた。江波と孝夫も遺体の搬出に協力し、そのあと事情聴取を受け、ようやく一区切りついて駐在所に戻ったところだった。

南村からの報告によれば、検視の結果、頸椎《けいつい》の破裂骨折が認められたが、死因はその後の寒気による低体温症の可能性が高いという。

所持していた運転免許証から、遺体は孝夫の言うとおり、木村和志だと確認できた。

不審な点は立ち入り禁止のロープが断ち切られていたことだった。ナイフのような刃物によるもので、切り口から見て切断されたのは比較的最近のようだった。

南村たちは真紀からも事情聴取をしていった。中学一年の少女に死体を見せるわけにもいかなかったが、運転免許証の写真を一目見て、それがきのう目撃したカップルの男のほうだと真紀ははっきり証言した。

　青梅署のチームの到着を待つあいだ、江波と孝夫は周辺を捜索したが、真紀が見かけたという女は発見できなかった。鷹ノ巣山方面から下山してきた登山者とも出会ったが、トオノクボまでの登山道にも、鷹ノ巣山避難小屋にもそれらしい女はいなかったという。

　もしその女が木村の転落を知っていて、通報もせずに去ったとしたら、未必の故意による殺人の容疑が浮上する。一方でそちらも遭難した可能性が排除できず、あすにも山岳救助隊が周辺の山域を探してみるという。

　いずれにしても、死体そのものにはとくに事件性は認められず、いますぐ立件するのは難しいとのことだった。

　免許証に記載された木村の住所は板橋区上板橋。しかし板橋区役所に問い合わせたところ、二年前に職権消除されていた。住民登録された住所に居住実態がないことが判明した場合、自治体が登録を抹消する手続きが住民票の職権消除で、戸籍の附票に記載されている住所も連動して消除される。

　報道などで「住所不定」とされるケースの多くがそれで、単に転出入の手続きを怠《おこた》った場合や、家庭内暴力などで別の居所に身を隠したような場合でも起こり得るから、必ずしも犯罪との関わりを示唆するものではない。

しかし今回の事件全体に漂う不審な匂いや、孝夫が語った冤罪事件以降の木村の人生を思えば、住所不定となった背景に、なにか特別な事情があったと考えたくなる。

木村の持ち物で手がかりになりそうなものはほかになく、クレジットカードやキャッシュカードの類いも所持していなかった。財布には三万円ほどの現金があったが、いまどき携帯電話を持っていないのも不審な点だった。

そのほかの持ち物や身なりがこの季節の登山に不適なのは明らかで、水筒や携帯型のガスストーブ、懐中電灯やヘッドランプなど、山の必需品というべきものはなにもない。総じて言えば小学生の遠足のレベルにも達していないお粗末な内容だ。

山岳救助隊員のなかには、二人は自殺を意図して入山したのではと疑う者もいた。女の姿が見つからないのは、自分は怖くなって一人で下山したからではないか――。

それも一つの見方だが、ガレ場を転落しただけでは、せいぜい怪我をするくらいで、死ぬ確率は高くない。木村の場合も頸椎を骨折し、動けなくなったところに悪天が襲来し、低体温症で死亡したものとみられる。自殺ならもっと楽で確実な死に方があっただろう。

けっきょく事件性の有無の判断は現状では下せないというのが課長の判断だった。

「同行していた女の行方を追うのが先決だな。あすからの捜索もその一環だが、むしろ木村の人間関係に糸口がありそうだ。青梅市内の実家には両親が健在のようだから、南村がこれから動いてくれるだろう」

「おれもあの人も高校時代は陸上部で、なんて言うか男気のある人だった。一年生のとき、しごきに名を借りた一種のいじめに遭ったんだよ。それを一喝《いっかつ》してぴたりとやめさせてくれた。あんな死に方を見ちゃうと、なんだか身につまされてね」

孝夫はしんみりした口振りだ。それを言われれば江波も胸が痛む。少年院を出てからの木村がどんな人生を歩んだのかはわからない。しかし孝夫が言うように、高校生のときに被《こうむ》った冤罪がなんらかの岐路になったのかと思えば、警察官の一人としてやるせない。

「犯罪として立件すべきかどうかは別として、死に至った真相はできれば明らかにしたいもんだな。山のことをよく知らない刑事は気に留めないかもしれないが、自殺を疑った山岳救助隊員の考えだってわからなくはない」

「ガレ場を落ちていなくても、あの装備だったら夜のうちに疲労凍死した可能性は高いよね。いくら素人だって、あれじゃ危ないくらいの知恵は働いたと思うんだよ。実家は青梅市だし、高校も青梅だったから、山についての知識が皆無ということは考えにくいし」

「ああ。単なる遭難では片付けられないなにかがあるような気がするな」

「おれたちにできることってないの」

孝夫は身を乗り出す。江波は首を振った。

「残念だがここから先は本署の仕事だ。殺人の可能性が出てきたら、そのときは本庁捜査一課の扱いで、駐在所長の出番はないよ」

「なんだか情けないね。南村さんの上司も、事件性なしの方向に話を持っていきたいようだったからね」

「捜査一課の刑事だったおれの目から見ても、なかなか難しいケースだよ。検視の結果そのものからは、遭難死以外の死亡原因を示唆する材料は出てこなかったわけだから」

「そうやって見逃しちゃった殺人事件てのも、けっこうあるんだろうね」

「ないとは言えないな。だからといって、怪しいと思ったらなんでも立件するというやり方では、冤罪を増やすことに繫《つな》がりかねない。要は事件として取り上げるに足るしっかりした証拠が出るかどうかだよ」

「なかなか難しいもんだね」

「警察も役所の一種で、いろいろな法律や規制で縛られている。それが一概に悪いことだとも言えないわけで、法の執行の公正さと、犯罪許すまじの気概のバランスをとりながらというのが、けっきょくは落としどころになるんだろう」

江波としてはそう言うしかないが、孝夫がうしろ髪を引かれる思いもわかる。殺人班の刑事として培《つちか》った嗅覚《きゅうかく》が、すでにこの事件にただならぬ匂いを嗅ぎとっていた。


翌日の午後、南村がやってきた。

「課長の判断で、捜査は打ち切りです」

そう報告する口振りには落胆した様子が窺《うかが》える。空しいものを感じながら江波は言った。

「やはりな。あの現場からだけじゃ、ただの遭難死という以上の答えは出にくいからな」

「甘い考えで山に登って遭難する事例には事欠かないですからね。念のため都内の大学病院で司法解剖をしたんです。やはり死因は低体温症とのことでした。頸椎の骨折で身動きができなくなって、その後の降雪と気温低下で死に至ったということのようです」

「一人で登っていたんなら、遭難死ということで落着だな」

「そうではなさそうなのが問題ですね。真紀ちゃんの話だと、二人一緒にタクシーでやってきて、男のほうが一方的に女を叱っていた。装備にしても、どちらも安易なものだった――。単独登山者同士がたまたまその場に居合わせただけとは考えにくい」

「奥多摩の駅から相乗りしてくる登山者もいるが、それだけの関係じゃなさそうだな」

「きょうは朝から山岳救助隊が現場周辺を捜索しました。ヘリも飛んだんですが、それらしい女性は発見できなかったようです」

南村は無念そうだが、司法解剖といい、ヘリまで動員した捜索といい、本署としてはこちらが想像していた以上のことをやっているようだ。江波は言った。

「おとといのうちに下山してしまったのかもしれないな。それなら悪天には遭遇せず、無事に帰っている可能性がある」

「下山したところを目撃した人はいないんですね」

「おれも気になって、パトロールのついでにあちこちで話を聞いてみたんだが、見かけたという人はいなかった」

「あそこからだと、ほかにはどこに下りられますか」

「榛ノ木尾根をそのまま下って、境の集落に出るのが早いだろうな。石尾根経由で氷川まで下ることもできるが、それだと体力も要るし時間もかかる。たぶん途中で悪天に遭遇していただろう」

「そちらでも訊いたほうがよさそうですね」

「境駐在所が近いから、あとで確認するよ」

「いや、お手数をかけちゃ申し訳ない。私のほうで訊いてみます」

南村は携帯を取り出した。壁に貼ってある近隣の駐在所の電話番号を一瞥《いちべつ》し、境駐在所をコールする。先方はすぐに出たようで、要領よく事情を説明し、相槌《あいづち》を打ちながら相手の話に耳を傾ける。丁寧に礼を言って通話を終えると、南村は振り向いた。

「駐在所長は見ていないんですが、境の集落に電話で訊いてくれるそうです。登山道沿いの一帯には過疎で二世帯くらいしか住んでいないので、確認するのは簡単なようです」

江波も境集落から榛ノ木尾根をたどったことがある。いかにも山深い郷《さと》という印象で、廃屋になっている家も多かった。二世帯ほどしかいないというのは事実だろう。

「木村の両親からは話が聞けたのか」

問いかけると、南村は残念そうに首を振る。

「ここ何年か音信不通だそうで」

「交友関係は？」

「高校を中退してからは、半グレ集団みたいなのとばかり付き合っていて、そういう連中とは両親は接点がなかったようです」

「死んだと聞いて悲しんでいただろう」

「どちらかといえば厄介払いができたというような口振りでした。弟さんがいるようで、そちらは都内の会社に勤めていて、親子の関係も良好なようです」

「前科は？」

「青梅市内のコンビニの事務所に忍び込んで現金数十万円を盗んで少年院送り。数年後に、覚醒剤の不法所持で六ヵ月の実刑を食らっています。ほかには犯歴はありませんが、いろいろ厄介なことは続けていたようです」

「例えば？」

「知人が経営しているスナックの飲み代を踏み倒したり、親類の車を勝手に乗り回して自損事故で大破させたり。そのたびに両親が尻拭いをして、こんどはなにをやらかすかと毎日不安に駆られて暮らしていたそうです」

江波はため息を吐《つ》いた。

「冤罪がそういう人生への転落のきっかけだったとしても、もともと資質のようなものがあったとしか思えないな」

「たしかにそうなんですが、だとしたらなおさら腑に落ちませんよ。そういう暮らしぶりをしている人間が、登山なんていう健全なレジャーに興味を持つというのがね」

「言えなくもないな。山登りがとくべつ高尚な趣味だというわけじゃないが、木村の人生と相性がいいとも思えない」

「つまり、なぜ山に来たかなんですよ。それもこんな難しい季節に」

「単なるレジャーとはべつの目的があったと考えたくなるな」

「闇雲に犯罪に結びつけるのが、刑事として正しい態度じゃないのはわかっていますが」

「おれもこの事件にはいわく言いがたいものを感じるよ。しかし本署のほうでファイルを閉じるんじゃ、これ以上捜査を進めるわけにもいかんだろう」

「そうなんですが、このまま退《しりぞ》くのはなにか消化不良な気がするんです。木村という男がなんだか可哀想《かわいそう》な気がして」

「可哀想か。たしかにな。両親は彼の死を悲しんでいないようだし、自業自得だと見るような人間のほうが多いだろうし」

「最初の冤罪に関しては警察にも責任があるわけで、手を抜かずに決着をつけてやらないと筋が通らないような気がしましてね」

南村は真剣だ。江波も心を動かされた。

「しかし閉じたファイルを開くのは大変だぞ」

「いまはそんなに忙しくないんですよ。課長もなにか変だとは感じているようで、私が一人で動くぶんには黙認してくれそうです」

「だったらおれも手伝うよ。できることがあれば言ってくれ」

「それは心強いです。まずはその女の行方ですね。生きているとすれば、答えを知っているのは間違いありませんから」

南村は気合いの入った声で言う。江波のあとを追うように本庁から青梅署へ異動してきて、良きにつけ悪《あ》しきにつけ田舎《いなか》の所轄《しょかつ》の流儀が身に染みついたと思っていたが、まだまだ骨のあるところを見せてくれる。頼もしい思いで江波は応じた。

「よし。一緒にファイルをこじ開けることにしよう。このまま終わってしまうんじゃ、孝夫も真紀ちゃんも納得できないだろうから」

そのとき南村のポケットで携帯が鳴った。とりだしてディスプレイを覗き、慌てて耳に当てる。その顔に喜色が広がった。五分ほどで通話を終え、南村は江波に向き直った。

「境駐在所の所長からです。さっそく地元の住民に問い合わせたところ、おとといの夕方五時ごろ、女性が一人で榛ノ木尾根を下ってきたそうです。年齢は三十くらい。なかなかきれいな人だったそうです。真紀ちゃんの証言と一致しますね」

「身支度は？」

「それも真紀ちゃんの証言どおりで、この季節にしてはあまりに軽装だったそうです」

「夕方の五時なら、雨や雪が降り出していたぞ」

「そうなんです。軽装の上に雨着を着ていない。折りたたみ傘を差しているだけで、服がだいぶ濡れていましてね。それで住民の一人が見るに見かねて家に招き入れ、熱いお茶を飲ませて、衣服を乾かしてやったんだそうです。だいぶ憔悴《しょうすい》していたようですが、しばらくすると元気を取り戻し、雨も小降りになったので、礼を言って出ていったそうです」

「集落から青梅街道のバス停までは近いからな。無事に帰ったのは間違いないだろう。女性の態度に不審なところはなかったのか」

「いま思えば妙に口数が少なくて、なにかに怯《おび》えているようでもあったそうなんですが、風雨に打たれて疲れ切っていたせいだろうと、そのときはとくに不審には思わなかったようです。それからストーブで乾かそうと衣服を脱いでもらったときに、その家の女性が気づいたんですが、背中や二の腕に青あざのようなものがいくつもあったらしいんです」

「青あざ？」

「どうしたのかと訊いたら、下山中に急な坂道で転んだと答えて、慌てて持っていたTシャツを着てしまったそうです」

榛ノ木尾根はたしかに傾斜が急で、下りでは転倒することがあっても不思議ではない。

「名は名乗ったのか」

「高木《たかぎ》とだけ聞いたそうです。自宅はどこかと訊いてもあいまいな返事しかしないので、それ以上は詮索《せんさく》しなかったようで」

「山岳救助隊は榛ノ木尾根全体を捜索したんだろう。その情報は耳に入らなかったのか」

「女性が遭難しているという前提での捜索で、麓の集落までは手が回らなかったんだと思います。なにぶん人数が限られていますから」

南村は恐縮したように言う。江波は慌てて言い直した。

「いや、言葉がまずかった。この件では所轄は十分すぎるくらいの対応をしているよ」

それも南村の初動の手配が手際よかったためだった。通信指令センター経由だったら、最初からただの遭難事件として片付けられて、改めての周辺捜索など覚束《おぼつか》なかっただろう。

「本当はもう一歩踏み込みたいくらいの事件なんですが、現状ではこれが精いっぱいで」

「なに、本番はこれからだよ。解明しなきゃいけない謎が二つ出てきたから」

「一つは高木と名乗った女性の身元ですね」

「果たして本名かどうか。それに高木というのは世間にありふれた名前で、本名だとしても調べる手段がない。それからもう一つ」

「下山した時刻ですね」

「そうなんだ。トオノクボの付近から境までだったら、よほど遅い足でも二時間はかからない。真紀の証言どおり、水根から登り始めたのが午前八時すぎなら、トオノクボには午前中に着いているはずだ」

「現場付近に何時間かは滞在していた可能性がありますね」

「途中で道に迷ったのかもしれないが」

「いずれにしても土地鑑がほとんどないようで、どこから登ったのかと訊いても、はっきりとは答えられなかったそうなんです」

「青梅出身の木村なら、多少の知識はあったかもしれない。その女は木村に誘われてついていっただけのような気がするな」

「現場付近にいたとしたら、天候が悪化しているのはわかったでしょう。木村がガレ場を転落したのは、現場の状況からみて雪が降り始める前です。二人のあいだになにかあったと、どうしても考えたくなりますね」

「未必の故意による殺人という線は十分考えられるだろうな」

「ロープを切断したのがその女なら、容疑はさらに強まります。突き落とした可能性だってなくはない」

南村は気負い込む。その見立てがおおむね間違っていないとしたら、動機はいったいなんなのか。簡単なようで手強《てごわ》い事件になりそうだ。目撃者はいない。木村の遺体からは、殺害されたことを示す事実は出てきていない。

「未必の故意は立証が難しい。あくまで被疑者の主観にかかわる問題だからな」

江波は言った。南村は力強く応じた。

「とにかくできるだけのことはやってみます。このままなにもできずに手を引くんじゃ、警察が存在する意味がありませんから」


十二月に入って、奥多摩の山々はいよいよ静けさを増してきた。あれからずっと雪は降らず、山頂付近の積雪は消えて、落葉樹林帯はほとんど枝だけになった。

青梅署管内には年末特別警戒が発令されたが、江波のところにはまだ市内警備への動員指令は届いていない。例年駆り出されるのは忘年会シーズンに入る中旬あたりからで、駐在所の界隈の閑散とした気配は師走《しわす》の都会の忙しない雰囲気とはほど遠い。

木村和志の事件に関しては、あれからさほど進展がない。南村にしても本格的な捜査態勢で動いているわけではなく、課長黙認のもとでのサイドビジネスのようなものだから、割ける時間には限度がある。

南村は似顔絵の達者な刑事を伴って境集落を訪れて、高木と名乗る女性の面倒を見た主婦の話を聞きながらその似顔絵を作成した。出来上がったものを真紀に見せると、自分が目撃した女とそっくりだと太鼓判を押した。

南村は木村の両親にさっそくそれを見てもらったが、心当たりはないという。さらに交友のあった人間を両親が知っている限り聞き出して、空いている時間に訪ねては木村の周囲にそれと似た女がいなかったかどうか訊いて回っているが、これまでのところ全員がここ二、三年木村とは付き合いがなく、それらしい女に心当たりはないという。

指名手配されているわけではなく、そもそも正式に立件もされていない以上、交番や駐在所に似顔絵を貼り出すわけにもいかない。

「けっきょく年を越しそうだね、あの事件」

暇を持て余しているらしく、きょうも孝夫は江波がパトロールを終える時刻を見計らって油を売りに来た。

「年を越すどころか、このまま糸口も摑《つか》めずに終わってしまうかもしれないな」

もどかしい思いを隠さず江波は応じた。あれから時間が経つにつれて、木村和志の死が単なる遭難によるものではないという思いは確信に近くなっている。しかしそれを立証できる物証も証言もいまは皆無だ。

「難しいもんなんだね、警察の捜査って。怪しいと思ったらすぐに捜査本部をつくって、指名手配してって具合に話が進むんだとばかり思っていたよ」

「地道にいくしかなさそうだな。頼りは南村だけだ」

「そんなことはないんじゃない？　おれと江波さんで知恵を絞れば、なにかアイデアが出てくるかもしれない」

「純香さんのほうで忙しいんじゃないのか」

「年末は仕事が立て込んでいるらしいんだよ。ここのところ休日返上みたいで」

「見限られたわけじゃないんだな」

軽くからかうと、孝夫は血相を変えた。

「おれと八ヶ岳に行く予定があるから、いま一生懸命仕事を片付けているんだよ。どうしてそういう悪意に満ちた見方をするの」

「悪意なんかないよ。なんとかうまくいって欲しいから、つい心配になるんだよ」

「だったら心配なんかいらないよ。そんな暇があったら事件のほうの作戦を練ろうよ」

高校時代にいじめから救ってくれた恩義をいまも感じているのか、孝夫は馬鹿に熱心だ。

「おれたちにできることといえば、もういちど現場を捜索してみるくらいだな。いまは雪が消えているはずだし」

「ああ、それはいいんじゃない。あのときはだいぶ雪が積もっていたからね。それをどけてまで調べはしなかったから。いますぐ行こうよ。きょうは暇なんでしょ」

孝夫はさっそく乗ってきた。

「暇でも勝手に駐在所は離れられない」

「だったら登山道のパトロールという口実にしちゃえばいい。トオノクボから六ツ石山のあたりはここの駐在所の管轄じゃないの」

「たしかにそうなんだが――」

江波は思案した。孝夫の言うことも筋が通っていないわけではない。年末特別警戒という話なら、年末年始にはかなりの登山者が入山する。不慮の事故を防止するためには登山道の安全チェックはむしろいまやっておくべきだ。現に木村が転落した場所は立ち入り禁止のロープが断ち切られていたわけで、その件にしても公式には遭難事故として処理されている。

そういう理屈なら本署の地域課もノーとは言いにくいだろうと、さっそくお伺いを立ててみると、案の定あっさりＯＫが出た。

「じゃあ、おれも支度してくるよ」

孝夫はそそくさと出て行った。山支度を始めた江波を見て、ストーブの前でうたた寝をしていたプールも勢いよく立ち上がった。

トオノクボの周辺は日中でも氷点下二、三度まで冷え込んでいた。山に根雪がつくのはおおむね一月に入ってからだが、寒さはすでに本格的で、朝晩なら氷点下一〇度近くまで下がることもある。

「あのときは、ここから上は雪の原だったからね。青梅署の人たちも雪を掘り返したのは遺体の周囲だけだから、案外、掘り出し物が残っているかもしれないよ」

ガレ場を覗き込み、孝夫は期待を滲《にじ》ませる。前回と同様、近くの木の幹にロープをセットし、遺体があったあたりへと下降する。

雪が消えたガレ場は思った以上に崩れやすい。足元に注意を払いながらゆっくりと下りて行く。同時になにか遺留品が落ちていないかと、周囲にも目を配る。プールも二人に歩調を合わせ、急斜面を覆う石や土砂に鼻を擦りつけながら下っていく。

二〇メートルほど下降したところで、プールが突然走り出した。現場の少し手前で立ち止まり、しきりに前足で地面を掘っている。

慌ててそこまでたどり着き、プールが掘った場所を覗き込むと、大きめの石が重なった隙間に滑り込んだように、小さな四角いものがある。江波は証拠保全用の白手袋を着けてそれをとりだした。シルバーグレーのボディの携帯電話だった。

「きっとあの人のだよ。やったな、プール」

孝夫が傍らにしゃがみ込んでプールの頭を撫《な》で回す。指示したわけではないが、遺体発見時に嗅いだ木村の匂いを記憶していたのだろう。前回は雪に覆われてうまく嗅ぎとれなかったのかもしれない。

開いてみても画面は暗いままだ。電源ボタンを押しても反応しない。バッテリーが切れているのか、雪が融《と》けた際に水が入って壊れてしまったのか。

「この携帯、おれのと同じ会社のだよ。アダプターが共通だから、それで充電すれば中身が覗けるかもしれない」

孝夫が張り切って言う。江波も勢い込んだ。

「壊れているとしてもメモリーは読み出せるだろう。メールや電話帳や発着信の記録が残っていれば、ここ最近の交友関係が把握できる。プール、お手柄だぞ」

江波もプールの首筋を揉《も》みしだく。プールは誇らかにワンと吠える。

さらに遺体のあった場所まで下って、三十分ほど周辺を探し回ったが、ほかに遺留品らしいものは見つからなかった。気持ちはすでに携帯に向いていた。早く帰って中身を覗いてみたい。促すと孝夫も異存はなかった。

稜線に戻って連絡を入れると、南村も声を弾ませた。

「やったじゃないですか。電話帳とか発着信記録が残っているはずですよ。そこに登録されている相手に片っ端から話を聞いていけば、なにか知っている人間が出てくるでしょう」

「電話番号からそれぞれの身元は特定できるな」

「もちろんです。課長に一筆、フダを書いてもらいます。電話会社は最近、こういうことには協力的ですから。それから木村に関して、ちょっとした情報が入りました」

「女の身元に関する話か」

「そういうわけじゃないんですが、二年ほど前まで付き合いがあったという半グレ仲間からなんです。木村はどうも覚醒剤の密売に関わっていたようでして」

「たしかなのか」

「裏はとれていませんが、信用していいような気がします。その男が最近聞いた噂だと、どうもその業界の仲間とトラブルを起こして、どこかに身を隠していたらしいんです」

「本人の常習歴は?」

「いま調べてもらっています。遺体はすでに荼毘《だび》に付されていますが、解剖を依頼した大学の法医学教室に毛髪や血液が保管されているとのことで。覚醒剤の常習者なら髪の毛から反応が出ますから」

「陽性ならその男の話は信憑性《しんぴょうせい》が高まるな。トラブルというのは、例えば命を狙われるようなことなのか」

「最後に話したとき、殺されるかもしれないと本人が言っていたそうです。その男は木村の遭難死が報じられたとき、事故じゃなくて殺されたんだと直感したようです」

「そうなると、いっしょにいた女とは別に、木村の死になんらかの関与をした人間がいる可能性もあるわけか」

江波は思わず唸《うな》った。事件は思わぬ方向へ向かい始めているようだった。


下山して駐在所に戻ると、南村がすでに到着して待ち構えていた。

孝夫は途中で家に立ち寄って、携帯の充電器を持ってきた。さっそくセットして、しばらくおいてから電源を入れると、携帯はなんの問題もなく起動した。表示された待ち受け画面を見て、南村が声を上げた。

「この顔ですよ。境の集落で目撃された女性——」

南村はポケットから例の似顔絵をとりだした。江波もそれはすでに見ているが、画面の写真と同一人物だということは容易に察しがついた。

「待ち受け画面に付き合っている相手の写真を貼りつけるなんて、よっぽどぞっこんなんじゃない。おれだって気恥ずかしいから、そんなことしてないもの」

孝夫は呆《あき》れたように言う。江波も雑誌の記事で読んだことがある。妻や恋人の写真の待ち受け画面は、他人が引いてしまうベスト5《ファイブ》くらいにランクインしていた。木村にそこまでさせるほどの仲だとしたら、未必の故意による殺人という線もいささか薄らいでくる。

ロックはかかっておらず、電話帳の中身は覗くことができた。登録されているのは五件ほどで、交友範囲はそう広くはないようだ。どれもフルネームではなく、名字か名前のどちらか、またはニックネームのようなものだった。

そのなかに片仮名でユキヨという名前があった。女性と特定してよさそうなのはそれだけだった。発着信記録もメールもすべて消去されているようで、一件も残っていなかった。

「全員に電話をかけてみたら？」

横から携帯を覗き込んで孝夫が言う。江波は首を振った。

「相手がどういう人間かよくわからない。こちらが警察だと名乗れば警戒される」

「間違い電話のふりをすれば？」

「それじゃ相手が何者かも確認できない。まずは電話会社に問い合わせて、身元を特定することだよ。住所がわかれば直接出向いて話が聞ける」

南村は頷いた。

「それはこちらで手配できます」

「削除されたメールは復活できないの？」

孝夫がまた口を挟む。嚙み砕いた調子で南村は答える。

「できなくはないけど、専門的な技術が要るんで外部の業者に頼むことになるんだよ。それがけっこうコストが嵩《かさ》む。それに故人とはいえ、プライバシーの問題もあるからね」

「いろいろ難しいんだね。でもそのユキヨという人物が一緒にいた女の可能性は高いよね。まず重点的に調べてみるべきじゃない」

孝夫はいっぱしの刑事のような口を利く。南村は応じた。

「もちろんだよ。まず登録されている五人の身元を確認して、そのあと真っ先にユキヨという人物に接触してみる」

「もし違っていたとしても、その五人は木村と最近付き合いがあった可能性が高いから、女の身元を知っているかもしれない。いずれにしても一歩前進したのはたしかだな」

期待を込めて江波は言った。未必の故意の疑惑についてはなんとも言いがたい状況になってきたが、木村の死についての疑念自体が消えたわけではない。ここまで来たら、なんとか真相を解明したい。

翌日、天候は大きく崩れ、駐在所のある奥多摩湖畔一帯も朝から吹雪になった。交通事故や山での遭難に備え、江波はいつでも出動できるように、耐寒装備を調えて待機していた。南村から電話が入ったのは午前十時過ぎだった。

「例の携帯の電話帳に登録されていた五名の名前と住所が確認できました。ただし――」

そのうち三名は契約月からすでに二ヵ月料金を滞納しており、いわゆる飛ばしの可能性が高いという。

ユキヨを含むほかの二名には滞納はなく、正規の契約なのは間違いないようだ。さらに驚いたことに、木村が使っていたとみられるあの携帯の契約者もユキヨの携帯と同一人物で、フルネームは高木幸代。境の集落の住民が聞いた高木という姓と一致する。その女性は自分が契約した携帯を木村に使わせていたことになる。住所は練馬区石神井《しゃくじい》三丁目。南村はこれからそちらに向かうという。

「こんな天気で大変だな」

江波がねぎらうと、南村は言った。

「むしろ天気が悪いほうが家にいる確率が高いですから。すぐには接触せずに、まず近隣の家で聞き込みをしようと思います。暮らしぶりや性格をある程度把握しておいたほうがいいでしょうから」

「それはそうだ。いまのところは立件されてもいない。下手に接触して警戒されると、こちらは打つ手がなくなるからな」

「接触するにしても穏やかにいくべきでしょうね。デリケートな事案ですから」

「よろしく頼むよ。複雑な背景があるのかもしれないが、おれにとっては庭みたいな場所で起きた事件だ。真相を解明しないまま放り出すのはどうにも気持ちが悪いから」

「私もそうです。なにか釈然としないものがあるんです。無理に事件をつくりたいわけじゃないんですが。このままでは不幸な人間がまた増えてしまうような気がして」

南村のその言葉には打たれるものがあった。問われるべき罪科を免《まぬか》れることは、心において永遠に罪人として生きることでもある。警察官としての職務に道徳的な大義があるとしたら、そんな不幸をこの世界から少しでも減らすことではないのかと——。

「捜査効率だけ考えれば間尺《ましやく》に合わない事案なのかもしれない。しかしそれではおれたち自身が救われない。人の魂《たましい》に寄り添うことができなければ、警察は犯罪を摘発するだけの機械に成り下がるから」

思いを込めて江波は言った。その思いを受け止めるように南村は応じた。

「同感です。なるべく先入観は持たず、納得できる答えを見つけたいと思います。その女性に問うべき罪がなければ、それはそれで結構なことなんですから」

そろそろ昼飯の時間だが、弁当を買いに出るのも億劫《おっくう》だと、窓の外の雲行きを眺めていたところへ孝夫がやってきた。

「親父から差し入れ。天気が天気だから、腹を空かして巣ごもりしてるんじゃないかって」

差し出した紙包みを受けとるとほかほかと温かい。開いてみると池原旅館謹製の幕の内弁当だった。

「こりゃ美味《うま》そうだ。いつも気にかけてくれて有り難うって、親父さんに言っといてくれよ」

「なに、予約していたお客さんからキャンセルが入って材料が余っちゃったんだよ。それよりこの吹雪、まだ激しくなりそうだね」

孝夫は心配そうに言う。峰から吹き下ろす強風に煽《あお》られて、雪は横殴りに窓に吹きつける。気温はこの時刻でも零度前後で、プールは朝からそわそわしている。いくらプールの好みでも、人間にとっては辛い陽気だ。青梅街道を行き来する車もまばらで、道行く人の姿は皆無だ。江波も不安を隠せない。

「問題は山の上だよ。うっかり人が入っていたら大変なことになる」

「この前の事件もあるからね。きょうの荒れ具合はあのときどころの騒ぎじゃないから」

「幸いにと言うのもなんだけど、朝から吹雪《ふぶ》いていたから、まさか登った物好きはいないと思うがな」

「小屋に泊まっていた客で、下山中というのは？」

「雲取山周辺の営業小屋とは連絡をとったよ。どこも客は数名で、全員小屋に留《とど》まって天候待ちをしているそうだ」

「だったらいいんだけど」

孝夫はそれでも不安げだ。南村からの報告を聞かせると、複雑な表情を覗かせた。

「飛ばしの携帯ね。やっぱり危なっかしい連中と付き合っていたわけだ。遭難死しなくても、そのうちだれかに殺されていたかもしれないね」

「人生の歯車はいったん狂い始めると修復が利かなくなる。本人の責任だと言ってしまうのは簡単だが、そう容易《たやす》くコントロールできないのが運命というものでね」

「そういう事件に江波さんはいろいろ出会ってきたわけだ」

「善人と悪人、まともな人間とそうじゃない人間——。そうやってなんでも二つに分けられれば事は簡単だけど、大方の人間がそのあいだをふらふら生きているようなもんだと思うんだ。おれだっていつどっちへ転ぶかわからない」

「まさかあの人がっていうようなケースがよくあるもんね。おれもせいぜい気を引き締めて生きてかないと、人生の奈落に真っ逆さまということにもなりかねない」

孝夫は自戒するように言う。江波は問いかけた。

「そっちは食事は済んだのか」

「うん。この天気じゃ山でなにが起きるかわからないし、いつでも江波さんと飛び出せるように準備しとけって親父が言うもんだから、さっき早めに済ませておいたよ」

「そうか。じゃあ、おれとプールもさっそく腹ごしらえしよう。夕方まで吹雪は収まりそうもないからな」

プールにたっぷりめのドッグフードを与え、デスクで弁当を広げたところへ電話が鳴った。遭難でも起きたかと受話器をとると、どこか切迫した南村の声が流れてきた。

「先輩、まずいことが起きているかもしれません」

「なにがあったんだ」

問い返すと、困惑を隠さず南村は言った。

「メールが届いたんです。木村の携帯に」

「だれから？」

「差出人名はユキヨとなっています」

「つまり高木幸代ということか」

「ええ。石神井の住まいに出かけようとしてふとあの携帯を見たら、赤いランプが点滅していたんです。うっかり電源を切るのを忘れていたようです。開いてみるとメール着信のメッセージが出ていて――」

「木村が死んだことを知らずにメールを？」

「どうもそうではないようです。緊急を要する事態かもしれません。これからそのメールを転送します」

南村は通話を切った。すぐに江波の携帯で着信音が鳴った。比較的長いメールのようだ。もどかしい思いでダウンロードする。スクロールしながらすべてを読み終え、江波は孝夫に携帯を手渡した。その文面を一読し、孝夫も起きている事態を察したようだ。

「江波さん。急がないと手遅れになるよ。おれも戻ってすぐに準備するから」

プールを伴い、完全装備で駐在所を飛び出した。弁当を食べている暇はなかった。防寒着で身を固めた孝夫と池原旅館の前で合流し、榛ノ木尾根への登山口に向かう。麓はまだそれほどではないが、上部は雪が深いかもしれないと、孝夫はスノーシューを二人分用意してくれた。

樹林帯に入ると風は弱まったが、それでも寒気は思いのほか鋭い。吹きさらしのトオノクボのあたりがどれほど厳しい状況かは想像がつく。プールは元気に先頭を行くが、柔らかい新雪に難儀している様子も窺える。

南村が転送してきたメールの文面は次のようなものだった。

天国にいるカズちゃんへ。

こんなメールを送っても、あなたにはもう読んでもらえない。それはわかっているの。でも話しかける方法がほかにないから、もしかしたら天国にも携帯があって、あなたに届くかもしれないと、いまは勝手に思い込んでるの。

恨んでいるよね、私のことを。どうして助けを呼んでくれなかったのかって。どうしてなにもしないで立ち去ってしまったのかって——。怖かったの。私とあなたの生活があのまま続いていくことが。そして疲れてしまった。あなたを愛し続けることに。

知り合ったころの優しいカズちゃんが、知らないあいだに別人に変わって、だんだん私に辛く当たるようになった。ときどき暴力を振るうようにもなった。死のうかとも思ったわ。でもあなたがあのまま壊れてしまうんじゃないかと思うと、それもできなかったのよ。

カズちゃんが外国に行って人生をやり直そうと言ってくれたとき、私は本当にうれしかった。でも山に隠した宝物の話を聞いたとき、私は本当に怖くなった。あなたをつけ狙っていた連中は、決して私たちを許さないだろうって。

一生逃げ回って生きるなんて嫌だった。すべてをリセットするしかないと思った。あなたが崖から転落したとき、私は踏み込んでしまった人生の罠《わな》から、これで逃れられると思ったの。あなたが生きているのはわかっていたのに、私は急いで立ち去った。道に迷って、途中で雪が降り出して、それでも夢中で歩いたの。これで新しい人生を始められるって。

でも家に戻ってわかったの。時計の針は元に戻せないことが。私はあなたを殺したのだから、そんな自分が幸せに生きる資格なんかないんだって。あなたと暮らした一年余りの、楽しかった思い出ばかりが心に浮かんで、自分が失ったものがなんだったのか、私はやっと理解できたの。

だんだん目が見えにくくなってきた。ちゃんとキーが打ててるといいんだけど。でも雪って意外に暖かいね。布団みたいに私を包んでくれている。このまま眠ってしまいそう。死ぬのってそんなに辛くないんだね。カズちゃんもそうだったらいいんだけど。

私もあなたのところに行けるかな。悪い女だから天国は無理かもしれないね。もうバッテリーが切れそうだからこの辺で終わります。いまでもカズちゃんが大好きです。

到着したトオノクボはほとんど吹きさらしで、ダウンの防寒着を着ていても、寒さは骨身に染みるようだった。道標の立っている広場を見渡しても、人の姿は見当たらない。

「いったいどこへ行ったんだろうね。メールの文面から想像すると、このあたりの可能性が高いんだけど」

孝夫は焦燥を隠さない。高木幸代が死ぬつもりなのは明らかだ。メールの送信時刻は午前十一時五十分。それから二時間は経っている。それ以前にどのくらい山中にいたのかもわからない。

目が見えなくなってきたとか、眠くなったとかも言っていた。低体温症がかなり重症化していたとも考えられる。そもそも死んだ木村にメールを送るということが、意識混濁《こんだく》の産物とも言えなくはない。

プールは体をほとんど雪に没しながら、さらに上へと進んでいく。

「たぶんあそこだよ」

江波もプールが進む方向に向かった。木村が転落したガレ場の上に出て、プールは盛んに吠え立てる。江波もそこにたどり着き、雪に覆われた急斜面を見下ろした。

「ああ、いたよ。ここからあそこまで滑り落ちたんだ」

孝夫が傍らで声を上げる。あのとき木村の遺体があったのとちょうど同じくらいの位置に、雪に埋もれかけた人の姿が見える。斜面の上部からその場所まで、人が滑り落ちたようなシュプールがついている。

江波はさっそくロープを出した。新雪雪崩《なだれ》がいつ起きてもおかしくない状況だ。生きていて欲しいと願いながら慎重に下降した。

柔らかい雪を布団のように纏って横たわっていたのは、木村の携帯のあの待ち受け画面の女性だった。それが限りなくいとおしいもののように両手で携帯を握りしめ、表情は穏やかに微笑《ほほえ》んでいたが、生命の兆候はほとんど感じられない。

脈をとろうと腕を動かしたとき、手にしていた携帯が体に落ちた。そのときなにかがボタンに当たったようで、ディスプレイのバックライトが点灯した。

待ち受け画面には、若い男の画像が設定してあった。真紀が言ったとおりイケメンとは真逆に近いが、人懐《ひとなつ》こそうに笑みを湛《たた》えたその表情は、半グレのワルの印象からはほど遠い。木村和志で間違いなかった。高木幸代の脈拍も鼓動もすでに停止していた。

検視の結果、幸代の死因は低体温症によるものとされ、現場の状況およびメールの内容から事故もしくは自殺のどちらの可能性も考えられたが、いずれにしても事件性は認められないという結論に落ち着いた。

しかしメールの文言《もんごん》と南村が聞き出した半グレ仲間の話から、木村が命を狙われていた可能性が浮上したため、青梅署の刑事生活安全組織犯罪対策課は再捜査に乗り出した。

木村の毛髪からは覚醒剤反応が検出された。南村たちがさらに聞き込みを続けた結果、木村が一年ほど前まで覚醒剤密売に関与していた事実も裏づけがとれた。そんななかから信憑性が定かではないある話が飛び出した。

木村が所属していた半グレ集団が、暴力団系の密売組織から大量の覚醒剤を奪いとった。末端価格にして数億円というその薬物が、奥多摩の山中に隠してあるというものだった。その中心人物がどうも木村だったらしい。

幸代のメールにあった「山に隠した宝物」のことが、江波の頭のなかでその話と結びついた。木村が立ち入り禁止のガレ場に踏み入った理由が、あるいはそこにあるのではないか——。

道をふさいでいたロープはあくまで注意を促すためのもので、跨《また》ぐか潜《くぐ》るかのいずれでも通過でき、あえて切断する必要はなかった。

ロープは樹林の切れた比較的広い範囲に張り渡してあり、江波たちが木村の遺体を発見したとき、切断された一方の端はガレ場の上部五メートルほどのところまで垂れ下がっていた。南村に確認すると、木村の所持品のなかには小さな十徳ナイフが含まれていたという。

ロープを切断したのは木村本人なのではないか。ガレ場の上部五メートルほどはとくに傾斜が急で足場も悪く、山に素人の木村でも下るのが危険なことはわかったはずだ。切断したロープはそれを伝って危険個所を下るのに最適だったからではないか。

しかしその目論見はうまくいかず、木村は誤って転落した――。

江波は南村にあることを依頼した。南村は二つ返事で引き受けた。

翌日、江波は南村を含む青梅署の刑事たちとともにトオノクボの現場に向かった。

この日の主役はプールだった。

プールは麻薬探知犬としての訓練は受けていないが、持ち物の匂いを手がかりに遭難者を発見したことが何度かある。身贔屓《みびいき》かもしれないが、木村の遺体を発見した立役者のプールに締めの手柄も立てさせてやりたい。

組織犯罪対策担当の刑事が持参した覚醒剤の匂いを嗅がせると、プールはガレ場の上部でしばらく鼻をひくつかせてから、弾かれたように急斜面を駆け下りた。五メートルほど下ったところでいったん立ち止まり、こんどは右手の樹林に駆け込んだ。江波たちもロープ伝いにあとを追うと、樹林を少し入ったところにあるブナの巨木に前足をかけて、プールがしきりに吠えている。

プールの顔のすぐ上に、直径二〇センチほどの木のうろがある。組織犯罪対策担当の刑事がそこを覗き込み、証拠保全用の手袋を装着して腕を差し込んだ。次々とりだしたのは、それぞれが厚手のビニールで覆われたいくつもの紙包みだった。

プールが手柄を立てた数日後、捜査の状況を報告しに南村がやってきた。よほど気になっていたらしく、電話を入れると孝夫もすぐに飛んできた。

「末端価格五億円の覚醒剤か。無事に回収してたら、いまごろあの二人、外国に逃げて左団扇《うちわ》で暮らしていたかもしれないね」

孝夫は嘆息した。どこか物欲しげな表情が気にかかる。南村が言う。

「それはあくまで末端価格で、業者同士が取り引きする川上の相場はその十数分の一といったところだよ。まあ、それでもはした金じゃないけどね」

「しかしあれを端緒に本庁が動き出したんなら、おれたちがやったことも必ずしも無駄じゃなかったわけだ」

自分を納得させるように江波は言った。南村の話では、警視庁は青梅署との連携で、都内の暴力団と半グレ集団が絡《から》んだ大規模な覚醒剤密売組織の摘発に本腰を入れるという。

「でもこのまえ江波さんが言ったように、ほんのちょっとした歯車の狂いであああいうことが起きちゃうんだね」

孝夫がしみじみと言う。高校時代の冤罪が木村の運命の歯車が狂うきっかけだった。幸代にしても、そんな運命の分かれ目にどうやら警察が関与していたようだ。

南村が事情聴取した幸代の友人の話では、都内のスナックに勤めていた幸代は、一年ほどまえにある男からストーカー行為を受け、警察に何度も相談していたらしい。しかし警察はなかなかとり合ってくれず、そんな事情を店の客だった木村にこぼしたところ、その翌日からストーカー行為がぴたりと止まったという。

木村がなにかやってくれたのは明らかだった。二人はそれから急速に親しくなり、ほどなく幸代のアパートで一緒に暮らし始めた。

木村が半グレ集団のメンバーだと知っていた友人は、別れるように幸代に忠告したが、そのうち二人はどこかへ引っ越して、以来連絡がとれなくなったという。警察は幸代の毛髪も検査したが、覚醒剤反応は陰性だった。

「二人とも死ぬことはなかった。歯車が狂ったきっかけが警察の不当な捜査や不作為だったとしたら、一警察官としておれも辛いよ」

慚愧《ざんき》を込めて江波は言った。新雪のなかに横たわっていた幸代のあの安らかな死に顔が思い浮かぶ。しかし幸福な死などというのは言葉の綾《あや》に過ぎない。生き続けることで生まれる希望があるはずだ。それをまっとうさせてやるために、自分たちにはもっとできることがあったのではないかという思いが拭えない。

そのとき孝夫のポケットで携帯が鳴った。慌ててとりだしたそのディスプレイがつい目に入る。待ち受け画面に表示されているのは、純香とチャムのツーショット。この五月、孝夫と江波と純香と遼子の四人と、プールとチャムの二匹のパーティで雲取山に登ったときのスナップだ。江波に覗かれたのに気づき、照れ隠しのように顔をしかめて孝夫は携帯を耳に当てた。

「ああ、純香ちゃん。仕事の具合はどう？　予定どおり行けそう？　そりゃよかった。さっき知り合いの山小屋の人に電話してみたら、ジョウゴ沢はここ数日の寒波でちょうどいい具合に凍ってるってさ。江波さんも一緒に行きたいってうるさいんだけど、まあ、今回は諸般の事情もあってご遠慮願うことにしたよ。アイスバイルとかアイゼンを揃えるんならおれも付き合おうか。うん、だったらあすの夕方、水道橋で。顔が利く店があるから、値段もきっとサービスしてくれるよ――」

だらしなく頬が緩んだ孝夫の顔を見て、江波はいくらか幸せな気分になった。冬毛が生え揃ったプールは、大仕事をし終えたとでもいうように、この日はストーブのそばで長々と伸びきっている。

駐在所の窓から望む峰々の稜線は、あの日の積雪の名残がまだ消えていない。今年はこのまま根雪になりそうだった。

尾根を渡る風

桜が散り終えるのと入れ替わるように、奥多摩《おくたま》は新緑の季節を迎える。

山全体がいっせいに芽吹き、若やいだ緑の衣装に衣替《ころもが》えするこの季節は、希望という言葉が自然に心に馴染《なじ》む。

湖面を渡ってくる冷え冷えとした朝の風を頰《ほお》に感じながら、江波は木の間越しに奥多摩湖を望む山道を走っていた。

両手にストック、背中には水とわずかな非常食だけが入った小さなザック。足ごしらえは軽くてグリップの強い特殊なランニングシューズ――。近ごろ注目を集めているトレイルランニングの出で立《いでた》ちだ。

略してトレラン――。山岳マラソン、山岳耐久レースと呼ばれることもあるこの競技は、それまでもあったクロスカントリーよりもずっと山登りに近い。ルートには一般的な登山道が使われ、食料や飲料水も携行し、走破する距離が一〇〇キロを超えることも珍しくない。

始まったのは欧米らしいが、日本にもかなりの競技人口がいて、シューズを始めとする専用の装備を扱う店や専門雑誌も存在する。

ここ奥多摩でも毎年秋に七一・五キロの山岳耐久レースが行われ、すでに二十年の歴史をもつ。その入門編として三二キロのレースが四月中旬に行われ、孝夫に誘われて江波は初めて参加した。

孝夫は秋の本レースに何度か参加していて、今年はそこに江波も出したいらしく、まずは様子見ということでショートバージョンに出てみないかと誘われた。

山は自然の美しさや静けさを味わうために登るもので、苦しい思いをして駆け回るのは邪道だと断ったが、孝夫は勝手に江波のエントリーを済ませてしまった。遭難救助の際にはレースで鍛えた足の速さが遭難者の生死を決する場合もあると職業上の責任感に訴えられて、江波も逃げるに逃げられなくなった。

コースは奥多摩湖の山向こうに当たるあきる野市の六〇〇〜七〇〇メートル台の山並を周回する。制限時間は六時間三十分。それをオーバーすると失格になる。

江波は三時間五十分台で完走したが、順位は百八十位台に終わった。入門編といっても参加者は千人を超え、秋の本大会に向けた小手調べとしてエントリーする猛者《もさ》も多い。

初回でその順位なら上出来だと孝夫には慰《なぐさ》められたが、そう言う孝夫の順位は十一位で、本人としてはまだ不満らしい。それでも鳴りを潜めていた江波の負けん気に火が点《つ》いた。

秋の本大会には例年参加者が殺到しエントリーの枠はすぐに埋まってしまうが、春のレースがその成績なら優先出場権があるとのことで、それなら本気でトレーニングしてみようという気になった。

孝夫によれば、トレーニングといっても毎日何十キロも走り込む必要はなく、そこまでやるとむしろ体を痛める結果になるという。そこで週に二日程度、仕事前の早朝に駐在所の裏山を走ってみることにした。

仕事に差《さ》し障《さわ》るようでは困るので、最初は二、三キロに抑えていたが、いまはそれが五キロに延びて、タイムも二十分台半ばまで縮まった。本番でそのスピードが出せれば五十位以内には入れると孝夫は保証するが、そもそも距離も地形も違うので鵜《う》呑《の》みにはできない。

しかし実際に走ってみると、歩くのとはまた違う感覚がある。文明化した人間の心の奥底にも、山野を駆け巡った時代の獣の本性が秘められているようで、心と体が一体となって躍動するような不思議な喜びが湧《わ》いてくる。

普通に歩くだけならほとんど呼吸が乱れなくなったこのあたりの山道も、走れば登山の初心者だったころのように、息も弾むが心も弾む。

頭上を覆うブナの新緑が朝の日射しを透《す》かして、木漏《こも》れ日《び》が足元でさざ波のように揺れる。相棒のプールは江波を先導するように二メートルほど前を小走りする。勤務開始前のこのトレーニングを、プールも新方式の散歩としてたいそう気に入っているようだ。

　これまでは人間のスピードがいかにものろいとでもいうように、先に行っては立ち止まり、早く来いと吠えてみたり、待ちきれなくて戻って来たりを繰り返していたが、このごろは自分のペースについて来られるようになった江波の精進《しょうじん》ぶりに目を細めている表情さえ窺《うかが》える。

　ルートは一般の登山道とは繋《つな》がっていない杣道《そまみち》だが、地元の人々が山菜採りや茸《きのこ》採りに入るので、道は比較的よく踏まれている。

　適度なアップダウンがあり、山道を走るスキルの向上にはちょうどいい。山岳マラソンとか耐久レースと聞くといかにも体力勝負という気がするが、実際に重要になるのは技術のほうだ。

　普通に山を歩く場合でも、ベテランと初心者でスピードや疲労度が違うのは、体力の差より技術の差によるところが大きい。疲労しない、筋肉や腱を痛めない歩き方のコツがあるもので、それは経験を積み重ねることで体得するしかない。

　走るとなればなおさらで、闇雲《やみくも》にスピードを上げれば怪我《けが》のもとだし、呼吸法にしても歩く場合とは根本的に違う。とくに下りではルートの先読みが大切で、数メートル先の足の置き場まで計算に入れる。漫然と足を運べば転倒に結びつくこともある。

トレーニングを始めてまだ三週間ほどだが、走り終えての疲労度は当初と比べて格段に小さくなって、これから秋にかけて研鑽《けんさん》を積めば、五十位どころかベストテンの一角にも食い込めそうな気がしてきた。

そのための最初のトライアルが都内のある団体が再来週《さ》の日曜日に開催する耐久レースで、参加者は百人規模だが、ゲスト参加も歓迎だというので、孝夫とともにエントリーしておいた。

小河内《おごうち》ダムを起点とし、小河内神社をゴールとする全長三〇キロあまりのコースだが、初めて経験した四月のレースと異なり、核心部は御前山《ごぜんやま》から三頭山《みとうさん》へと連なる一〇〇〇メートルから一五〇〇メートル級の稜線《りょうせん》で、秋の本番のコースと重なる本格的なものだ。きのうも孝夫は駐在所に遊びに来て言ったものだった。

「規模は小さいけど経験者揃いのレースだから、江波さんはトップグループに食い込むのは難しいと思うけど、とりあえず三十位以内を目指そうよ。もちろんおれは三位入賞が目標だけどね」

上から目線のそんな物言いに内心面白い気分ではなかったが、大学山岳部出身で、子供のころから奥多摩を庭のようにして育った孝夫と張り合っても勝ち目はない。それでもせめてベストテンには食い込んで鼻を明かしてやりたい。

「はなからおれを舐《な》めてるようだけど、参加する以上、おれはトップを目指すよ。三位入賞なんて甘い目標に興味はないから」

強気で言い返してやると、鼻で笑って孝夫は言った。

「夢を持つのはいいことだよ。その夢と現実のギャップに気づくのも人間の成長に欠かせない経験だからね」

近ごろその手の人生論でも小理屈をこねるようになった。純香と付き合うようになって一人前の男になった気でいるのか、地元の老舗《しにせ》旅館の後継者としての自覚が出てきたのか——。

「お互いにそれは言えるな。過剰な自信は躓《つまず》きの石になる。しかし躓かない人生というのも面白みがない。こんどのレースには純香さんは誘わないのか」

「なによそれ、人生の躓きの話と彼女の話を結びつけたがっているように聞こえるけど」

孝夫は口を尖らせる。江波は慌てて言い訳した。

「たまたま話題が繋がっただけで他意はないよ。去年の暮れに出かけた八《や》ヶ岳《たけ》のアイスクライミングは楽しんだんだろう」

「うん、彼女、完全にはまっちゃって、もっと難しいところを登りたいって言うから、今年の冬は甲斐駒《かいこま》あたりにしようって話になってね。江波さんも付き合う？」

「そんな気はないくせに。無理に誘わなくてもいいよ」

「そうやって気持ちが通い合うのが江波さんのいいところだよ。でもこんどのレースにはぜひ参加してみたいってさ。おれが見るところ、女子の部の上位入賞は間違いないね」

「そっちはともかく、もう一つのゴールは見えてきたのか」

「うん。まあ、そこはね。もう少し仕事のほうで頑張ってみたいと彼女が言うもんだからさ」

孝夫の声のトーンが落ちる。慰めるように江波は言った。

「結婚は人生の一大事だからな。お互い悩めるときに悩んでおいたほうがいい」

「江波さんの場合は、悩み足りずに結婚しちゃったわけ？」

孝夫は鋭く突いてくる。すべての結婚が望ましいものとは限らない。成就《じょうじゅ》したことが不幸の種になるような結婚もある。自分の場合もたぶんそれだった。

「それは言えるかもしれないな。どちらが悪いわけでもない。自分たちがゴールすべき地点を間違えた。大事なのはそこだよ。当面の結果を急いでいいことはない」

「そう言ってもらえると気持ちがいくらか楽になるよ。じつは内心ちょっと焦っててね。親父もおふくろも彼女のことを気に入っちゃって、早く若女将《わかおかみ》になって欲しいなんて言い出すもんだから」

心配げに見上げるプールの頭を撫《な》でながら孝夫は言った。そのあたりは同病相憐《どうびょうあいあわ》れむところもあって、江波もじつは遼子を誘ってみたのだが、向こうはとんと興味を示さず、時間があればスタート地点まで応援に行くと言ってくれただけだった。

バツイチ同士の交際では、心の距離がどんなに縮まっても、結婚という言葉がある種の禁句になりがちだ。その壁を乗り越えるには、お互いにいましばらくの時間といま一つの勇気が必要なのだろう。そんな二人の距離感を、いまはむしろ大切にしたいと江波は思う。

いつものコースを周回して駐在所に戻ったのは午前八時を少し過ぎたころだった。タイムは二十分台後半でなかなか悪くない。

シャワーを浴びて制服に着替え、トーストと目玉焼きで朝食を済ませ、九時少し前に事務室に入り、本署からファックスで届いていた連絡事項をチェックする。とくに重要な案件はなく、突発的な事件でもなければ、きょうも平穏無事な一日になりそうだ。

朝のパトロールに出かけようとしたところへ、ポケットのなかで携帯が鳴り出した。取り出してディスプレイを見ると、遼子からの着信だった。きょうは図書館は休みではないはずだ。なんの用事かと応答すると、どこか深刻な遼子の声が流れてきた。

「江波さん。困ったことがあるのよ」

「いったいなにが？」

「いま図書館にいるんだけど、人につきまとわれているようなの」

「穏やかじゃないな。なにか被害は？」

「とくに変わったことはまだ起きていないけど、通勤の行き帰りに、いつも同じ車があとを尾《つ》けてくるの」

「いつから？」

「ここ二週間くらいほとんど毎日。最初はたまたま方向や時間が同じだけかと思ってたんだけど」

「ほとんど毎日というのは変だね」

「行きも帰りも一緒というのもね。私だって残業することはあるし、個人的な事情で遅出するときもあるのよ。それで変だと思い始めて――」

切羽詰《せっぱつ》まったというほどではないが、不安は隠せない様子だ。江波は確認した。

「運転している人の顔に見覚えは？」

「フロントウィンドウ越しだし、キャップを被《かぶ》ってサングラスをしているからほとんどわからない。たぶん男だとは思うけど」

「車から降りたところは見ていないの？」

「家の近くや図書館の駐車場では見かけないのよ。いつも途中から現れて、途中で姿を消しているようなの」

遼子に個人的な恨みを買うようなことがあるとは思えない。ストーカーの可能性が高そうだ。そんな感想を漏らすと、遼子も同感だというように応じる。

「おばさんでバツイチでとくに魅力があるとも思わないけど、大勢の来館者と接する仕事だから、なかにどんな変わった人がいるかわからないしね」

「もっと早く連絡してくれればよかったのに」

「まだ被害を受けたわけじゃないし、こちらの思い過ごしということもあるかと思って」

「そうは言っても、ストーカー行為から殺人事件に発展してしまったケースもある。

甘く見ているのと危険なのは間違いない。車のナンバーは控えてある？」

訊《き》くと遼子は慎重に応じた。

「あるけどプライバシーに関わる話だし、相手にとくに悪気もないようなら、警察沙汰にするとかえって事態を深刻にしかねないと思うの」

「いまの段階ではまだ警察としては動きにくいけど、その車の持ち主が誰かくらいは調べておいたほうがいい。万一の際に迅速に対処できるし、心配するような相手じゃないとわかれば安心できる。もちろんまだ上には上げずに、おれの段階で止めておくよ」

「だったらそうしてもらうほうがいいかもしれない。ちょっと待ってね――」

メモを見ているのだろう。いったん声が途切れ、すぐに遼子は電話口に戻る。

「えーと、多摩五〇〇の『さ』の――」

遼子が読み上げた番号を手帳にメモし、江波は言った。

「所有者はパトカーの端末から簡単に検索できる。すぐに調べてこちらからかけ直すよ。君のほうで心当たりのある人物かもしれないから」

「わかったわ。じゃあ待ってるから」

遼子は期待を覗《のぞ》かせてそう応じた。江波は駐車場に向かい、パトカーのエンジンをアイドリングさせて、車両ナンバー照会システムを立ち上げた。スピード違反や駐車違反の取り締まりに必須の端末で、交通課だけではなく、地域課のほとんどのパトカーにも搭載されている。

タッチパネルの操作で遼子から聞いたナンバーを入力する。表示されたのは奥多摩町氷川《ひかわ》在住の河野《こうの》俊之《としゆき》という人物で、生年月日は昭和二十五年の九月だから、いまは六十二歳ということになる。

遼子にストーカー行為を働くには年配過ぎる気がしないでもないが、色恋沙汰に年齢は関係ないとも言えるし、親の名義の車を息子が乗り回しているといったケースもあるだろう。

車種はシルフィで、年式は二〇〇四年型とやや古い。以前はボディカラーも登録されていたが、法律が変わって最近はやっていない。

さっそく遼子に連絡を入れると、そういう名前の人物に心当たりはないという。車はシルバーグレーの小型のセダンだから、たぶん間違いはないとのことだった。

「それほど年配には見えなかったけど、若づくりしてる人もいるから、なんとも言えないわね」

「君を知っていての行動なら、来館者の可能性が高いな。調べることはできないの？」

「そうね。やってみるわ。貸出カードの記録は返却遅れの連絡にも使うから、とくに機密扱いはされていないのよ。ひょっとすると私も顔を知っている相手かもしれないし」

遼子は落ち着いた調子で言って通話を終えた。さし迫って危険な事態ではなさそうだが、江波の心はざわめいたままだ。そんな気分を感じとったのか、プールも不安げにクーンと鳴いて江波を見上げる。

いったん駐在所に戻り、戸口に「パトロール中」の札をかけてパトカーに戻ると、すでにプールは定位置の助手席に座って準備万端の態勢だ。

つい先ほどまで晴れ渡っていた空には薄絹のような雲が広がって、太陽はぼんやりと暈《かさ》を被っている。天候は下り坂のようで、それも心をわずかに重くする。

湖岸沿いの国道を西に進み、大麦代《おおむぎしろ》駐車場にさしかかったところで携帯が鳴り出した。駐車場の一角にパトカーを停めて応答すると、動揺した様子の遼子の声が流れてきた。

「いたのよ。貸出登録している人のなかに。河野弘樹《ひろき》という人がいて、住所がその車の所有者と同じなの。登録された生年月日が正しければいま二十五歳——」

同じ住所で暮らし、自家用車を共有しているとしたら、年齢差からすれば息子かもしれない。それなら直接本人にではなく、父親に話をしてみる手もあるだろう。いずれにしても穏便《おんびん》なかたちでの決着が望ましい。

「心当たりは？」

「とくにないのよ。でもカウンターに座っていると来館者から質問を受けることもあるし、マナーの悪い人に注意することもあるから、少しくらいなら話をしたかもしれない」

遼子は心許《こころもと》なげに答える。もしその男がストーカーならなんらかの接触がきっかけになっていると考えるのが妥当《だとう》だ。遼子のほうは不特定多数の来館者が相手でいちいち全員を記憶しているわけではないだろうが、相手のほうは逆で、ちょっと言葉を交わしただけでも、それが人生の一大事になってしまうこともある。

「住んでいるのが氷川だとしたら、行きと帰りが同じ方向になることがそもそも不自然だ。君に興味があっての行動なのはこれで間違いないな」

「困ったわね。私のほうは図書館で働き出してからまだ一度も一目惚《ひとめぼ》れするような人に出会った記憶はないから、相思相愛という結果にはならないと思うし」

遼子は微妙なことを言う。江波ももちろんそう願いたい。思わぬ恋敵《こいがたき》の登場という羽目になるのは困りものだ。

「こんどの日曜日、おれは休みだから自家用車で尾けてみようか。どういう男か確認できるかもしれない。君は普通に通勤してくれればいい」

図書館は日曜日は休館しないからそこは都合がいい。遼子は期待と不安と相半ばの口ぶりだ。

「大丈夫？　どういう相手かわからないのよ。危険かもしれないわよ」

「私的な行動といっても、おれが警察官だということを忘れてもらっちゃ困るね。いずれにしても慎重にやるよ。君のほうに火の粉《こ》が飛んじゃまずいから」

「迷惑じゃないのなら、お言葉に甘えるわ。いまのところ危険なことが起きそうな様子はないけど、やはり落ち着きが悪いもの」

「ああ。そのまえになにかおかしな動きがあったら連絡してくれないか。近場ならすぐに飛んでいくし、氷川方面なら南村に頼んで地元のパトカーに駆けつけてもらうから」

「ありがとう。遠慮なくそうさせてもらうわ。ところでトレイルランニングの練習はしっかりしてるの？」

気分転換しようとでもいうように遼子は話題を切り替えた。燻《くすぶ》っていても始まらないから、明るい調子で江波も応じた。

「けさもプールと一走りしてきたよ。タイムはなかなかよかったから、こんどのレースはいい順位に食い込めそうだよ」

「そうなの。楽しそうね。私にもやれるかしら」

「このあいだは興味がなさそうだったけど」

「うん。いろいろ考えたのよ。そのときは辛くても、なにかに挑戦した時間って、あとでいい想い出になるじゃない。ビリでもいいから完走できたら、私の人生の宝物になるんじゃないかって気がして」

「やってみるとそんなにハードでもないんだよ。君だってけっこう山歩きをしてるから、基礎的な体力はあるはずだ。あとは技術的な問題だよ。というより慣れだね。こんどおれのトレーニングコースを走ってみないか」

「シューズとかは専用のものが必要なんでしょ?」

「とりあえず、普通のスニーカーにジャージのような動きやすい服装でいいよ。試しに走ってみて、本格的にやろうという気になったらいろいろ揃えていけばいい」

「じつはゆうべインターネットで調べたのよ。給水用のハイドレーションパックとかも必要なんでしょ。どれも通販で買えるから、これから注文しとくわ。先に投資しちやえば、簡単にやめられなくなるから。再来週のレースには私も出ようと思うの」

遼子は声を弾ませる。江波も気持ちが明るくなった。

「純香ちゃんも参加するそうだから、強敵になりそうだね」

「向こうは元ワンゲルだから私なんか歯が立たないわよ。でも孝夫君は張り切ってるんでしょ。私たちも負けずに楽しみましょうよ」

遼子が「私たち」と言ってくれたのがなんとなく嬉しい。気のせいか、翳《かげ》りかけていた空が少し明るくなった。


「河野弘樹っていうの、そいつ？」

パトロールから帰ってくる時間を見計らったように、孝夫が駐在所にやってきた。ちょうどいまごろが宿泊客を送り出したあとで、油を売るのにいちばんいい時間らしい。

孝夫は歳も近いから、学校時代の知り合いということもあるかと思い、遼子の尾行の件を話してみると、さっそく反応があった。

「知ってるのか？」

「たぶんね」

「たぶんか。あやふやな話だな」

「たしか去年のトレランの本大会で五位に入賞したやつだよ。家にそのときの完走者リストがあるから、これから帰って調べてこようか」

「ああ、頼むよ。顔は覚えているか？」

「おぼろげな印象は残ってるけど、こういう人相だってはっきり言えるところまではね。でも、そのとき撮った記念写真があるから、それを見ればどの顔だかわかると思うよ」

「それはありがたいな。しかし同一人物だとすると、ちょっと厄介なことになる――」

遼子がトレランに入れ込む気配をみせている話をすると、孝夫は不安げに言った。

「そうなの。仲間が増えるのは嬉しいけど、そいつがおかしな性格の人間だと、ちょっとやばいよね。レースって集団で走るのは最初だけで、中盤を過ぎるとけっこうばらけてくるし、本大会のときは夜も走ることになるからね」

「そんなことでせっかくの意欲を挫《くじ》くことになるのは嫌だし」

「そうだよね。とにかく急いで帰って調べてみるよ」

孝夫は立ち上がり、そそくさと戻っていった。新たな心配が出てきた。トレランの健康的なスポーツのイメージとストーカーという行為の陰湿なイメージが頭のなかで重ならない。しかしスポーツマンすべてが健全な心の持ち主とは限らないのは、最近相次ぐスポーツ関係者の不祥事をみれば明らかだ。

孝夫は十分ほどで戻ってきた。携えてきたのはけっこうな厚みの書類と2L判の写真が一枚。

「主催者のホームページに掲載されていたのを印刷したんだよ。千何百人もいるから手間を食ったけど、記念になるし、ライバルのチェックにも使えるし」

孝夫の名前は手渡されたリストの一枚目のかなり上にあり、マーカーで印がつけてある。そのさらに上のほうに、たしかに「河野弘樹」の名前がある。

「よく覚えていたな」

「それまでのレースでは見なかった名前なのに、突然五位に登場してきたんだよ。上のほうは常連が占めることが多いから、おれもつい意識しちゃったんだね」

「写真は？」

「これなんだよ」

孝夫が差し出した写真には三十人ほどの人物が写っている。男子総合の部の上位入賞者が集まって記念撮影したものだという。

「いちばん前の列の右端にいるのがおれなんだけど」

「見ればわかるよ。河野という人は？」

「二列目の左から三人目だよ」

「五位だというのに？」

「とくに順位は気にしないで撮ったから。それでもどことなく引っ込み思案な感じだよね。本当はおれがそのあたりにいるのが順当なんだけど」

孝夫は控えめな口を利く。言うとおり河野はどこか影が薄く、できればもっとうしろにいたかったとでも言いたげに、左右の人物の肩のあいだからわずかに体を覗かせている。

身長はそれほど高くはなく、体は細身で、筋肉質というわけでもない。マラソン選手にやせ型が多いように、持久力と筋力は別ものだから、そんな河野が五位入賞の実力者でも不思議はない。

いかにも気弱そうな印象から、極端な行動に出そうなタイプにも見えないが、それもなんとも言えないところだ。ストーカー殺人のような凶悪犯罪では、人は見かけによらないという言葉が往々にして的を射ることがある。

「ひょっとしたら、このあたりまでトレーニングに来てるだけかも。トレラン向きの山道には事欠かないからね」

信じがたいというように孝夫は言うが、その解釈にも無理がある。

「そうだとしたら、夕方に来て朝帰りになる。夜間の走行もある競技だから、たまにそういう練習をすることもあるかもしれないが、毎日となるとな。しかも彼女の通勤時間と一致している。とても偶然とは言えないだろう」

「そう言われればたしかにね」

孝夫はあっさり引いてしまうが、江波もどこか釈然としない。

「中学や高校時代の知り合いということはないか」

「覚えてないいんだよね。小中学校の友達にはいないし、高校はこの辺だとたいがい青《お》梅《うめ》に行くんだけど、そっちのほうでも記憶はないんだよ」

孝夫は首を振る。江波は問いかけた。

「この写真は借りていいかな」

「いいけど、遼子さんに見せるの？」

「車で尾け回しているだけじゃないかもしれないからな。自宅の周りや職場に出没していることも考えられる。顔を知っていれば不意に接近されるような事態にも対処できる」

「顔と名前が一致していないこともあるだろうしね。写真を見れば、どこかで接触があったことを思い出すかもしれない」

「頭から危険な相手だと決めつけるのも問題だが、不審な行動なのは間違いないから」

「心配だよね。尾けられているのが江波さんにとっては大切な人だから」

孝夫は意味ありげににやついてみせる。言われてみればそのとおりだ。公務としての仕事なら、しばらく様子を見るようにとアドバイスするくらいのケースだろう。公と私のけじめはつけなければいけないが、人情としてはそこが難しい。

さっそく遼子に電話を入れると、帰りにその写真を見に立ち寄るという。きょうも尾行されるかもしれないから、くれぐれも注意するようにと言っておいた。

午後七時過ぎに遼子はやってきた。

「きょうは追いかけられなかった？」

訊くと遼子はいくぶん安心したように頷《うなず》いた。

「朝だけだったようね。向こうも毎日だと身が持たないのかもしれないし、もう飽きちゃったのかもしれないし」

「それならいいけど、まだ安心はできないよ。ここにいるのが河野弘樹なんだけど」

「ああ、この人！」

手渡した写真を見て、遼子は声を上げた。江波は問いかけた。

「知ってたの？」

「一ヵ月くらい前から週に二、三度、図書館に来て、書架にある本を読みふけっていたのよ。カードの登録はしているんだけど、本を借り出したことはないの」

「言葉を交わしたことは？」

「一度だけ。蔵書のことで訊《たず》ねられたんだけど、それが変わった質問だったのよ。奥多摩や奥秩父《おくちちぶ》の登山の歴史について書かれたものはないかって」

「奥多摩町の図書館なんだから、そんな質問はよくあるんじゃないの」

わかっていないと言いたげに遼子は首を横に振る。

「自分の郷土のことって、案外興味がないじゃない。私も子供のころ、父や近所の大人から折に触れてそういう話を聞かされたけど、それよりアニメのこととか渋谷や原宿のこととかにずっと興味があったもの」

言われてみればそんな気もする。自分にしてもそうだった。郷土の歴史は年寄りの話題で、子供のころはいやいや聞かされる話の最たるものだった。

「希望に添えるような本はあったの？」

「そう訊かれると、意外に思い当たるものがないのよね。北アルプスとか谷川岳《たにがわだけ》なら、アルピニズムの黎明期《れいめいき》についての本がいろいろあるんだけど、奥秩父とか奥多摩はそっちと比べて地味でしょ。郷土史家が書いた民俗学的なものとかはあるんだけど、登山となると案外少ないの」

「がっかりさせてしまったわけだ」

「でも興味を持ってもらえそうな本があったのよ。田部重治《たなべじゅうじ》という人が書いた『山と渓谷』という本と、木暮理太郎《こぐれりたろう》という人が書いた『山の憶ひ出』という本。二人はパートナーで、いまから百年以上前に北アルプスや奥秩父の山に登ってその魅力を世に紹介した人なの。とくに奥多摩を含む奥秩父山塊《さんかい》についてはまさにパイオニアと言っていい存在らしいのよ」

初めて聞く名前だった。百年以上前の登山家のことを遼子はどこで知ったのか。江波も山の本は持っているが、ほとんどが入門書の類《たぐ》いや現代の登山家のエッセイのようなもので、そこまで古い登山の歴史を繙《ひもと》こうというほどマニアックな趣味はない。

「それで、話をしたときの印象は？」

「人と付き合うことに慣れていない感じかしら。うつむきがちで、必要最小限のことしか喋《しゃべ》らないの。教えてあげた本を夢中で読んでいるから、気に入りましたかって訊いたのよ。振り向きもしないで『はい』と答えただけ。そんなに面白いんなら借り出して家でゆっくり読めばと言ってみたんだけど、なにか傷つけられたような表情でそのまま黙りこくってしまって――」

「君に嫌われて追い立てられたように思ったのかな」

「そういう意味で言ったんじゃないんだけど、そんなふうに伝わったのかもしれないわね。私のほうはお節介《せっかい》なおばさんだと見られたんじゃないかと思って、そのあとはとくに声もかけなかったの。向こうも気まずくなったのか、だんだん足が遠のいたようで、ここ二週間くらい姿を見せていないのよ」

「その代わり車で君を尾け回すようになったとしたら、あまりいい変化とは言えないな」

「こうなると、私にも責任があるような気がしてきたわ」

遼子は内心穏やかではないという口振りだ。江波は宥《なだ》めるように言った。

「君は善意で言葉をかけただけで、そんなふうに受け止めたとしたら問題があるのは彼のほうだよ。しかしこの写真を見ると、二十五歳という年齢にしては幼いような気がするね」

写真のなかの河野弘樹は短めの大人しい髪型で、もちろん孝夫のようにブリーチしているわけでもない。顔立ちは比較的整っているが、強くアピールするようなところはとくにない。容貌《ようぼう》だけから性格は判断できないが、直感的には気弱で人見知りする少年のような印象だ。遼子も頷いた。

「私は十七、八かと思っていたの。孝夫君と同じくらいの歳じゃない」

「孝夫のほうはここのところ変に自信をつけているから、以前よりも大人びて見えるけどね」

「純香ちゃんとうまくいくようになってからね。この河野君もそんな巡り合わせでもあれば、無駄な時間やガソリン代を使うこともなくなると思うんだけど」

遼子は思いやるような口振りだが、こちらが想像しているような性格だとすると、話をするにしてもどうきっかけをつくるかが難しい。かといっていまやっているような行動を続けさせるのも問題だ。なにかの弾みでエスカレートしてしまうのがストーカー事件のパターンで、未然に防ぐ手立ては早めに講じておく必要がある。

「なんにせよ、こんどの日曜にはおれが動いてみるよ。まず彼の行動パターンを把握する。それから穏便に接触する方法を考えるよ」

「私がじかに会って話したほうがいいんじゃないかしら。こちらの気持ちを正確に伝えて、もっといい人生の選択があるはずだって説得すれば、わかってくれるような気がするのよ」

人物像が具体的になって警戒心が薄れた様子が遼子には窺える。江波にしてもそうなのだ。写真の印象からも遼子から聞いた話からも、河野が危険な人間だという感じが薄れてきた。しかしそんな気分もまた落とし穴になりかねない。

「やめたほうがいいと思うよ。そもそもそういうコミュニケーション能力に問題があるからこんなことが起きているんじゃないのかな。またべつの誤解を生じるようになってはまずいから」

「そもそもの火種は私かもしれないから、かえって火に油を注ぐことになっちゃうか」

遼子は納得したふうに応じ、足元に寄り添うようにうずくまるプールの頭を優しく撫でてやる。江波は言った。

「とりあえず、再来週のレースのことなんだけど、参加は見合わせたほうがいいんじゃないのかな。危険な人物じゃないと確認できるまではね」

「彼も参加するの？」

「まだそれは聞いていない。大規模な大会じゃないから、当日までエントリーが可能で、いまの時点で確認してもあまり意味はないと孝夫は言っている」

「男女一緒に走るんでしょ？」

「着順は男女別や年代別で細かく出るけど、レース自体はね」

「私なんかそもそも完走できるかどうかというところだし、向こうははるか先を走るはずだから、気にすることもないと思うけど」

「彼がレースをとるか君をとるかだよ」

「でも参加者はほかにも大勢いるんだし」

「最初はいくつかの集団にまとまっていても、レース中盤を過ぎるとずいぶんばらけてくるらしい。なかには迷子になる参加者もいるそうだ」

「もし不審なものを感じたら、携帯で江波さんか孝夫君に連絡するわよ。日ごろ鍛えた足ですぐに飛んでこられるでしょう」

「それはそうだけど――」

言葉を濁す江波に、遼子は身を乗り出して言う。

「じつはもうシューズとかいろいろ注文しちゃったのよ。スマホからインターネットで――」

江波はいまもガラケーだが、遼子は一歩先を行っているようだ。それにしても一度その気になると積極的だ。遼子は続ける。

「孝夫君の話を聞いていたらちょっと考えたと思うんだけど。でも再来週の日曜日でしょう。シューズを履き馴らしたり、装備にも馴染んでおきたいし。日曜は開館日だけど、もう上司に事情を話して休みを取っちゃったし」

そこまで言われると江波としても止めるのが難しい。それに遼子も言うように、自分も孝夫も参加するわけで、ボディガードも兼ねると考えれば、むしろ安全だと言えなくもない。

「じゃあトレーニングを始めなくちゃいけないね。一緒に走ってみる？」

「そうしたいけど、江波さんは仕事前の早朝に走ってるんでしょ」

「毎日というわけじゃないけど」

「あしたは？」

「きょう走ったから休みにしようかと思ってたんだけど、付き合うのはかまわない。しかしシューズやウェアがまだ届かないんじゃないの」

「普通のジョギングシューズにジャージくらいでもいいんでしょ」

「もちろん。このあたりの裏山を走るだけだから。天気が悪かったら中止すればいいし」

「思い立ったが吉日と言うじゃない。彼のこともあるけど、心配してばかりもいられないでしょ」

「そうだね。ものごとは前向きに考えたほうが、いい結果が出るものらしいから」

遼子の楽観的な口振りに煽《あお》られたように江波は応じた。河野弘樹がかなり変わった青年なのは間違いないだろうが、本人と接したことのある彼女のほうは、少なくとも危険だというサインは受けとらなかったのだろう。できればその感触が当たっていることを願いたい。

翌日の朝七時に遼子は駐在所にやってきた。赤いジャージの上下にジョギング用のスニーカー。背中には軽食と飲み物と雨具を入れた小ぶりのデイパック。トレーニング用の五キロのコースなら十分な身支度《みじたく》だ。

きのうは日中から夕方にかけて曇りがちだったが、けさ起きてみると空はすっきりと晴れていた。気温も例年より高めで、遼子のトレーニング初日としては絶好の日和《ひより》だ。

ルートは大麦代トンネルの水根《みずね》側入口の横手にある藪《やぶ》に覆われた踏跡《ふみあと》から入る。少し進むと道幅が広がって快適な山道になる。

入り口をわかりにくくしているのは登山者や行楽客が迷い込まないようにとの配慮もあるが、地元の人たちにとってはその一帯が山菜採りや茸《きのこ》採りの適地で、外から来た人間に知られたくないという思いもあってのことらしい。

「早起きって気持ちがいいわね。父の朝食を用意して出てきたから、きょうは六時起きよ」

わずかに息を弾ませて遼子が言う。駐在所からここまですでに上り坂の舗装路を二〇〇メートルほど走っている。

「苦しみが始まるのはこれからだよ。最初は心臓も筋肉も悲鳴を上げるからね。無理をしないでバテたら言ってくれ」

「でもたった五キロのコースでしょ。私だってこの土地で生まれ育った人間よ。子供のころは毎日山のなかを走り回ってたんだから」

遼子は自信を覗かせる。これまで一緒に登った山でも、たしかにその片鱗《へんりん》は感じている。孝夫や父親の池原健市にしてもそうだが、心肺機能や筋力といった要素とはまた別に、山道を登り下りするというそのこと自体に、当たり前のように体が馴染んでいるというべきか。平地で暮らす人々にとっては山登りそのもののような行為が、こうした土地の人々にとっては日常生活の一部なのだ。

「たったの五キロと軽く言うけど、おれはここに着任したころ、徒歩で二〇〇〜三〇〇メートルの移動でも息が上がったよ」

苦笑いしながら江波は言った。コースの山道はのっけから登りが始まる。歩くぶんには大した勾配《こうばい》ではないが、走るとなると体への負担が極端に違う。

「さっきは大きな口を叩いたけど、本当は私たちだって昔の人たちとは違うのよ。若い人たちにすれば山菜や茸はスーパーで買うものだし、急坂がいくらあったって車ならぜんぜん疲れないし」

そう言いながらも、遼子の初のトレランはいまのところ快調だ。彼女のペースに任せるために江波はうしろを走っているが、足の運びを見ても不安がない。

よく踏まれているとはいえ山道には岩角や木の根が露出している。それらを避けたり跨《また》いだりしなければならないから、普通のジョギングのように一定の歩幅で走れないのがトレランの難しさでもあり面白さでもある。

遼子は前方数メートルの状況を先読みして障害物をスムーズに回避する。意識的にはなかなかできることではない。体で山道を知っている。そこは平地の人間とひと味違う。

きょうは仲間が一人増えて、プールはいつもより興奮気味だ。しばしば美味《おい》しいものを届けてくれる遼子は、プールにとっても特別のゲストだ。先に行っては戻っての頻度《ひんど》も普段よりずっと多く、これでは江波たちの数倍の距離を走ることになる。

春の若葉は独特の芳香をもっている。下草が繁茂《はんも》する夏の盛りの濃密な匂いとも秋の枯れ葉のうら寂《さび》しい匂いともまた違う。希望に香りがあるとしたらこれではないかと思わせる。

「さすがに息が上がるわね」

一キロほど走ったところで遼子が立ち止まる。大きく肩で息をしていて、額《ひたい》には汗が滲《にじ》んでいる。

「それはそうだよ。おれだって最初はどうしても呼吸が乱れる。もう少し走れば体が馴染んでくるよ。少し休もうか」

江波もわずかに喘《あえ》ぎながら応じた。二人の会話が気になったのか、先を行っていたプールが駆け戻る。

「これじゃ先が思いやられるわね。装備を注文したのは早まったかしら」

「おれも孝夫にレースに誘われてトレーニングを開始したときは、こんなこととても無理だと思ったけど、一週間目くらいで体が楽になってね。けっきょくレースは完走できたよ」

「人間はチャレンジする目標を欲しがる存在なのかもね。普通に登れば楽で安全なルートを、挑戦の目標にするためにハードルを高くした。エベレストとか未踏の岩壁とかを登らなくても自分の記録を追求できるって、それはそれで楽しいことじゃない」

額や首筋の汗をタオルで拭《ぬぐ》いながら、涼やかな表情で遼子は言う。そのとき背後からこちらに近づいてくる速いピッチの足音が聞こえてきた。普通の登山者ではない。たぶんトレイルランナーだ。

しかしいまいるルートは孝夫に教えてもらったもので、ガイドブックにも登山用の地図にも載っていない。江波がトレーニングを始めてからも、山菜採りにやってきた地元の住民にしか出会っていない。

聞き耳を立てていたプールがワンと吠える。三〇メートルほど手前の支尾根を巻くようにして男のランナーが一人姿を現した。

二〇度前後の急坂を、平地の路上を走るようなペースで登ってくる。スピードでは孝夫に引けをとらない。いやそれよりもずっと上のように思われる。

ブルーのウィンドジャケットに膝丈の黒のタイツ。シューズはもちろん専用のもので、両手にはストック。足の運びもストックの捌《さば》きもスムーズだ。

黄色いキャップを目深《まぶか》に被り、濃いめのサングラスをしているから、顔は判別しがたいが、遼子は驚いたような表情だ。

「あの人――」

「ひょっとして？」

問い返すと遼子はこくりと頷いた。

「いつも車で尾けてくるのは、あれと同じような黄色いキャップを被った男なの。サングラスもあんな感じの角張ったタイプ。顔は――。そう。たぶん彼よ」

「河野弘樹？」

こんどは遼子は黙って頷く。予期せぬ遭遇に江波は慌てた。遼子と自分がここで河野と鉢合わせすることが、今後にどういう影響を及ぼすかわからない。

尾行の件でいま問い詰めても、身に覚えがないと言われれば引き下がるしかない。トレランの練習に朝晩訪れていると説明されたら、それで納得するしかないだろう。

事実こういう状況で遭遇してみれば、あるいはその線が妥当かとも思えてくる。ストーカーの疑いは考えすぎで、たまたま車での移動時間が遼子の通勤と重なるケースが多かった――。とはいえまだ予断を許さない。ここで急いで答えを出すこともない。

傍《かたわ》らに笹の茂った藪がある。河野は足元に目を配りながら走っているから、まだこちらには気づかない様子だ。目顔で促すと、遼子も考えを察したようだ。

数メートル奥まで踏み込んで、その場に二人でしゃがみ込む。これで河野からは見えないはずだ。遼子はプールを優しく抱え込む。

リズミカルな足音がさらに近づいてくる。江波も走っているからよくわかる。岩角や木の根が邪魔になって普通はピッチが乱れるものだが、それがほとんどないということは、歩幅の調整でリズムを保っているからだ。リズムが狂えば呼吸も乱れる。それは疲労度に大きく影響する。

男が目の前を通過する。江波は息をひそめた。動き出そうとするプールを遼子は煩ずりしながら押しとどめる。見るからにきれいな走行フォームで、その滑《なめ》らかさは風のようだ。これでは孝夫に勝ち目はない。

足音が遠ざかるのを待って藪から出ると、男の姿はもう見えなくなっていた。

「間違いなかった？」

訊くと遼子は複雑な顔で応じた。

「間違いないわ。気にしすぎだったかもしれないわね。朝と夕方、氷川からトレーニングに通っているとしたら、私の通勤時間と重なるのは辻褄《つじつま》が合うから」

「しかしおれは初めて見た。毎日通ってきているなら、何度か遭遇していてもよさそうだけど」

「きょうは私が無理に頼んだから、スタートした時間が違うでしょう」

「ああ、そうか。いつもより三十分早かった。それに向こうがいつも同じルートを走るとは限らないしね」

江波も納得せざるを得ない。河野が日中は氷川のどこかで働いているとすれば、会社でも公的機関でも始業や終業の時間は似たようなものだろうから、遼子の言うことは頷ける。

「なんだか悪いことしちゃった気がするわ。なにも心配することなんかなかったのに」

「気にすることはないよ。君が不安に感じたのももっともだから。でも慌てて動かないでよかったよ」

江波も半ばは肩の荷を降ろした気分だった。しかし心の片隅にもう一つ割り切れないものが残る。辻褄はたしかに合うが、その説明にはどこか無理があるような気がしてならない。

河野の車がいつも背後にいるようになったのが、彼が図書館に来なくなった時期と一致している点が気にかかる。それにたまたま時間が重なっているだけなら、どうしてつかず離れず遼子の車のうしろにいるのか——。

「それなら江波さんも安心じゃない」

いつもの時間に油を売りに来た孝夫にそんな経緯を報告すると、どこか嬉しそうな調子で孝夫は応じた。

「実際に被害があったわけじゃないし、不審な行動の説明は一応ついたわけだから、このまま静観するしかないだろうな」

「それよりそいつ、そんなにいい走りしてたの？」

孝夫の興味はあくまでそっちらしい。江波は頷いた。

「ああ。おれも雑誌を読んだりビデオを観たり、いろいろ研究したからな」

「どれも貸してやったやつじゃない。フォームがよかったの？　それとも馬力で行くタイプ？」

「走っているところは見ていないのか」

「去年の大会じゃ順位がけっこう離れていたから。残念ながらうしろ姿一つ見なかった」

「テクニックでは文句のつけようがないだろうな。それほど馬力があるとは思えないが」

「怖いのはその手だよ。力任せで行くタイプはその日の体調に影響されやすいけど、そういう選手はコンスタントに記録が出せるから」

「じゃあ大口を叩くのはやめて、いまのうちから白旗を揚げておいたほうがいい。のちのち恥をかくこともないだろう」

「そこは江波さんも勉強不足だね。技術にパワーが加われればもはや敵なしじゃない。きょうまで伊達《だて》にクライマー人生を送ってきたんじゃないからね」

「あの走りでも五位だとなると、さらにその上がいるということだ、三位入賞なんて見果てぬ夢だろう」

「心配しなくていいよ。それより江波さんはどうなの。遼子さんと一緒じゃトレーニングに身が入らないでしょう、あしたも走るんなら、おれがフォームを見てあげるけど」

孝夫は鷹揚《おうよう》な口振りで言う。河野の話を聞いて気もそぞろで、江波にかこつけてさっそくトレーニングに入るつもりらしい。

「いや、いいよ。おれたちはべつにトップクラスを狙ってるわけじゃない。彼女と二人でマイペースでいくから」

「おれがいると邪魔なんだね」

孝夫は口を尖らせる。江波はきっぱり言ってやった。

「はっきり言えばそうなんだ」

「暮れの八ヶ岳の仕返しを、こんなところでしなくてもいいじゃない」

「だったら今年の甲斐駒には、おれも付き合わせるか」

「そこはまた、ちょっと考えどころだけど——」

孝夫はとたんに口ごもる。

「身勝手なやつだな。まあいいよ。彼女が嫌がらなかったらな」

「嫌がるわけないよ。遼子さんは優しい人だから」

孝夫はあっけらかんとしたものだ。それからしばらくトレランの技術やら装備やらの講釈を聞かせて、きょうは団体の予約があって夕食の仕込みが忙しいからと、勝手に慌てて帰っていった。

昼食のあと溜まっていた書類仕事を片付けていると、ポケットのなかで携帯が鳴り出した。取り出してディスプレイを見ると遼子からの着信だった。

「調子はどう？　筋肉痛とかはない？」

問いかけると、遼子は困惑気味の声を返した。

「困ったことが起きたのよ。誰かが私の車のタイヤをパンクさせたようなの」

「本当に？」

当惑しながら問い返した。やはり河野に対する認識は甘かったのか。予期に反してストーカー行為が一気にエスカレートしたのか——。

「昼休みに駅前のスーパーで買い物をしようと思って駐車場に行ったのよ。そしたら前輪のタイヤが二本ともぺしゃんこになっていて、近くのガソリンスタンドの人に来てもらったら、ナイフのようなもので切り裂かれているって言うの」

「警察には？」

「たちの悪いいたずらだから通報したほうがいいとその人が言うので、いま一一〇番に電話したところなんだけど」

「ほかの車は？」

「私のだけみたい」

「けさは尾行されなかったの？」

「されなかったわ。彼はストーカーじゃないと思っていたのに」

遼子は口惜しそうだ。江波は慎重に応じた。

「まだ河野だと決まったわけじゃないが、用心はしたほうがいいだろうね」

「これから警察の人が来るんだけど、彼のことは話したほうがいいかしら」

思い悩むように遼子が訊いてくる。

「言えば警察は彼を容疑者扱いするだろうね。江波もそこは即答できない。事情聴取どころか逮捕もしかねない」

「もし無関係だったらとんだ罪つくりになるわね」

遼子はため息を吐《つ》く。江波の心証とすれば、河野がストーカー行為を働いているとはあまり思えないが、かといって可能性がゼロだとも言いがたい。

「あ、警察の人が来たわ。またあとで電話するね」

声を落として遼子は通話を切った。ストーカー行為に方程式はない。交際の強要があり、次いでつきまといや迷惑電話が始まりというように、段階を踏んで刑事事件に発展するなら予測も立てやすい。

しかし実際には、相手との明白な接触もなく、一気に凶悪犯罪に発展するケースも少なくないという。もしタイヤを切り裂いたのが河野だとしたら、次にどういう方向へ進んでいくのか。物的損害だけでは済まない惧《おそ》れもある。

十五分ほどで遼子は電話を寄越した。

「来たのは近くの交番のお巡りさんで、とりあえず被害届を出して欲しいと、その場で用紙を渡されたの。捜査はしてくれるんですかって訊いたら、届を受理してから上と相談して決めると言って、とくに立ち入ったことも訊かれなかったわ。指紋の採取とかするのかと思っていたら、なんだかぜんぜんやる気がなさそうね」

遼子はがっかりという口振りだ。内輪の事情を知っている江波には、その警官の対応もわからなくはない。青梅署のような小さな所轄《しょかつ》でも扱う事件の数は多く、一方で人員は限られ、被害の大きさや事件の重大性の観点から捜査対象は絞らざるを得ない。

今回の事件では物的損害は出たものの、人的被害が出たわけではなく、物的損害は保険でカバーできる。優先順位が低くなるのはやむを得ない。しかし被害を受けた当人にとってはそれで済む話ではなく、被害者感情と職務の効率追求の板挟みになるのは現場の警察官の宿命とも言える。

「河野のことは言ったの？」

「まともに話を聞く気もなさそうだったから、こちらからは言わなかったわよ。それに、どうしても彼がやったとは思えないの。あくまで直感に過ぎないんだけど、一度は話したことがある相手だし、トレランにあそこまで打ち込む姿を見ちゃうとね」

「わかった。河野については、警察が扱う事案としてはまだ微妙だ。タイヤの件は南村に言って、周辺での聞き込みくらいはやってもらうよ。そちらで別の犯人が浮上すれば、河野への疑惑もすっきり片付くわけだから。おれはなんとか穏便に河野と接触してみよう。きょうと同じ時間に例のトレランの練習コースで待っていれば、彼がやってくる可能性は高いから」

　腹を固めて江波は言った。いよいよ自分が個人的に動くしかなさそうだ。うまく立ち話でもできれば、同じ趣味の者同士、多少は話が弾むかもしれない。自分にも刑事時代に鍛えた勘がある。河野に凶悪な犯罪に走る傾向があるかどうか、ある程度の感触は摑《つか》めるはずなのだ。

　危ないと感じたら南村に言って、所轄の人員で行動監視をしてもらう。不審な行動の現場を押さえればストーカー規制法を適用できる。それが当面は最良の方策のように思えた。

「私も行ったほうがいい？」

　遼子が問いかける。江波は慎重に応じた。

「とりあえずおれが話してみるよ。君がいたら河野は構えてしまうはずだから。なるべく自然な反応から感触を探ってみたいんだ」

「わかったわ。でも気をつけてね。一対一だとどんなことが起きるかわからないから」

「その点は問題ない。あすは孝夫も一緒に走りたいと言ってるんだよ」

「それならいいわ。彼の走りを一度見ておくのもいいかもしれないし。孝夫君、どうも最近天狗になっているようだから」

遼子は軽く笑った。いまのところそれほどショックは大きくなさそうだ。もし河野ではなかったとしたら、誰がタイヤを切り裂いたのかという疑問が残るが、その場合はガソリンスタンドの人間が言ったように、悪質ないたずらと考えるのが妥当だろう。とくに怨恨《えんこん》もなく、見境なしにその手の悪さをする人間は珍しくない。

「おかしな奴じゃないといいんだけどね。それだけの走りをするんだったら、おれとしてはぜひ本番のレースで勝負してみたいから」

孝夫が言う。ペパーミントグリーンのウィンドジャケットにショッキングピンクのハーフタイツというこれ以上ないというほど目立つトレランウェアに身を固め、きょうはやる気満々の顔つきだ。

こちらはきのうと同じ時間に走り出して、河野と遭遇した場所で待つことにした。きょうも来るかどうかはなんとも言えないが、だめならあすもある。とにかく構えずに話をしてみることだ。

楽しそうに周りの藪やブナの幹を嗅《か》ぎ回っていたプールが突然ワンと吠えた。下のほうからあのリズミカルな足音が聞こえてくる。

「来たみたいだね」

孝夫はその方向に顔を向け、耳をそばだてている表情だ。足音はだんだん大きくなって、支尾根の陰からきのうと同じウェアのランナーが姿を見せた。

「江波さんの言うとおりだよ。馬力じゃなく反射神経と頭脳で走るタイプだね。ストック捌きも上手《うま》いから、膝や腰に負担がかからない。究極の省エネ走法だよ」

いかにも感心したように孝夫が言う。近づいてくる彼を通せんぼするようになってもまずいから、路肩の藪に踏み込んで道を空けた。

男は羽でも生えているような足どりで近づいてくる。二人がいるのに気づいているのかいないのか、スピードを緩《ゆる》める気配もない。

「お早う。いいペースだね」

孝夫が声をかける。男は戸惑ったように顔を上げた。きのうと同じキャップとサングラスだ。

「間違いないよ。河野だよ」

孝夫は小声で言ってから、また男に声をかける。

「いつもここでトレーニングしてるの？」

河野は困惑したような表情で、黙って二人の前を走りすぎる。そのうしろ姿に江波は思いきって声をかけた。

「河野弘樹君だね」

男はぴたりと立ち止まり、怪訝な表情で振り向いた。

「ちょっと話そうよ。去年の秋の大会で五位に入賞した河野君だろ。同じ趣味の者同士、いいお付き合いができればと思ってね」

「そういうのって、僕にとってはどうでもいいんだけど」

苛立《いらだ》つような口調だが、無視して走り去る傍若無人《ぼうじゃくぶじん》さも持ち合わせていないようだ。こんどは孝夫が語りかける。

「トレーニングの邪魔をする気はないんだよ。でもいまおたくが走ってくるのを見ていたら、あんまりフォームがきれいなもんだから、つい見とれて思わず声をかけちゃった。同じルートを走ってるんなら、これから仲良くやっていけたらと思ってね」

「二人ともこの辺の人なの？」

河野は警戒しているというより、どこかおずおずした調子で訊いてくる。

「うちは水根でたった一軒の旅館をやっててね。この辺りは庭みたいなもんだよ」

くだけた調子で孝夫が応じると、河野もつまらなそうな顔で言葉を返す。

「池原旅館じゃないの。知ってるよ。泊まったことはないけど」

逃げ出したいような素振りも見せず、河野は江波に視線を向けてくる。嘘を言ってもいずればれるし、この辺りへ朝晩通っているとしたら、もうすでに制服姿を見られているかもしれない。それならこちらから身分を明かすほうがいい。それに対する反応から、タイヤ切り裂き事件の犯人かどうかも類推できる。

「おれは江波。ここの駐在所長だよ」

「水根駐在所？」

「そうだよ。トレランの練習には絶好の立地でね」

「本当に？」

「本当だよ。嘘をついたら官名詐称で罪になる」

江波が笑うと、河野もつられたように小さく笑い、慌てて口元を引き締める。

「あそこには思い出があるんだよ。子供のころの話だけど――」

河野は問わず語りに切り出した。その反応は意外だった。

「家族で奥多摩湖へ遊びに来て迷子になっちゃって。駐在さんが見つけてくれたんだよ。道路脇から獣道《けものみち》に入り込んで、戻れなくなっちゃったんだね」

「いつごろ?」

「小学校の低学年だから、二十年近く前」

「だったらおれより何代も先輩だ」

江波が相槌《あいづち》を打つと、どこか和《なご》んだ表情で河野は続けた。

「怖くて寂しくて深い藪の中で一人で泣いていたら、どうやって見つけたんだか突然その人が現れて、本当に嬉しそうに笑ったんだ。それからチョコレートをくれて、おんぶして両親が待っている駐在所まで連れてってくれた。あの大きくて温かい背中の感触はいまでも忘れないよ」

その先輩が河野の心を解きほぐす糸口をつくってくれていたのなら、まさに本懐と言うべきだろう。警察に対する信頼の種を蒔《ま》くことは、駐在所長の最大の仕事だと江波は思う。褒賞《ほうしょう》の対象にも人事考課のポイントにもならないそんな無形の成果こそ、駐在所長が心に秘めるべき勲章だ。

「だったら、山は怖いものだという感覚が染みついちゃったりしなかった?」

孝夫が問いかけると、河野は小さく首を振る。

「逆だった。そのときの駐在さんの背中の温もりと奥多摩の山の記憶が結びついて、むしろ憧《あこが》れる気持ちが強くなったんだ。母さんも山が好きだったし」

「学生のころは山岳部とかに？」

「いや、人と一緒に行動するのに馴染めない性格だから、いつも一人だった。普通の人は北アルプスとか谷川岳とか格好いい山に憧れるんだろうけど、なんだか奥多摩や奥秩父みたいな地味で静かな山が好きなんだ」

河野は意外によく喋《しゃべ》る。そこは予想を裏切られた。奥多摩や奥秩父の登山史に興味を持っていたという遼子の話とも重なってくる。

「トレランを始めてから長いの？」

孝夫はさらに問いかける。河野は気負いもない様子で答える。

「まだ三年目だよ。去年の奥多摩の耐久レースが初めて出場した大会で、それまではただ一人で走っていただけだった」

「それで五位入賞か」

孝夫は驚きを隠さない。その後も朝晩の練習を欠かさず続けているとしたら、今年は優勝したとしてもおかしくない。

それからしばらく、奥多摩の山の魅力やトレランの話題に花が咲いた。江波の心証はいよいよシロだった。

個人的な事情に踏み込むのは不自然だから、話題はその方面に限られたが、河野のトレランに対するこだわりは、マニアックではあっても偏屈というようなものではない。

　競技人口が増えたと言っても、トレラン愛好家自体が部外者からみれば変人の集団だ。河野が社会性に長《た》けているとは言いがたいが、そういう傾向の人間はそうした世界では珍しくもない。図書館での遼子とのやりとりは、彼の年齢を考えればたしかに違和を感じるが、こういう場所で接してみれば、普通のトレランおたくに過ぎないとも言える。

　話をしたのは十五分ほどで、河野は先に行くからと一人で走り出した。引き離されて恥をさらすことにもなりかねないから、孝夫もあえて同伴しようとは言い出さない。

　二人は五分ほど遅れて走りだし、予定のルートを一巡したが、河野のうしろ姿を見ることはついになかった。

　駐在所に戻ってから、まだ自宅にいる遼子に電話を入れて、河野との接触の顚末《てんまつ》を報告した。江波が得た感触を伝えると、遼子の不安も和らいだようだった。

「話してみれば普通の人だったわけね」

「なにを基準に普通の人と言うかは別にして、危険なストーカー行為に走るような人間には見えなかったということだよ」

「タイヤ切り裂きの犯人は別にいると考えたほうがよさそうね」

「そうなりそうだね。南村にはきのう電話を入れておいたよ。なんとか現場を動かしてみると言ってくれた。行きずりの愉快犯による犯行だとしたら検挙は難しいと思うけど、そういう犯罪は常習性が高いから、これからも被害が出るかもしれない。早めに動いて損はないと発破《はっぱ》をかけておいたよ」

「そうよね。保険が下りるからって泣き寝入りしてたんじゃ、犯人をいい気にさせるだけだから」

憤懣《ふんまん》やるかたない口振りで遼子は言った。

南村から予想を裏切る電話があったのは、その日の午後だった。

「さっそく手の空いている人間に動くように指示したんです。遅まきながら鑑識にも声をかけて、現場周辺の足跡を採取してみました。犯行のあとも人の出入りが頻繁《ひんぱん》にあった場所なんで、どうかなと思ったんですが――」

「なにか出てきたのか？」

「ちょうど停めてあった車の二本の前輪のあたりに集中して、特殊なソールパターンの靴跡が見つかりました」

「特殊なパターンというと?」

「科捜研のデータベースと照合したところ、トレイルランニング用シューズのパターンと一致したそうです」

「なんだって?」

江波は慌てた。河野の件は南村の頭のなかだけに入れておく約束ですでに伝えてある。そして彼がトレイルランナーだということも――。

遼子からはあのあと電話があって、きょうは通勤中に河野の車は見かけなかったという。その気になれば追尾できる時間に彼が水根周辺にいたのはたしかなわけで、これまでのことはやはり偶然だった——。そんな考えに二人は落着したところだった。

「私も先輩の得た心証を信じたいところなんですが、そういう事実が出てきた以上、やはり事情聴取くらいはしないと——」

苦い口振りで南村は言う。江波は問いかけた。

「所在は判明しているのか」

「自宅に問い合わせました。電話に出たのは母親で、働いているのは青梅市内にある電子部品工場です。いま捜査員を向かわせています」

「そうか。やむを得ないな」

臍《ほぞ》を噬《か》む思いで江波は言った。もし河野がやったのなら、自分はその本性を見誤ったことになる。

遼子の車を追尾したことも、トレランを趣味としていることも、南村に言うべきかどうか迷いがあった。もし言わずにいたら河野への嫌疑は生じないはずだった。トレランシューズの足跡が出たところで不特定多数の足跡の一つに過ぎず、河野の名前が浮上することはなかっただろう。

もし河野が犯人だとしたら、その犯行がさらにエスカレートしていったとしたら、遼子自身に危害が及んだ可能性を否定できない。それが未然に防げたのなら結果オーライと言うしかない。

しかし心のなかではなにかが燻《くすぶ》る。本当にやったのは河野なのか——。どうしてもそこがしっくり来ない。自分の失策を認めたくないだけではないかと省《かえり》みてはみるものの、それでも気持ちは釈然としない。

逐次《ちくじ》状況を知らせてくれるように頼んで通話を終えて、慌てて遼子に電話を入れると、彼女もいま青梅署の別の捜査員から連絡を受けたという。

「でも、本当に彼なのかしら」

遼子も半信半疑な口振りだ。江波は慎重に応じた。

「トレランシューズを履いているのが奥多摩で彼一人というわけじゃないだろうから、まだ断言はできない。しかし可能性が高まったのは間違いない。任意の事情聴取くらいはやむを得ないだろうね」

「逮捕されることはないんでしょ？」

「犯人じゃないんなら、はっきり主張すればいい。こちらの感触も伝えてあるから、南村にしてもそう強引な取り調べはしないと思うよ」

「なんだか変なのよね。怪しいと言えばかなり怪しいのに、彼に対しては被害者感情が湧いてこないの」

　どこか切なげに遼子は言う。似たような思いが江波にもたしかにある。人間という存在は、たぶん心の奥に磁力のようなものをもっている。引き合う相手もいれば反発し合う相手もいる。それは付き合った時間や交わした言葉の量では決まらない。河野が発するそんな磁力が、彼を信じろと心に働きかけてくるようだ。

　翌日の午後二時過ぎに、南村から電話が入った。

「先輩。河野が自供しました。タイヤを切り裂いたのは自分だと――」

「間違いないのか」

予想もしなかった展開に、江波は驚きとともに問い返した。どこか覚束《おぼつか》ない調子で南村は言った。

「ただ裏が取れないんです。やったのは自分だというばかりで、動機についても犯行の状況についても黙秘しています。使った刃物にしても、なにを使ったのか、どこにあるのか、一切話そうとしないんです」

「現場の靴跡と彼の靴の照合は？」

「それもできないんです。いま履いているのはごく普通のスニーカーで、トレラン用のシューズを提出するように言っても、捨てたと言い張ってその場所については黙秘する。もっと重大な事件なら家宅捜索という手もありますが、この程度の事案では令状は出ませんから」

「アリバイは？」

「勤め先に問い合わせたところ、一昨日は遅番で、午後からの出勤だったそうです。しかし両親の話では、早朝に家を出て、帰ってきたのは夜遅くだったとのことでして」

「犯行時刻はたぶん午前中だ。そのあいだのアリバイがないとなると――」

「彼の自供を覆《くつがえ》す根拠もないということです。だからといって、それだけじゃ逮捕や起訴はできない」

「目撃者もいないんだな」

「近隣を聞き込んで回ったんですが、怪しい挙動の人物はだれも見かけていないようです」

「タイヤの件だけだったら、証拠が揃ったとしてもせいぜい略式起訴の微罪だ。しかし相応の罰金は払わなければならないし、被害者への賠償も条件になる。そのうえ略式と言っても有罪は有罪で、会社に知られれば解雇されるかもしれないし、次の職探しにも支障が出る」

「そうなんです。やっていないとしたら自供して得なことはなにもない。取り調べをした捜査員は自供そのものを疑っています。こういう容疑者はいちばん扱いに困ります――」

電話の向こうで、南村は困惑も露《あら》わにため息を吐いた。

「とりあえずきょうは家に帰らせることにします。日を置いてまた来てもらって、仕切り直しするしかないでしょう。もちろん行動監視の捜査員は張り付けます」

「タイヤを切り裂いたのが彼かどうかは別として、彼自身に罰せられたい願望があるとしか思えないわね」

そんな話を電話で伝えると、遼子は思いがけない言葉を口にした。

「罰せられたい願望？」

鸚鵡《おうむ》返《がえ》しに問い返すと、遼子は言った。

「彼のことが気になって、図書館にある精神病理学の本を読んでいたの。ストーカー行為についてなにかヒントになるようなことが書いてないかと思って。それによると、固着って言うそうだけど、例えば対象を失った愛情が心の奥に抑圧されていて、そのことに当人は無意識に罪の意識を感じていて、罰せられることを望んでいる。それが自分でもコントロールできないような奇妙な行動を引き起こしたりすることがあるらしいの」

「図書館の司書さんは勉強家なんだね」

「司書だからというより、基本的に本が好きだし、それも雑学派なのよ。読み齧《かじ》っただけだからあまり当てにしないほうがいいと思うけど」

遼子は気負いのない調子で言うが、江波はそこに興味を持った。

「それはストーカー全般に言えることなんだろうか」

「タイプが違うと思うの。ストーカーというのはもっと攻撃的でしょ。自分の愛の対象を一方的に支配することが目的だから」

「もしタイヤを切り裂いたのが彼だとしても、それは君に対する攻撃というより、自分が罰せられる状況をつくるためのある種の工作ということか」

「やったのが彼じゃないとしても、そのために利用するということは考えられるわね。でもそのとき彼はあくまで自分がやったと信じ込んでいるんじゃないかと思うの」

「車で尾けてきた件は？」

「そこは私もよくわからない。やっていることはストーカーっぽいけど、でも違うような気がするわ。強圧的な行動はまったくないし、私自身、恐怖のようなものをあまり感じなかったのよ」

「それは病気と言っていいんだろうか」

「精神医療の治療対象になるという意味では病気かもしれないけど、誰の心にも多かれ少なかれそういうことがあるという意味では必ずしも病気とは言えないかもしれない。ただ彼の場合――」

「なにか心配なことが？」

「このままだと、身近な人々や彼自身に不幸なことが起きそうな気がするのよ」

「たとえば君に対して？」

「ないとは言えないけど、危険なのはむしろ家族とか——。そもそもそういう心のトラブルは問題のある家族関係から生まれるものらしいから」

「それは克服できるんだろうか？」

「そういう無意識な抑圧の存在を意識化する以外にないと、その本には書いてあるわ」

「意識化するというと？」

「その存在を理性のレベルで理解するというのかしら。要するに己を知るということね」

「ありがとう。いいヒントになったよ」

そう言って遼子との通話を終え、また南村を呼び出した。

「なにか気がついたことでも？」

問いかける南村に江波は言った。

「河野の家族関係は調べたか？」

「いまのところはとくに。俗に言うパラサイト・シングルのようで、大学卒業後はずっと両親と同居していて、正社員として就職したことはなく、いまの職場も期間雇用のパートだそうです」

「もう少し掘り下げて調べられないか。たとえば親子関係でなにか問題がないか——」

「どういうことなんですか？」

「じつは——」

遼子の受け売りの知識をさっそく披露すると、南村は唸《うな》った。

「たしかにそういうことは考えられますね。普通の犯罪者の心理に照らして、やっていることがどこか不合理ですから。わかりました。とりあえず近所の家での聞き込みと戸籍謄本《こせきとうほん》の請求ですね」

「ああ。このままじゃ捜査はどん詰まりだ。やってみる価値はあると思うんだ」

期待を滲ませて江波は言った。

南村のフットワークはなかなかのもので、翌日の午後二時過ぎには戸籍謄本がファックスで届き、次いで南村自身が電話を寄越した。報告を聞いて江波は手応えを感じた。

南村は気を利かせて、父親の河野俊之を筆頭者とする戸籍謄本だけではなく、そこから分籍したある女性の除籍謄本も取得しており、弘樹の名前はその両方に記載されていた。

南村が聞き込みに出向かせた捜査員の報告と二つの謄本の内容から、河野家にはやはり複雑な家庭事情があることが判明した。孝夫に電話を入れると、夕食の仕込みの時間のはずなのに、五分も待たせず飛んできた。

「それでこの人が河野の実の母親なわけね」

言いながら十七年前に亡くなった女性の除籍謄本を手にして、孝夫は声を上げた。

「ひょっとしてこの人、あの人じゃない」

「あの人って誰のことだよ」

訊くと孝夫はデスクのノートパソコンの前に座り込み、ブラウザーを立ち上げて、検索ボックスにその女性の名前を打ち込んだ。

同姓同名の人物がずらりと並ぶリストのなかから、孝夫はあるリンクを見つけてクリックした。開いたのは松村希実代《まつむらきみよ》という名の女性を紹介するページだった。

日本の女性トレイルランナーのパイオニアで、毎年秋の奥多摩大会でも、第一回と第二回で女性部門の優勝者になっている。トレイルランニングの普及にも尽力し、日本各地の大会の運営委員にも名を連ねていたようだ。

そこに貼り付けられた三十代くらいと思われるその女性の写真が、ある女性とあまりによく似ていて、江波は戸惑いを隠せなかった。

「驚いたよ。こんな凄い人のDNAを受け継いでいるんじゃや、おれなんか逆立ちしたってあいつに勝てないよ」

孝夫は大袈裟《おおげさ》に嘆く。そのとき江波の携帯が鳴り出した。南村からだった。

「先輩。どうもおかしな動きです」

「なにがあったんだ」

「河野弘樹が青梅街道沿いのガソリンスタンドで灯油を買ったそうです。一八リットルのポリタンクに満タンです」

「こんな時期に？」

不審な思いで問い返した。いまは四月の下旬だ。いくら奥多摩でもストーブやファンヒーターを必要とするほど冷えることはない。

「ええ。きょうは早番で、休憩時間に買いに出たようです。いまは工場に戻っています」

「帰宅は何時になる？」

「終業が午後四時だそうです」

「そこから氷川の自宅まで車で三十分ほどだな。帰宅する前に、自宅周辺に捜査員を配置しておいてくれないか。灯油の使い道が気にかかる」

南村は江波の言葉の意味を理解したようだ。

「事情聴取がおかしな方向への引き金になってしまった可能性がありますね。放火を企んでいるとしたら、未遂の一歩手前で押さえないと、それだけでも重罪です。さっそく手配します。もちろん私も向かいます」

「おれも行くよ。できれば遼子さんにも同行してもらう」

「遼子さんに？　どうして？」

南村は当惑気味に問い返す。切迫した思いで江波は言った。

「理由はあとで説明する。おかげでいろいろ謎が解明できたよ。とにかくいまは、最悪の事態を防ぐことが重要だ」

午後八時を過ぎていた。奥多摩駅にほど近い河野の自宅の周囲には、夜陰に紛《まぎ》れて南村配下の捜査員数名が配置についている。

江波と南村と遼子は、路上に停めた覆面パトカーのなかで様子を窺《うかが》う。

監視係からの報告では、工場が退《ひ》けてから河野は青梅市内で早めの夕食をとり、まんが喫茶で二時間ほど時間を潰《つぶ》して、いま氷川方面へ向かっているところだという。

周囲の家並みと比べて古びてはいるが広壮な自宅の窓には明かりが灯《とも》っている。暖かい夜で、開け放たれたベランダの窓からは父親と義母の会話が漏れてくる。

さらに十五分ほど待つと、シルバーグレーのシルフィが路地に入ってきた。河野の車だ。

河野は玄関の前に車を停めた。家のカーポートには別の車が停まっている。河野は車から降りてトランクを開け、灯油入りのポリタンクを路上に置いた。

捜査員たちは物陰に身を隠している。覆面パトカーはルームライトを消している。周囲に人の姿が見えないのを確認し、河野はポリタンクのキャップを開けた。灯油ポンプを差し込み、吐出ホースの先を玄関の戸口に向ける。

捜査員たちが身構える。覆面パトカーのドアを開けて遼子が外に出る、江波と南村もそれに続いた。河野がポンプを握りかけたその瞬間、遼子の鋭い声が路地に響いた。

「止《や》めなさい、弘樹君!」

青梅署の捜査員の近所の人への聞き込みで、河野の実母がいつも彼のことを「弘樹君」と呼んでいたという証言があった。

河野は声の方向を振り向いた。街灯に照らされて遼子が立ち尽くしている。河野の瞳に涙が溢《あふ》れる。

「だめよ、弘樹君。そんな危ないことをしたら。そのポンプをお母さんに返しなさい」

こんどはやや穏やかに、しかし毅然とした口調で遼子は呼びかける。河野の体が震え出す。喉《のど》から嗚咽《おえつ》が漏れてくる。

遼子は河野に向かって歩き出す。捜査員たちがいつでも飛び出せるように身構える。遼子が差しだした手に、河野はためらいもなくポンプを手渡すと、全身を震わせて路上にくずおれた。江波は穏やかに声をかけた。

「さあ行こう、河野君。署で少し話を聞かせて欲しいんだ」

青梅署刑事課の応接室。江波と南村を前に、憑《つ》き物《もの》が落ちたような表情で河野は言った。

「遼子さんに変なことをしようと思ったわけじゃないんです。ただ近くにいたかったた。そんな気持ちが異常だとはわかっていても、どうすることもできなかったんです。彼女が死んだ母さんそっくりだったから。図書館で初めて会ったとき、体全体に電気が走ったような気がして、それから自分をコントロールできなくなって——」

偶然の産物と言うしかないが、河野の実母の松村希実代は瓜《うり》二つと言っていいほど遼子と似ていた。河野にしてもよく見ればその面影は遼子と重なる。江波は問いかけた。

「いまのご両親とはうまくいっていないんだね」

吐き捨てるように河野は言った。

「父はこの土地ではちょっとした資産家でした。あの女は資産目当てに言い寄って、丸裸同然で母を追い出したんです——」

実母は泣く泣く夫と別れ、弘樹を連れて家を出た。母一人子一人の暮らしは決して楽ではなかった。トレイルランニングの選手としてすでに知名度は高かったが、レースでどんなに素晴らしい成績を残しても、いまの時代のようにスポンサーはつかなかった。生計を立てるために夜も昼も働いて、父と別れて二年後に病死した。三十五歳の若さで脳卒中だった。働きづめの疲労とストレスが若すぎる死を招いたと河野は言う。

「母の死後、父はまだ小学生だった僕を引き取りました。それは僕が一人っ子で、後妻には子供ができなかったから。つまり家督《かとく》を相続するための道具に過ぎないんです。きょうまで愛情のかけらもない家庭で生きてきました。僕のほうにも彼らのほうにも——。それに資産のほとんどは義母の浪費と父の投資の失敗で失ってしまったんです。母を殺したのは父と義母だといまでも思っています」

「放火してご両親を殺そうとしたわけか」

「ときどき自分が別人のようになってしまって——。きょうのようなことは初めてじゃないんです。自分でも普通じゃないと思って病院へも行ったんです。遼子さんのこともそうでした。このままじゃ本当のストーカーになっちゃうんじゃないかって。でもわけのわからない心理テストをやらされて、その結果、異常なしと診断されました」

「彼女の車をパンクさせたのは？」

「きっと僕がやったんだと思います。でも覚えていないんです。遼子さんに叱《しか》って欲しくてやったのかもしれません。母に叱ってもらうように——」

「トレイルランニングを始めたのも、お母さんに近づこうとしてなんだね」

「走っていると幸福なんです。それを知ったのは三年前。偶然インターネットで母を紹介した古い新聞の記事を見つけたときでした。母がそんなに凄いランナーだったことを、そのとき初めて知ったんです。父も義母もそんなことはまったく教えてくれませんでした」

「それで、いまはどういう気分なの？」

「なにかが変わったんです。いまでも母を愛しています。でもこれまでのような、堪《こら》えがたいような執着がなくなったんです。遼子さんがあそこで声をかけてくれた、僕を叱ってくれた。心のなかの母も、あのときさっと一緒になって叱ってくれたんです。もっとしっかり生きろと。自分の人生を歩めと――」

「それで、これから君はどうするの」

「僕は逮捕されるんですか」

覚悟はできているという表情で河野は問いかける。南村が笑って応じる。

「逮捕はしないよ。ぎりぎりセーフで放火未遂罪は免《まぬか》れたというのが我々の解釈でね。一滴でも灯油をかけていたら、たぶんアウトだった。だから取調室じゃなくて応接室で君と話しているわけだ」

「だったら家を出ます。どんなに苦しくても、もう父や義母には一切頼りません。母がそうしたように。プロのトレイルランナーとして身を立てるつもりです」

きっぱりと言い切る河野に、清々《すがすが》しいものを感じながら江波は言った。

「苦しいだろうが頑張って欲しいな。きっとお母さんのような一流ランナーになれるよ」

「ええ。母の死からずっと、僕は居心地のいい悪夢のなかで生きてきたような気がします。でも、きょうはっきりと目覚めたんです」

自信に満ちた表情で河野は言った。それを聞きながら遼子も南村も微笑《ほほえ》んでいる。新緑の尾根を渡る春の風のように、軽やかに走る若いランナーの姿を江波は思い描いた。新しい魂《たましい》の誕生の場に居合わせたような、言葉にしがたい喜びを感じながら——。

十年後のメール

「江波さん、いま時間空《あ》いてる？」

昼食を終えて事務室に戻ったところへ、孝夫から電話が入った。

「忙しいというわけじゃないが、夏山シーズンで人の出が多いから、なにか起きたときに備えて待機してなきゃいかん。それはそれで気が抜けない仕事でね」

またなにか野暮用を見つけたのかと、江波は気のない言葉を返した。それならとばかりに孝夫は勝手にしゃべり出す。

「そのなにかが起きたのかもしれないよ」

「なにかって、遭難の通報でもあったのか」

気を引き締めて問い返すと、さほど緊張している様子もなく孝夫は続ける。

「それに近いんだけど、ずいぶん昔の話でね。じつはついさっきうちに妙な問い合わせがあったんだよ――」

電話を寄越したのは、十年前に秩父《ちちぶ》側の三峰《みつみね》方面から雲取山《くもとりやま》を目指し、途中で消息を絶った宮原和樹《みやはらかずき》という当時二十二歳の青年の父親だという。下山予定日を過ぎても帰らず、携帯を呼び出しても応答がなかった。宿泊を予定していた山小屋に問い合わせると、たしかに宿泊はしたが、翌日の行動については把握していないとのことだった。

やむなく二日後に秩父警察署に遭難届を出した。それを受けて県警の山岳救助隊が雲取山周辺で捜索活動を行ったが、本人はおろか遭難の形跡すら見つからない。

時期は梅雨《つゆ》入り前の六月上旬で、天候は安定しており、登ったルートも危険の少ない一般ルートだった。警察はやむなく捜索を打ち切り、単なる失踪者としてファイリングされて終わったという。

「神隠しみたいな話だな。十年前というとおれはまだ着任していなかった」

「うん。おれも中学生だったから詳しいことは知らないんだけど、奥多摩《おくたま》側に下りた可能性もあったんで、うちの親父のところにも埼玉県警から問い合わせが来たらしいよ」

「どこに下山する予定だったんだ」

「飛龍山《ひりゆうさん》を越えて将監峠《しようげん》から三之瀬《さんのせ》に下る計画だと、三峰ビジターセンターに出した登山届には書いてあったらしいね」

「だとするとこちらの所管じゃないな」

いくぶん安心して江波は言った。登山口の三峯神社から雲取山までは埼玉県内で、雲取山から将監峠へのルートは途中までが埼玉県と東京都の境界線上にあるが、そこから先は埼玉と山梨の県境になる。下山を予定していた三之瀬は山梨県だ。埼玉の山岳救助隊が捜索に当たったのはとりあえず妥当で、十年前の行方不明者のことで警視庁側が落ち度を指摘されるようなことでもない。

「ところが話はさらにややこしくてね」

孝夫は興味津々という調子で声を落とす。

「一週間くらいまえに、父親のパソコンに息子からメールが届いたそうなんだよ」

「生きていたのか？」

驚いて問い返すと、心許《こころもと》ない口ぶりで孝夫は答える。

「それはわからない。なにしろ送信したのが十年前だから」

「十年前のメールがいまごろ届いた？」

「発信日時を確認したらそうだった。最初は親父さん、生きていたと大喜びしたらしいんだけど、そのメールがまた奇妙でね――」

そこには写真が一点添付され、文章はたった一言、「助けて」だったという。送信された日時は下山予定日の午後二時過ぎ。不穏《ふおん》なものを感じながら江波は訊《き》いた。

「それはどんな写真だったんだ」

「三頭山《みとうさん》を背にした本人の写真で、セルフタイマーで撮ったのか居合わせた誰かに撮ってもらったのかわからないけど、それで見る限り元気そうだし、にこにこ笑っていて、とくに危険な目に遭っている様子はないんだよ」

「どうして孝夫のところへ問い合わせが？」

「親父さん、雑誌やらネットやらを調べまくったそうなんだ。撮影した場所がどこか知ろうと思ってね。それでたまたまうちの旅館のウェブサイトをチェックしたら、その写真の背景とまったく同じアングルの写真があったわけ。近場のスポットを紹介するページに掲載していたものなんだけど」

「どこで撮った写真なんだ」

「鷹ノ巣山《たかのすやま》の頂上から撮った奥多摩湖越しの三頭山だよ。おれの作品なんだけど、それがまた出来がよくてね」

「そんなことはどうでもいい。同じ場所からのもので間違いないのか」

「間違いないよ。転送してもらって確認したから。尾根のラインが重ね合わせてみたらぴったり合った」

「つまりそこからなら、だれが撮っても同じように写るわけだ」

「まあ、そういうことになるけどね」

孝夫は気勢をそがれたように鼻を鳴らす。腑《ふ》に落ちない思いで江波は問いかけた。

「しかし、十年も前のメールがいまごろ届くなんてことがあるのか？」

「親父さんも不思議に思って、プロバイダーに問い合わせてみたというんだよ。理論的に十分起こり得るし、実際に数年遅れでメールが届くこともまれにあるらしい」

「どうしてそういうことが起きるんだ」

「電子メールというのは、サーバー同士が直接やりとりするわけじゃなくて、手空きのサーバーがバケツリレーみたいに中継して相手に届く仕組みになっているそうなんだ。ところが中継したサーバーが突然ダウンすることがある。そうなるとメールが途中で消えちゃったり、サーバーに残ったままになったりして相手に届かない」

「当てにならない仕組みだな」

「何時間か遅れるのはしょっちゅうだし、一日か二日経って届くのも珍しくない。それでも届けばまだいいほうなんだけど、十年というのはやはり珍しいらしいね」

「プロバイダーは責任をとらないのか」

「郵便や宅配便と違って、電子メールは必ず届くことを保証しているわけじゃないそうでね。そういう契約になってるし、技術的にも不可能なんだって」

「しかし、どうしてまた十年も経って？」

「転送に失敗したメールがサーバーに残っていて、運用者がずっと気づかなかった。それが大規模なメンテナンスやシステムの交換の際に息を吹き返して、一斉に送信されるようなことがあるらしい」

「そのメールの文句が気になるな」

怖気《おぞけ》だつものを感じながら江波は言った。

「うん。遭難でもなく、自分の意思で失踪したわけでもなく、なにかの犯罪に巻き込まれた——。そんな気がしてくるじゃない」

「決めつけるわけにはいかないが、親御さんにすれば心穏やかではいられない事態だな」

「それで秩父署に再捜索して欲しいと依頼したんだけど、鷹ノ巣山は管轄《かんかつ》じゃないといって取り合ってくれない。青梅《おうめ》署に話を持ちかけてみても、すでに埼玉で単なる失踪という結論が出ている以上、自分たちが動く名目が立たないと素っ気ない扱いだったらしい」

警察官の立場から言えばそれも無理からぬ話だ。所轄の捜査員は日々発生する事件に追われ、それだけで手いっぱいという状況だ。たまたま届いた謎めいたメールだけを端緒に捜査に乗り出すことは、限られた人員を考えれば到底不可能だ。

「それで親御さんは、どんなことを訊《たず》ねてきたんだ」

「警察は当てにならないし、自分になにができるわけでもない。しかし十年前に捜索したのはほぼ秩父側に限られていて、奥多摩側は調べていない。もし地元の人がなにか情報を持っていたら教えて欲しいと頼まれてね」

「難しい注文だな。本署が動かない以上、おれが勝手に聞き込みもできないし」

「そうくると思ったよ。江波さんもしょせんはお役人だから」

孝夫は小馬鹿にしたように言う。悔しいがそのとおりだから仕方がない。山村の駐在所長といえども本署の意向を無視して勝手に動くのは御法度《ごはっと》だ。かといって駐在所長という職務には簡単には割り切れない微妙な呼吸があって、地域住民との信頼関係を醸成《じょうせい》するためには、いたずらに役人風を吹かすのもまた禁忌《きんき》と言っていい。

「まあ、なにかのついでに四方山話《よもやまばなし》をするくらいなら問題はないだろう。人と会ったらできるだけ話を聞いてみるようにするよ」

「そうこなくちゃ。おれも知り合いにいろいろ訊いてみるよ。あ、そうだ。もし親父さんがいいって言ったら、息子さんの写真を使ってポスターをつくろうと思ってね。十年前に鷹ノ巣山周辺でこんな人を見かけませんでしたかって。奥多摩はリピーターが多いから、案外目撃者が出てくるかもしれない」

孝夫は妙に張り切っている。またなにか下心でもあるのかと軽く探りを入れてみる。

「純香さんには話をしたのか」

「もちろん。彼女はその道のプロだから」

「プロってどういう仕事だったっけ。まさか探偵業とか」

「そんなんじゃないよ。広告制作会社のデザイン部門にいるんじゃない。だからポスターをつくるうえでいろいろ相談をと思ってね」

「そっちが先で、おれのほうはあと回しだったわけだ」

「拗《す》ねなくたっていいでしょう。でもさ、そんな話を聞いちゃうと、やっぱり気持ちが落ち着かないよね。『助けて』っていうたった一言のメールに、なにか大変な意味が込められているような気がしてくるじゃない」

「普通の状況で書かれたとは思えないな」

「そういう悪い冗談をする息子じゃなかったというから、それだけ書いて送信するのが精いっぱいだったんじゃないの。写真を送ったのは自分がいる場所を知らせるためで、そうだとしたら鷹ノ巣山の近くになにか痕跡が残っているかもしれない」

「痕跡というより――」

「あ、それは言いっこなしだよ、江波さん。親父さんもおふくろさんも、まだ希望を捨てていないわけだから」

「たしかにそうだな。先走った想像をする必要はないな」

江波はそう応じたが、その後の十年という歳月を思えば、生きていると考えるのはすこぶる難しい。

そうなるとメールの文言《もんごん》がいよいよ気になってくる。もしなんらかの事件に巻き込まれたとして、それが自分が管轄する地域で起きたのなら、一駐在所長というより元刑事としての職業意識に強く訴えかけてくる。

孝夫が期待する目撃情報も大事だが、真相に近づくためには失踪者のバックグラウンドや失踪前の状況についても知っておく必要があるだろう。

「親御さんからはどこまで話を聞いたんだ」

「自宅は目黒なんだけど、一人息子で、失踪当時は両親と一緒に暮らしていたらしい。山に登り始めたのは大学に入ってからで、クラブやサークルにはとくに入らず、マイペースで山歩きをしていたようだね。両親は心配していたらしいけど、息子は岩とか氷の危険な登りはやらないと約束していたそうなんだ」

「失踪時のルートにもたしかにそういう場所はないな。事件に巻き込まれそうな個人的な事情は抱えていなかったのか」

「そこまでの話は向こうもしなかったし、こっちからも訊きづらいし」

「だろうな。犯罪捜査では加害者よりも被害者のほうがプライバシーを丸裸にされる傾向がある。だからといって事件の背後関係がわからないと、効果的な捜査はできないし」

「そもそも警察が動かないんだから、江波さんが根掘り葉掘り訊くのもおかしな話だし」

孝夫は皮肉な口ぶりだ。たしかに警察官の立場で聴取ができない以上、立ち入った事情がどれだけ聞けるか保証の限りではない。秩父署や青梅署の対応を考えれば、両親が警察に対して不信感を持っている可能性もある。うっかり話を聞きに出かけて、本署のほうに苦情を言われたら目も当てられない。

「まずおれのほうから秩父署の知り合いに訊いてみるよ。当時のことを知っているベテランもいるはずだから」

いまの江波にできるのはそれくらいだろう。孝夫は弾んだ声を返す。

「だったら、おれも先方に事情を伝えてみるよ。江波さんの微妙な立場を説明すれば、意外にあっさり話してくれるかもしれないし」

孝夫との通話を終え、江波は秩父署の山岳救助担当者に電話を入れた。

「なんだ、江波さんか。元気でやってるの」

愛想よく出てきたのは竹田《たけだ》という地域課の巡査部長で、年齢は江波と同じくらい。埼玉県警の山岳救助隊員でもある。江波も警視庁の山岳救助隊に名を連ねていて、年に一度の合同訓練でしばしば顔を合わせ、気心の知れた仲になっている。

「なんとかね。いまのところ奥多摩は平穏無事で、遭難者も行方《ゆくえ》不明者も出ていない」

「そりゃけっこうだね。我々の商売は暇なのがいちばんいい」

「ところで、電話をしたのは、ちょっと気がかりなことを耳にしたもんだから――」

孝夫からの話をかいつまんで伝えると、電話の向こうで竹田は唸《うな》った。

「そんなこともあるのかね。しかしなんとも気になる話だな」

「家族から連絡が行ったと聞いてるんだが」

「おれのほうには伝わっていない。窓口担当者が杓子定規《しゃくしじょうぎ》な対応をしたんじゃないの。もっとも鷹ノ巣山のあたりだとうちの管轄じゃないから、それも仕方がないと言えなくもない」

「事情はわかってるよ。うちの署にも連絡したそうなんだけど、やはり動く気はないようだ。十年前の話だし、そちらで失踪事件として決着しているわけだから」

「まあ、お役所仕事としては正解なんだろうけど、おれたちはそれで気持ちが割り切れるもんでもないからね」

竹田は複雑そうな口ぶりだ。

「そうなんだよ。それでまず個人的に動いてみようと思ってね。そちらが知っている範囲で、当時の事情がわかればと思ったんだよ」

「十年前というとおれは熊谷《くまがや》の交番勤務で、まだ山岳救助隊員にはなっていなかったから、詳しい事情は知らないんだよ。しかし気になるから調べてみるよ。雲取山周辺での遭難事案ならうちの署を中心に動いたはずで、まだ記録が残っているかもしれないし、当時山岳救助隊員だった人間もいると思うから、そっちからも話を聞いてみよう」

「そうしてもらえると有り難い。こちらはできれば親御さんとも会ってみようと思う」

「上にばれると厄介じゃないの？」

「そこは慎重にやるよ。横槍《よこやり》が入って潰《つぶ》されたんじゃ堪《たま》らない」

「そうだよね。遭難で命を落とされるのも辛いけど、山が凶悪な犯罪の舞台になるようじゃなお辛い」

竹田もすでに生存の可能性はないと見ているようだ。江波もあえて反論はしない。

「山は万人に開かれた場所だけど、そんなことをする人間にだけは来て欲しくない」

「ああ、期待してるよ。もし想像しているような事件だったら、ぜひ犯人を挙げて欲しいね。おれもできるだけの協力はするから」


そんなやりとりをして竹田との通話を終えた。孝夫から聞いた話のなかにも不審な点がいくつかある。なぜ宮原は当初の予定とは違ったコースをたどったのか。

鷹ノ巣山という場所は、石尾根《いしおね》経由で氷川《ひかわ》に下るつもりだったらとくに不自然ではないが、登山届に記載された当初のルートとはほとんど逆方向だ。

登山中に体調の悪化や諸般の事情でルートを変更することは珍しくないが、それにしてもほぼ一八〇度方角が違うというのは極端といえば極端だ。

石尾根はアップダウンの多い長いルートで、想定していたコースと比べてことさら楽とは言えない。予定外のコース変更と失踪の原因になった出来事のあいだに繋《つな》がりはあるのか。

事件性があったとしても、金品を狙っての犯行というのは考えにくい。山へ出かけるのに多額の現金や貴重品を持ち歩く者は少ないし、そういう目的なら、わざわざ苦労して山に登るより、都会でのほうが犯行のチャンスも豊富なはずだ。

やはり偶発的な事件に巻き込まれたとみるのが妥当だろう。だとしたら犯人を突き止めるのは容易ではない。十年もの歳月が経っている。だれかが不審な人物を目撃していたとしても、その記憶はおそらくすでに色褪《あ》せている。

「親父さんと連絡がとれたよ」

孝夫がほくほくした顔でやってきた。

「江波さんの経歴や人柄をしっかり聞かせてやってね。事情が事情だから多少下駄《げた》を履かせたところもあるけど、親父さん、すっかり信用してくれてさ。今度の日曜日にこっちへ出向くから、じっくり話を聞いて欲しいって言うんだよ」

「わざわざ来てくれるのか」

「まあ、向こうにすれば藁《わら》にもすがりたい気持ちなんじゃないの」

「おれは藁なのか」

「そういう意味じゃなくてさ。言葉の綾《あや》ってとこだよ。親父さんにはたっぷり褒《ほ》めまくっておいたんだから、江波さんも期待を裏切らないように心を広く持たなくちゃ」

純香との関係がよほど順調なのか、孝夫は近ごろますます口が達者になった。

「どういう風呂敷を広げたのか、まず孝夫のほうから事情聴取しないといけないな」

「あ、だめだよ、そんな刑事みたいな目つきしちゃ。青梅署や秩父署の連中とは比較にならない、人間のできたお巡りさんだということになってるんだから」

「そういう調子のいい話を先方はよく信用したな。ひょっとしたら詐欺師《さぎし》の才能があるかもしれないぞ」

「そんな言い方ないでしょう。おれだって一生懸命なんだから。すべてよかれと思ってしていることで」

「すまん、すまん。ちょっとからかっただけだ。孝夫が真剣なのはよくわかってるよ」

「ますますひどいよ、からかうなんて。ところで親父さんからもう一つ希望があってね」

孝夫はあっさり機嫌を直して身を乗り出す。

「鷹ノ巣山に登ってみたいと言うんだよ。息子がメールを送ってきたその場所に自分も身を置いてみたい。親子だからなにか感じることがあるかもしれないって」

「その気持ちはわかるような気がするな。どう返事をしたんだ」

「日曜日なら、朝、お客さんを送り出しちゃえばあとは暇だから、もちろん案内するって答えたよ。江波さんも休みでしょ。駐在所だと取り調べみたいだから、山登りしながら話を聞くほうが自然じゃないかと思って」

「それもいいな。親父さんは山の経験は？」

「ほとんどないらしい。健康のためにたまにジョギングするくらいで」

「おれたちがいっしょなら、ゆっくり登ればなんとかなるだろう。実際その程度の登山者が奥多摩には大勢来ているわけだから」

迷わず江波が応じると、孝夫はさっそく張り切った。

「じゃあ、そのまえにポスターをつくっとくよ。おれの足なら、江波さんたちが一休みしているあいだに一走りして周りの山小屋に置いてこれるから。トレランの練習にもなるし、一石二鳥だよ」


四日後の日曜日は太平洋高気圧が居座って、麓《ふもと》は朝からかんかん照りだった。

二〇〇〇メートル近い山の上でも夏は夏で、気温は低くても日射しは強く、そのうえ運動量が多いから熱中症に罹《かか》ることもある。

父親の宮原孝三《こうぞう》に登山経験がないことを考慮して、距離の長い榧《かや》ノ木《き》尾根や水根沢《みずねさわ》林道は避け、最短距離で鷹ノ巣山に達する浅間《せんげん》尾根を登ることにした。

水根から登山口の峰谷《みねだに》までは孝夫のランドクルーザーで行く。普通はそこから登り始めるが、途中の浅間神社近くまで車の走れる林道があり、ランドクルーザーなら難なく入れる。歩行距離はそれでだいぶ短縮できるから、山登りに慣れない宮原の足でも鷹ノ巣山までゆとりをみて三時間弱だろう。

秩父署の竹田からは翌日に電話が来た。当時捜索に参加した山岳救助隊員が近隣の所轄にいたという。

その話によると、宿泊した小屋の人間以外で宮原の目撃証言が得られたのは、三峰ビジターセンターの職員と霧藻《きりも》ヶ峰《みね》休憩所の小屋番だけだった。その日はウィークデイで、休憩所は通常土、日、祝日のみの営業だが、そのときは建物の補修で人が入っていたらしい。

宮原和樹にとくに変わった様子はなく、同伴者らしい人間もいなかった。体調も良さそうで、いかにも山に慣れたしっかりした足どりだったという。

当時、三峰方面から入山した登山者は、登山届と周辺の山小屋の宿泊記録から推定して約三十名と少なかった。連絡先のわかる登山者には電話で問い合わせたが、はっきりした目撃証言は得られなかったらしい。

その時点では事件性は考えられず、あくまで遭難事案としての扱いのため積極的な聞き込みは行っていないというが、そちらに人員を割《さ》くより捜索活動に重点を置くほうがいいという県警の判断に大きな間違いはない。

体調不良で下山した可能性も考えられたが、秩父側の下山ルートは、三峰方面から長沢背稜《ながさわはいりよう》方面への二つのコースと、芋《いも》ノ木《き》ドッケから大ダワ林道の本コース以外では、どちらも距離が長く、それなら元来た道を戻るほうがずっと楽だ。もちろんそれらのルートも対象とし、捜索は三日にわたって行われたが、遭難を示《し》唆《さ》する遺留物はなに一つ見つからなかった。

本人が提出した登山届の内容と、県警の管轄外であることを勘案し、鷹ノ巣山方面については捜索は行わず、地元の宿泊施設や交通機関に該当しそうな客がいなかったか問い合わせたくらいだったが、そちらからもこれといった情報は得られなかったという。

そこまでの県警側の捜索態勢にとりたてて不備はない。遭難ではないとの結論に達したことにも無理からぬものがある。ただし鷹ノ巣山周辺が捜索対象に入っていなかったのなら、一帯を再捜索すれば宮原和樹の消息に結びつくなにかが見つかる可能性がなくもない。

しかし青梅警察署にせよ秩父警察署にせよ、いまさら十年前の失踪事件を蒸し返そうという気はなさそうで、その重い腰を上げさせるためには、こちらが事件性を証明する確固たる証拠を見つけるほかないだろう。

純香のアドバイスを受けて孝夫がつくったというポスターはなかなかいい出来だった。

携帯メールで送られてきた本人の写真を貼り付けてあり、洒落《しゃれ》た書体のタイトルは「情報を求めています」となっている。消息を絶った経緯を簡単に説明し、雲取山から鷹ノ巣山にかけての登山路で、当時こういう人を見かけていたらぜひ連絡が欲しいという文言が添えてある。

孝夫が言うように奥多摩はリピーターが多い。十年前のその日に登った登山者が見てくれることは十分期待できる。

孝夫はこの日の山行に純香も誘ったようだが、そちらのほうは仕事があると言って振られたらしい。江波もたまたま立ち寄った遼子にそんな話をしたら、いたく興味を持った様子だったが、あいにく図書館は開館日で、けっきょく同行者はプールだけになった。

宮原孝三は車で迎えに出た孝夫と奥多摩駅で落ち合って、午前九時少し前に水根に到着した。歳は五十代後半といったところだろう。髪は白髪が目立つが、その年齢にしては腹も出ておらず、筋肉質で精悍《せいかん》な印象だ。

「お世話になります。皆さんを厄介ごとに巻き込んでしまったとしたら心苦しいんですが、池原さんが親身に相談に乗ってくださったもんですから、つい甘えてしまいまして」

　そんな挨拶をしながら菓子折を差し出す宮原はいかにも実直そうだ。

「いえいえ、お気遣《きづか》いをしていただいて恐縮です。きょうは絶好の登山日和《びより》で、人の出も多いかと思います。当時のことを知っている人に出会わないとも限りません」

「十年も前のことですから、なかなかうまい具合には行かないと思いますが、息子が最後に立った場所に自分も身を置きたい一心でやってきました。頭がおかしいと思われるかもしれませんが、親子ですからなにか感じとれることがある。もしそこで息子の身になにか起きたとしたら、私にはそれがわかるような気がするんです」

　そう言う宮原の表情にものにとり憑《つ》かれているような気配はない。それは不可解な失踪によって息子を失った父親の、率直な真情の吐露《とろ》だと考えれば不思議でもなんでもない。

　むしろそんな気持ちを受け止めてやれただけでも、この日の出会いは江波にとって意味のあるものに感じられた。

「込み入った話は歩きながらすることにして、すぐに出発しようかね。暑くなるまえに上に着いてしまったほうがバテなくていいから」

孝夫が急《せ》かすと、プールはさっそく車内に飛び込んで定位置の助手席に陣どった。

「この子は警察犬ですか？」

宮原が相好《そうごう》を崩して問いかける。その顔に犬好きだとはっきり書いてある。

「いや、我が家の愛犬でプールです。駐在の仕事もいろいろ手伝ってくれましてね。事件を解決して表彰されたこともあるんです」

江波もつい犬バカの本性をさらしてしまう。

「そうですか。お供をしてくれるとは嬉しいね」

後部席に乗り込んで宮原が頭をなでると、プールはここぞとばかりにその顔を舐《な》め回す。宮原もそれを嫌がるふうではない。孝夫はさっそく車を発進させ、青梅街道を湖岸に沿って走らせる。日射しはすでに強く、湖の周囲の山の緑が原色の絵の具を塗ったように鮮やかだ。そんな光景を眺めながら、思いのこもった口調で宮原は言う。

「息子はこんな素晴らしい場所を知っていたんですね。私も早く気がつけばよかった」

「一緒に山を歩かれたことはないんですか」

江波が問いかけると、宮原はわずかに表情を曇らせた。

「息子に何度か誘われたことがあるんです。しかしそのころは仕事のことしか頭になかった。部長の椅子がすぐ目の前で、ライバルを押しのけてそこに座るためには、人一倍仕事をしなければと思い込んでいたんです」

微妙な話向きになってきた。適当な相づちも思いつかず、江波は黙って耳を傾けた。

「毎日が午前様で、休日は上司や取引先との付き合いゴルフ。家族のためにおれは身を粉《こ》にして働いてるんだ、そういう悠長《ゆうちょう》なことに付き合っている暇はないと、けんもほろろな言葉を返していたのを思い出すんですよ」

「息子さんは、お父さんのことを心配して声をかけたのかもしれませんね」

江波が応じると、慚愧《ざんき》を嚙《か》みしめるように宮原は言った。

「そうだと思います。妻も心配していました。家族のためだなどと言いながら、けっきょく自分のことしか考えていなかった。息子の目にはそんな親父が危なっかしく見えたのかもしれません。どれだけ視野の狭い人生を送っているか自分は気づかず、息子に見透《みす》かされていたというわけです。情けない親父でした」

「そう自分を責めることはないでしょう。息子さんは心配していたかもしれませんが、人生の目標に一心不乱に取り組んでいる父親の姿から学ぶことだってあったと思いますよ」

江波は宥《なだ》めるように言った。後悔の種は自分の人生にも売りたいほどある。しかしそれに埋もれて生きてはゆけない。はるか年長の宮原に説教する気はないが、今回の山行が、彼にとってそんな息子への贖罪《しょくざい》の旅のようにも思えて、覚えず切ないものが込み上げる。

「遭難の形跡はない。事件性があるとも考えられない、自分の意思による失踪の可能性が高いと警察から報告を受けたとき、私はうちひしがれました。そのとき感じたのは、息子に見捨てられたという思いでした」

「それまで息子さんとのあいだになにかトラブルでも？」

「息子のほうは父親に言いたいことがいろいろあったんだと思います。しかし私は聞く耳を持たなかった。愛情の薄い父親でした。子育ても教育もすべて妻任せでした。道を踏み外すようなこともなくあの歳まで育ってくれたことが、いま思えば奇跡と言っていいくらいでした――」

宮原はやるせない思いを滲《にじ》ませた。

一年経ち、二年経つうちに、本当にそうなのかと疑問が湧いてきたという。自分はともかく、妻と息子は比較的親密だった。息子の行方を知っていて、自分に隠しているのだろうと妻を責めたこともあった。

その一方で、やはり生きていないのではという思いも強まった。警察が大人数で三日間捜索して手がかり一つ見つからなかった。しかし人間のやることに完璧ということはない。どこか人目につかない場所で、寒さや空腹に苛《さいな》まれながら死んでいったのではないか。いまもその亡骸《なきがら》は、風雨にさらされて誰かが見つけてくれるのを待っているのではないか。

そう考え始めるといても立ってもいられなくなった。孝夫にはほとんど山登りの経験はないようなことを言っていたが、じつは一度、三峰登山口から将監峠を経て三之瀬まで歩こうとしたことがあるらしい。

しかし運動といえば当時は月に二、三度のゴルフくらいで、突然思い立っての登山には、奥秩父の山は険しすぎた。息子の消息に繋がるものを見つけるどころか、自分自身が氷雨《ひさめ》に打たれて遭難しかけ、雲取山の頂《いただき》を踏むこともなく下山したという。

「息子がいなくなって、ようやく自分の身の丈《たけ》がわかったんです――」

宮原は絞り出すような口調で言った。

鷹ノ巣山は一七三七メートル。標高では七ツ石山《ななついしやま》にわずかに譲るが、独立峰的な山容と展望の良さで石尾根の盟主というべき存在だ。雲取山と氷川を結ぶ縦走路上の一峰というだけでなく、単独でも人気があり、奥多摩湖側や日原《にっぱら》側からいくつかの登山道が通じている。

登山経験がほとんどないというわりには宮原の足は快調で、林道の終点から始まる尾根道を順調なペースで登っていく。

高度が上がるに従って樹林のなかの空気はひんやりしてきた。蟬《せみ》の鳴き声をバックグラウンドに、シジュウカラ、ゴジュウカラ、オオルリ、コガラ、カケス、ウソと、夏鳥の歌声の競演が心を和《なご》ませる。

プールはいつものようにパーティのリーダー気分で、勢いよく駆け上っては山道の屈曲点で立ち止まり、登ってくる宮原を励ますようにワンと吠える。宮原はそんなプールに目を細める。

「都会の人は奥多摩って東京の裏庭みたいに思うかもしれないけど、けっこう懐《ふところ》が深いんです。雲取山も鷹ノ巣山も、離れた都心部からは見えても麓からはほとんど見えない。だから山中に入ると大自然に抱かれている感覚がとても強い。北アルプスみたいに見た目の華麗さはないけど、いるだけでじんわり心が温まってくるような山なんです」

　孝夫の講釈が誇張《こちょう》でも的外れでもないことを江波も知っている。そんな自然に接することで、父の心に変化がもたらされればという息子の願いが、木々の梢《こずえ》や木立《こだち》を吹き抜ける涼風に宿っているような気さえしてくる。

「過ぎたことを悔やんでも仕方がないですが、せめて息子と一度でもこんな山道を歩いてみたかった。そうしていれば私も気づいていたかもしれません。人生の一本道をまっしぐらに進んできたつもりが、じつはとんでもない回り道をしていたということに」

　プールの傍《かたわ》らで立ち止まり、呼吸を整えながら宮原は言う。そんな言葉が耳に届けば息子も本望ではないかと、つい奇妙な気分になってくる。江波は言った。

「山にはエスカレーターもエレベーターもありません。しかし苦しみながらの一歩一歩が、登り終えたとき自分の宝になっています。お金になるわけじゃない。名声が得られるわけでもない。しかしそれは自分の魂《たましい》にとって、とても贅沢《ぜいたく》な贈り物だという気がします」

「いなくなったとき息子はまだ二十二歳でした。その息子のほうが、親父よりずっと豊かな人生を歩んでいたのかもしれませんね」

しみじみとした調子で宮原は応じる。息子を失うことによってしか彼はそんな世界と出会うことはなかった。人生の巡り合わせはなかなか一筋縄《ひとすじなわ》ではいかないものらしい。

鷹ノ巣山避難小屋にはコースタイムをわずかに上回る二時間弱で到着した。洒落たログハウス風の小屋の外にはすでに何組かのパーティがたむろしていて、こんにちはと声をかければ気さくにこんにちはと返してくる。

こちらもここで一息入れることにして、江波はアイスティ入りのテルモスと携行食のチョコレートやクッキーを取り出した。

孝夫はさっそく例のポスターを居合わせた登山者に見せて回ったが、その年の同じ時期に、この一帯の山を訪れた者はいなかった。

「そう簡単にいくもんなら、警察なんていらないわけだからね」

落胆することもなく孝夫は言って、避難小屋の入り口にポスターを掲示した。風雨にさらされても大丈夫なようにプラスチックフィルムでラミネートして、強力タイプの両面テープで貼り付ける。そのあたりの準備はなかなか周到だ。

孝夫はここから七ツ石小屋を経て奥多摩小屋まで一走りすると言う。江波たちはのんびり鷹ノ巣山を目指し、戻って昼食の準備でもしていれば、一時間半くらいで行って帰れると豪語する。

普通の登山者なら往復四、五時間はかかるコースだが、トレイルランニングでの孝夫の記録から類推すれば不可能ではないし、七ツ石小屋までは比較的平坦な巻き道も使える。

しかしこの季節は暑さという敵がいる。無理はするなと言ってはみたが、孝夫はやる気満々だ。ウェアとシューズをトレラン用のものにとり替えて、サブザックに水筒とポスターを入れただけのほとんど空身《からみ》の支度で、足どりも軽く駆けだした。

プールも一瞬迷ったようだが、ここのところ江波がトレランの練習に付き合わせているせいで、山を走る喜びを覚えてしまったらしく、すぐに孝夫のあとを追っていく。

「トレイルランニングというんですか。山の楽しみ方もいろいろあるんですね」

宮原は驚いたというより呆《あき》れ顔だ。江波も自身が入れ込んでいる関係上、ただの変人だと思われても困るから、その楽しさや意義を説明しながら、鷹ノ巣山に向かって出発する。

頂上に続く尾根道は広々と切り開かれた防火帯になっていて、南には奥多摩湖南岸の三頭山や御前山《ごぜんやま》を足元に従えて夏姿の富士山が大きく伸び上がる。

北西には石尾根の稜線《りょうせん》がいくつもの起伏を連ねて最高点の雲取山へとのたうつように続いている。東には奥多摩西縁の山並みを隔てて伸びやかに広がる関東平野。白い彫像のような入道雲を配した夏空が頭上を覆う。

登山道を行き交う人の数も多い。富士山や白馬岳《しろうまだけ》のように登山者が列をなすようなことはないが、それでも奥多摩の山々はいまが書き入れ時だ。

「息子を探しに登って自分まで遭難しかけたときは、天気も悪くて景色もほとんど見えませんでした。東京近郊にこんな素晴らしい場所があるのを、私はこの歳まで知らずに来たんですね」

宮原は感無量という面持ちだ。とくに構えるでもなく江波は応じた。

「私もこの土地に来て、このあたりの山に登り始めたとき、同じようなことを感じました。なにごとにも時節というものがあるような気がします。そのときでなければ起こりえないような出会いというのがあるんでしょうね」

「いいことをおっしゃる。過去のことをあれこれ悔やんでも始まらない。むしろいまここに、こんな出会いが用意されていたことを感謝すべきなのかもしれません」

「そんな出会いを、息子さんもきっと喜んでいると思いますよ」

「そうだとすれば、多少は償いができたのかもしれません」

宮原は眩《まぶ》しそうに目を細めて周囲の山並みを見渡した。山々の緑は新緑の季節よりもさらに色濃く、稜線の輪郭は高解像度のレンズで切り取られたようにくっきりとしている。

中天に達するほど高く伸び上がった入道雲のなかを小さな稲妻が走るのが見えるが、雨が来そうな気配はまだない。

二十分ほどの登りで着いた山頂は広々としていて、ほぼ真ん中に三角点の石柱と木製の道標《みちしるべ》が立っている。その周囲で大勢の登山者が思い思いに時間を過ごしている。記念写真を撮りあっている者もいれば、ガスストーブとコッヘルで昼食の準備をしている者もいる。ごろりと寝転んで鷹ノ巣山の頂を枕に昼寝を決め込んでいる者もいる。

江波と宮原も孝夫がやったようにポスターを手に彼らのあいだを回り、心当たりはないかと訊ねてみた。結果は先ほどと似たようなもので、関心は示してくれたが、その時期にこの一帯に居合わせた者はいなかった。

宮原はこの頂に立てばなにか感じとれるかもしれないと言っていた。しかしこれだけ人がいては、もしテレパシーのようなものが本当にあったとしても、雑音が多くて解読は困難ではないかと思われた。

「テレパシー作戦は空振りだったようだけど、親父さんにとっては得るものがあったんじゃないの」

鷹ノ巣山登山の翌日、孝夫がやってきて言う。同じような思いで江波は応じた。

「息子さんが生前、伝えたいと思っていたメッセージを、宮原さんはしっかりと受けとったような気がするな。それもある種のテレパシーかもしれないよ」

「あのポスターになにか反応があるといいんだけどね」

孝夫は期待を滲ませるが、実際の犯罪捜査でポスターやチラシが事件解明に結びつくことはあまりない。逆に信頼度の低い情報が殺到し、その裏付けに振り回されて捜査本部がパンクするようなこともある。

かといっていまの状況でほかに有力な方法があるわけではない。息子の和樹に事件に繋がりそうなバックグラウンドがあったかどうか、きのうは宮原に訊ねてみた。宮原は気分を害するでもなく答えてくれた。

「大学の友達で親しく付き合っている者はいないようでした。授業にはちゃんと出席して、成績もまずまずでしたが、残りの時間の大半は山に行く費用を捻出《ねんしゅつ》するためのアルバイトと、登山そのものに使っていたようです」

「アルバイトというのは？」

「塾の講師をやっていました。名の通ったところで、雇用関係でのトラブルのようなことは聞いていません」

「山にはいつも一人で？」

「たまに高校時代の友人と出かけることはあったようですが、ほとんどは一人でした。いつも克明に登山記録をつけていたので、そのあたりのことはよくわかっています」

「遭難したり怪我をしたりしたことは？」

「転んで捻挫《ねんざ》したり、藪《やぶ》歩きで切り傷を負ったりというようなことはありましたが、救助を要請するような大きな事故にはそれまで遭っていません」

「つかぬことですが、女性関係などは？」

「そちらは奥手だったようで、高校時代も大学へ入ってからも浮いた話は聞いていません」

「山以外に趣味やスポーツは？」

「家で音楽はよく聴いていましたが、そのくらいはだれでもやることで」

「趣味はあくまで山だったわけですね」

「山小屋のオーナーになるのが夢だったようです。それもホテルや旅館並みの大規模で豪華なものじゃなく、奥多摩や奥秩父のような地味な山の、本当の山好きが集まる居心地のいい小さな小屋がいいと言っていました。もちろん私は反対でした。そんなことのために大学に行かせてるんじゃない。一流の官庁や企業に就職して、天下国家を動かすような大物にならなければだめだと。それで言い合いになったことも何度かあります」

「それが失踪の原因になったというようなことはありませんか」

「ないと思います。けっきょく尾を引くような喧嘩《けんか》にはならなかったんです。私自身が自分のことに夢中で、息子の将来への関心が薄かった。妻のほうは、そういうことは息子の考えに任せる主義なので、家庭内で孤立していたのはむしろ私のほうでした」

そんな話を聞いて江波は思った。親子で人生についての価値観が違うのはとりたてて珍しくはない。宮原のそれまでの生き方もあり得べき人生の選択で、いま彼が自虐的に語るほど人の道に外れたものだとは思えない。

同時に息子のほうも、父に負けず劣らず一途なところがあったのだろう。人間としての芯の部分で共通するものがあるのなら、いずれはわかり合えたのではなかったか。現にいま父親の宮原には、息子が生きようとした人生からなにかを学びとろうとする真摯《しんし》な努力が感じられる。

ある程度の悩みは抱えつつも、全体としてみれば幸せで、崩壊しているような家族ではない。宮原の言葉に偽りがなければ、江波の頭に浮かぶのはそんな家庭のイメージだった。

一日の業務を終え、夕食の準備にとりかかろうとするころ、遼子がやってきた。

「図書館の新聞データベースで探してみたのよ。十年前の遭難事件の記事——」

バッグから取り出したのはＡ４サイズの用紙で、そこに三本の記事の見出しとごく短い本文がある。

最初の二つは埼玉県内の地方紙に掲載されたもので、一つは父親からの通報を受けて山岳救助隊が捜索に乗り出したことを伝える短い記事。もう一つはその三日後のもので、捜索の断念を伝える内容だが、こちらもごく短い。

冬山やゴールデンウィークの遭難にはある種の恒例行事のようにマスコミは注目するが、それ以外の季節だとよほど重大なケース以外は報道されない。とくに奥多摩や奥秩父のような地味な山域には食指が動かないらしく、江波が捜索にかかわったケースのほとんどがそうだった。

その記事の内容も簡単で、江波が秩父署から仕入れた情報を補うような材料はなにもない。遼子もそこは心得ているようで、指で示したのは三本目の記事だった。

「これは全国紙の地方版に載っていたの。宮原という姓だけでうっかり検索したら、たまたまヒットしたんだけど――」

奥多摩町内の青梅街道で起きた追突事故を報じたもので、これもよほどニュースがなかったのだろう。追突されたドライバーが軽傷を負った程度の話で、原因は追突したドライバーの前方不注意ということになっている。

驚いたのはそのドライバーだった。宮原孝三。年齢は四十七歳――。現在の宮原の年齢は五十七歳だと本人から聞いているから、十年前なら一致する。

記事の日付は六月六日で、事故はその前日。宮原和樹が消息を絶ったのは六月五日だから同じ日に起きたことになる。遭難届が出されたのはその二日後だ。

「父親の名前をよく覚えていたね」

「同じ名前の叔父がいるのよ。それで頭に残っていたの。でも本当にその人だったら、どう考えたらいいのかしら」

そう訊かれても江波もとっさに答えは浮かばない。だとしたら、少なくとも宮原の語ったことがすべて真実ではないことになる。

だったらどういう意図でこちらに接触してきたのか。息子の失踪になんらかのかたちで関与しているのか。もし事件性を疑うなら、父親の孝三こそが第一容疑者という話にもなりかねない。きのうの宮原との会話を思った。あれが狂言なら彼は並の役者ではない。

「山に登ったときはどんな感じだったの？」

「怪しげなところはなにもなかったな。というより、話しているうちにこちらが感銘を受けるようなところさえあったよ――」

きのうの様子をかいつまんで語って聞かせると、遼子は複雑な表情で嘆息した。

「私も少しはお手伝いできればと思ったんだけど、なんだか雲行きが変わってきたわね」

「同姓同名ということもあり得るから、まだ決めつけるのは早いけどね」

「でも、やはり辻褄《つじつま》は合わないわね。うしろ暗いことがあるなら、そんなメールの話は黙っていればいいんだもの。江波さんにとっては本業と離れたボランティアでも、悪いことをした人なら、わざわざ警察の人と一緒に山に登ったりしないわよね」

「普通に考えればね。直接本人に問い合わせるのは時期尚早な気がする。まずはおれのほうで当たってみるよ。青梅署の管轄だから記録は残っているはずだ。南村に言えば調べてくれると思うから」

「そうよね。頭から容疑者扱いして、もし別人だったら問題ね。息子さんを失っただけでもそれほど苦しんでいるところへ、そんな疑いをかけられるとしたらとても残酷よね」

遼子は憂慮を滲ませた。

翌日南村に電話を入れた。事情を話すと南村は興味をそそられたようだった。

「なんだか危ない匂いがしますね。その人物には慎重にアプローチしたほうがいいような気がします」

「おれもそう思う。こっちの考えすぎかもしれないが、やはり腑に落ちないところがある。息子が失踪したのと同じ日に、同姓同名の人物が鷹ノ巣山と目と鼻の先の奥多摩町の路上で追突事故を起こしていた。もし本人だとしたら、一緒に山に登ったときその話をしてくれてもいいはずだ」

「話したくない理由があったと考えざるを得ませんね」

「そこが気になる。調べはつきそうか」

「交通課にファイルがあるはずです。さっそく訊いてみますよ」

打てば響くように南村は応じた。そんな通話を終えたところへ孝夫がやってきた。

「事故の件、詳しいことはわかったの？」

「いま南村に調べてもらってる。まもなく電話が来るだろう」

「直接本人に訊いた方が早いんじゃないの」

「しかしまだ容疑以前の段階だ。なにもないなら当人をひどく傷つけることになる」

「たしかにね。警察が当てにならず、最後に頼ってきたのがおれたちだという話が本当なら、そんな疑いを持つこと自体が、あの人にとっては地獄に突き落とされるような仕打ちかもしれないね」

「まあ、慎重にいくしかなさそうだな。いまやっていることは刑事捜査じゃない。そもそも事件が存在するかどうかさえわからないわけだから」

「おれたちにできることといったら、ポスターを貼ったり、知り合いから話を聞くくらいだからね」

「どんな経緯があったのかはわからないが、あの人の息子への思いは真実だという気がする。これが刑事捜査だったら主観で決めつけるのは問題だが、おれはいまは刑事じゃない。息子の消息を求めて頼ってきた人に善意で協力しているにすぎない立場だから」

「そうだね。事故を起こしたのは同姓同名の別人だよ、きっと」

祈るような口ぶりで孝夫は言った。そのとき江波の携帯が鳴り出した。ディスプレイを覗《のぞ》くと南村からだった。

「わかりましたよ。事故を起こしたのは宮原孝三、当時四十七歳、住所は東京都目黒区下目黒三丁目——」

先日、連絡先として聞いていた住所と一致する。それをメモして手渡すと、孝夫の表情がこわばった。江波は訊いた。

「事故の詳しい状況は？」

「場所は奥多摩町境《さかい》付近の青梅街道の上り車線で、時刻は午後六時三十分。薄暮の時刻でやや霧も出ていたそうです。山間地で見通しが悪く、被害者の車が急にブレーキを踏んだこともあって、過失責任はそれほど問われなかった。被害者は軽い鞭《むち》打ち症で、送検はされず、示談で済んだようです」

「その程度の事故がよく新聞に載ったな」

「薄暮や霧という悪条件の際にはスピードは禁物という警告の意味もあったんでしょ

う」

「上り車線ということは、奥多摩湖方面から東京に向かっていたわけだ」

「そうなりますが、どこへ行った帰りなのかまでは記録に残っていません。いずれにしても多摩川の上流、場合によっては山梨県内ということもありますね」

「やはり気になるのは、そのことをおれたちに隠していた点だよ」

「そこにいた理由を訊いたとしても偶然だと言い逃れるでしょう。たぶんそれ以上は詮索《せんさく》できない。こちらでもう少し調べてみましょうか」

「いや、いまの段階では静観するしかないだろう。明らかに事件性が疑われる事実が出てきた場合はともかく」

「そうでしょうね。過剰捜査になりかねませんから。状況が変わったら知らせてください。とりあえず心に留めておきますので」

釈然としない調子で南村は言った。そんな話を伝えると、孝夫は複雑な表情だ。

「どうも息子とのあいだに、おれたちには話していない事情がありそうだね」

「息子から届いたメール、現物は見たのか」

「転送されてきたのは見たけどね。内容は本人が言うとおりだよ。でも日付や内容を改ざんするってこともあり得るからね」

孝夫は疑心暗鬼に陥っているようだ。江波も喉《のど》にものがつかえたような気分だが、さりとて、いまできることはなにもない。

八月も下旬を迎えた。孝夫の力作のポスターもいまのところは功を奏さず、宮原和樹の消息に関する情報はなにも入ってこない。

夏山シーズンも最盛期を過ぎ、代わってやってきたのは台風シーズンで、おとといからきのうにかけて大型の台風が本州を縦断し、山は大荒れとなった。

この日は台風一過の快晴で、湖を渡る風は秋を思わせる冷涼さだ。これから紅葉の始まる十一月中旬まで、奥多摩は訪れる人もまばらになる。

旅館のほうも閑散期を迎えたようで、孝夫が駐在所で油を売る時間も長くなった。駐在所もいまがいちばんのんびりできる時期で、午前中にパトロールを終えればとくにやることもなくなる。

こんなことで給料を貰っていいものかと気になるが、秩父署の竹田も言っていたように、警察が暇なのは世の中が平穏無事な証拠で、それ自体は結構なことなのだ。

遼子もきょうは休館日で、手料理を差し入れに立ち寄ったものの、孝夫が気を利かせるでもなく居座って、鬱陶《うっとう》しいことこのうえない。南村から電話があったのはそんな昼下がりのことだった。

「先輩、出ましたよ」

「出たってなにが？」

「遺体です。宮原和樹という青年の――」

「本当なのか？」

足元の床が抜けたようなショックを受けた。慌てて問い返すと、孝夫と遼子がなにごとだというように視線を向ける。冷静な口調で南村は続ける。

「間違いありません。白骨化していましたが、所持していた学生証とクレジットカードから身元が確認できました」

「場所は？」

「鷹ノ巣山から日原側へ少し下った稲村岩尾根《いなむらいわおね》の上部だそうです。台風で登山道の路肩が崩れたという通報があり、地元の消防隊が補修に登ったところ、普段は藪で見えない沢筋に死体があるのを見つけたそうで」

「尾根から転落したのか」

「消防隊員はそうだろうと言っています。これから本署の山岳救助隊と我々が現地に向かい、現場検証と遺体の回収を行います。検視は本署に搬送してからになります」

予想もしない展開だった。十年前のメールを父に読んでもらえて、ようやく安心して息子は姿を見せる気になったのか。事実としては台風のお陰ということになるが、そこに不思議な運命を感じて、江波はかすかな慄《おのの》きさえ覚えた。

「おれにはお呼びがかからないのか」

「ご心配はいりません。こちらの人員だけで手は足りますので。父親の宮原氏には私のほうから連絡を入れました。ご両親には本署で待機してもらって、検視が済んでから対面ということになります」

「二人にすれば辛いところだな」

「はっきり答えが出たわけですからね」

南村の声も沈痛だ。気を取り直すように江波は言った。

「稲村岩尾根は急だから十分気をつけてな」

「そうします。詳しい状況はまた報告します」

南村はそう言って通話を終えた。話の内容を伝えると、孝夫と遼子は言葉を失った。

「どんなに見通しが悲観的でも、行方不明というのはまだ希望がゼロというわけじゃない。しかし遺体が出たとなると――。親父さんはもちろん覚悟をしていただろうけどね」

切ない調子で孝夫が言う。

「でも沢に転落したというのなら、少なくとも殺人の可能性はなくなったということね」

遼子はいくらか安心したような口ぶりだ。追突事故の新聞記事を発見した当人としては偽らざる心境だろう。少なくとも宮原孝三に対する疑念は払拭《ふっしょく》された。それは不幸中の幸いと言うべきだ。窓の外に視線を向けながら、思いを込めて江波は言った。

「宮原さんの人生に大きな区切りがついたのはたしかだな。いまは痛みを伴うものでも、それが再生に繋がる痛みであって欲しいよ」

湖岸を取り巻く山々の緑は夏の盛りよりくすんで見える。澄み切った空を羊雲が流れる。やがて秋が来て冬が来る。しかしそのあとには新しい春が、夏が待っている。失ったものは戻らなくても、人生には芽吹きの季節がいつも用意されていると信じたい。

「事情聴取？　いったいどういう容疑で？」

その日の夕刻、南村からの電話を受けて江波は声を上げた。苦い口調で南村は答える。

「殺人です。息子さんの携帯のメモリーカードが生きていて、失踪の前日に送受信した激しいやりとりのメールが残っていたんです」

「内容は？」

「どうも息子さんは、アルバイトで蓄えたお金で古い山小屋を購入する計画を持っていたようです。大学を卒業したら就職はせずに山小屋の主になるつもりだった。お父さんはそれに猛反対だったようで」

「そんな話は一緒に山に登ったときおれも聞いているが、それほど激しいニュアンスじゃなかったな」

「私もメールの内容には目を通しました。たしかに激しい罵《のの》り合いでしたが、果たして殺人の動機と言えるほどのものかどうか」

「それがどうして殺人容疑という話に？」

江波は当惑を隠せない。どんな内容にせよメールはメールで、それ自体が凶器になるはずもない。南村は浮かない口調だ。

「頼みもしないのに本庁捜査一課が出張《でば》ってきましてね」

「殺人班か」

「そうです。検視の結果、転落によるものとみられる全身打撲が確認され、死因はそれによって引き起こされたショック死、ないし衰弱死と推定されました。こちらは事故として処理するつもりで本庁に報告したんですが、そのメールの内容に先方が反応しましてね」

「それだけじゃ間接証拠にもならないだろう」

「加えて例の追突事故です。とりあえず息子さんの事案とは関係ないと考えて、私は腹にしまっていたんです。ところが向こうは向こうでそれに気づいたようで」

どのみち隠しおおせはしなかっただろうが、殺人班がメールに着目しなかったら、それ単独で容疑に結びつくほどのものではなく、いずれにしても力ずくの捜査の印象は拭《ぬぐ》えない。

「逮捕状を請求するところまではまだ行っていないんだな」

「ええ。ただ担当しているのが今年着任した若いキャリアの管理官で、功を焦っているところがありまして」

「宮原氏のほうはどうなんだ」

「殺人の件については否認しています。追突事故に関しては黙秘しているようです」

「黙秘？」

「ええ。どこに出かけた帰りか、それを証言すればアリバイが成立する可能性があるんですが」

「逆に黙秘を続ければ、犯人だと認めるようなものだな」

「そうなんです。最初は無茶な筋読みだという気がしたんですが、ここへきてうちの課長までがクロの感触に傾いていましてね。このまま黙秘を続ける限り、宮原氏は不利な方向に追い込まれます。一課の捜査員のなかにもそのやり方に首をかしげている人はいますが、管理官はなんとしてでもガードを崩して逮捕に持ち込めと発破《はっぱ》をかけているようです」

十年もの時が経てば物証は極端に少ないはずだ。それを逆手にとって状況証拠だけで押されれば、裁判所の心証もそちらに流されやすくなる。吐き捨てるように江波は言った。

「動いて欲しいと言ったときには門前払いを食わされて、この期《ご》に及んで容疑者扱いされるとは、宮原氏も踏んだり蹴ったりだな」

「同感です。私の心証もシロです。遺体と対面したとき夫婦ともども泣き崩れました。ご主人は自分の無理解を詫《わ》びていました。殺人事件では私も被害者と加害者双方を何人も見ましたが、あれが芝居だとは思えません」

「例の十年前のメールは？」

「見つかりませんでした。本体のメモリーは水濡れかなにかで解読できない状態でした。残っていたメールは自分でメモリーカードにコピーしていたもののようです。重要なメールはそうする習慣があったのかもしれません」

「残念だな。それがあれば、宮原氏が息子とは別の場所にいた間接証拠になったのに」

「宮原氏はそのメールを提示したんですが、日時や内容は改ざんできると一蹴《いっしゅう》されたようです。そもそも十年前のメールがいまごろ届くこと自体が非常にまれなケースですから」

「しかし山に慣れているはずの息子さんが、どうしてそんなところで転落したのか。そのあたりは傾斜は急でも危ない場所じゃない」

「殺人班はその点にも注目しているようです。だれかに突き落とされた可能性が高いと」

渋い口調で南村は言う。殺人班の見立てはたしかに辻褄が合っているように聞こえる。しかしなにかが決定的にずれている。鷹ノ巣山登山の際に宮原が示した息子へのあの思いが、殺人者が演じた猿芝居だとは江波にはとても考えられない。

「事情聴取はまだ続きそうなのか」

「ほとんど勾留扱《こうりゅうあつか》いです。逮捕状がない以上、帰宅させないわけにはいきませんが」

「パトカーで送って、そのまま自宅に捜査員を張りつけるつもりじゃないのか」

江波は舌打ちした。逃亡や自殺を防ぐという建前とは別に、被疑者に圧力をかけるためによく使われる手だ。そこまで強気に出ているとなると、下手をすれば今夜じゅうにも逮捕状を請求されかねない。慄きを覚えながら江波は言った。

「なにか変化があったら連絡を入れてくれ」

「わかりました。本署の捜査員はほとんど蚊帳《かや》の外に置かれていますが、なんとか耳をそばだててみます。逮捕ということになれば青梅署に帳場（捜査本部）が立つわけですから、課長も気が気じゃないようです」

「ああ、よろしく頼む」

そう言って通話を終え、今度は孝夫に電話を入れた。夕食どきでてんてこ舞いのはずなのに、孝夫は五分と待たせずに飛んできた。

「いやはや、想像もしない展開になってきたね。しかしどうして親父さんは追突事故のことを黙秘してるんだろう」

「わからない。よほど言いたくない事情があるにしても、殺人罪と引き替えにして割が合うような話はそうざらにはないだろう」

「でもこのままじゃざらにない方向に行っちゃうよ。なんとかできないの、江波さん？」

孝夫は深刻な表情だ。そう言われても、こちらにあるのは宮原がシロだという強い心証くらいで、殺人班の見立てを覆《くつがえ》せるような材料はなに一つ持ち合わせていない。

落ち着いて頭を整理する。父親との激しいメールのやりとりは、息子が山小屋の主になるならないといった内容だったらしい。そしてそのとき想定していた登山コースは、雲取山を越えて奥秩父主脈を将監峠に向かうもの。それが翌日になると石尾根方面に変更されていた――。ふとひらめいて孝夫に問いかけた。

「息子さんが遭難した場所なんだが、あの近くに朽ちかけた山小屋がなかったか」

「あるよ。十何年か前まで営業していたと聞いてるけど、いまは藪の奥の廃屋だよ。見たことあるの？」

「山岳救助隊の合同訓練で日原側の沢を登っていたとき、遠くからちょっと見かけたことがある」

孝夫は膝を叩いた。

「あんな場所から転落したということは、その小屋を覗きに行った可能性があるね。道はかなり荒れていて、足場が悪いところがあちこちあるから」

「山小屋にえらく興味を持っていたようだからな。だとすると——」

江波は遼子の自宅に電話を入れた。ここまでの事情を伝えると、遼子は声を曇らせた。

「お父さんが犯人だなんて、あまりに強引よ。だったら息子さんからのメールを受けて、江波さんたちに接触してきたことが説明つかないじゃない」

「もちろんそうなんだが、自分が犯人じゃないと印象づけるための芝居だくらいにしか彼らは見ない。それより重要なのはあの日のアリバイなんだ。ちょっと調べて欲しいことがあるんだけど、図書館は休館日だから、例の新聞データベースは使えないね」

「そんなことないわよ。サーバーには自宅からでもアクセスできるから」

遼子は即座に請け合った。期待を込めて江波は言った。

「それならこういう関係のニュースを探して欲しい。日付けは六月五日のもので——」

青梅警察署玄関前の車寄せに停めた覆面パトカーの運転席で江波は待機していた。

午後十一時。南村に付き添われて宮原孝三が出てきた。いかにも憔悴《しょうすい》した様子で、階段を下りながら軽くよろけ、傍らから南村に腕を支えられて辛《かろ》うじて踏みとどまる。

息子の遺体と対面し、辛い現実に直面させられた直後の殺人容疑による事情聴取——。そのショックは言い尽くせないものだろう。

その宮原を自分もまた逃れようのないところへ追い詰めることになる。しかしそれによってしかいまの窮地から彼を救えない。

南村は打ち合わせ通り宮原を自宅まで送る役割を志願し、ドライバー役の刑事にうまく話をつけて、示し合わせて待機していた江波が入れ替わった。背広姿で運転席にいる江波を見て、宮原は驚いたようだった。

「江波さん、どうしてここに？」

覆面パトカーを発進させながら、江波は穏やかに声をかけた。

「お疲れのことと思います。こういうかたちでしかお話しできない用件がありまして。しばらくお付き合いください」

「しかし、捜査一課の方に話した以上のことはなにも申し上げられませんよ」

宮原は頑《かたく》なな口ぶりだ。江波は言った。

「彼らを甘く見てはいけません。警察というところは、容疑者を追及するだけではなく、ときに容疑者をつくることもあります」

「しかし私は息子を殺してはいない」

「ではどうしてあの日の行動について黙秘されるんですか」

「それは――」

宮原は口ごもる。江波はたたみかけた。

「だれでも出来心で罪を犯すことはあるでしょう。一生それを背負って生きるより、自ら償うことで始まる新しい人生があるんじゃないでしょうか」

「なんのことをおっしゃっているのやら」

「ご一緒に鷹ノ巣山へ登ったとき、あなたが息子さんについて語った言葉は私の胸を打ちました。もう一度、息子さんと一緒に山に登りませんか。新しい人生の山に――」

「新しい人生の山？」

「息子さんが愛したものをあなたはいま理解している。ともに歩む準備はできています。息子さんはあなたがその山に登ってくるのを心待ちにしていると思います」

「息子は私を許してくれると？」

「もうとっくに。いや最初から憎んでなどいなかったでしょう。だからこそあなたを山に呼んだんだと思います」

「私を山に呼んだとは？」

「十年目に届いたあのメールです。ほかにどう考えたらいいんでしょうか。私には奇跡のように思えます」

「あの山の頂で、私は息子を失って以来、いやもっとはるか以前からかもしれない、本当の幸福の意味を噛みしめたんですよ」

万感の思いを込めたような宮原のそんな言葉を受け、江波は穏やかに提案した。

「だったらその幸福を真に自分のものにするために、これから小さな障害物を一つ乗り越えませんか」

「どういう障害物を？」

「きっと心当たりがあると思いますが――」

江波はシート越しに一枚のコピーを手渡した。宮原はそれを受けとって、ゆっくりと頷いた。

「わかっていたんですね」

「気づいたのはつい数時間前です」

遼子は自宅のパソコンから新聞データベースにアクセスし、十年前の六月五日に起きた山小屋に関係する記事をすべて検索してくれた。そのなかに将監峠から一キロほどのところにある休業中の山小屋が不審火によって全焼したというものがあった。放火の可能性が高いが、犯人はいまも見つかっていないという。

将監峠への登山口に当たる三之瀬へは、東京からなら青梅街道をたどるのが最短だ。三之瀬の集落から将監峠までは二時間弱の登りで、山に慣れていない宮原でも達するのは容易《たやす》い。宮原は迷いのない表情で問いかける。

「私はどうしたら？」

「自首すべきだと思います。よろしければあす山梨県警にお供します」

直截《ちょくせつ》な調子で江波は言った。憑《つ》き物《もの》が落ちたような表情で宮原は頷いた。

「逮捕されるんなら、あなたにして欲しいんだが」

「あの山小屋のあった場所は山梨県警の管轄ですから。それにあなたは逮捕されませんよ」

「どうして？　放火は最高刑が死刑という重罪でしょう」

当惑する宮原に、江波は噛み砕いて説明した。

「人が居住している建造物への放火は公訴時効が二十五年ですが、人が住んでいない建物の場合は十年です。あなたの場合は時効が成立しています」

「そうなんですか。法律には疎《うと》いもので」

「ただし取り調べはされるでしょう。あなたはそこで犯人であることを自ら立証してください。それがアリバイとなり、いまかけられている殺人の容疑は成立しなくなります」

「そんなことで私は許されていいんですか」

宮原は慚愧に堪《た》えないというように訊いてくる。江波は言った。

「公訴時効は十年ですが、民事については二十年です。賠償を請求されれば応じないわけにはいかないかもしれません」

「そうですか。それについてはできる限りのことをしたいと思います」

そう真摯に答える宮原の声には、十年にわたる自責の軛《くびき》から解き放たれた喜びのようなものさえ感じられた。

下目黒の自宅に向かう道すがら、宮原は語り得るすべての真実を語った。

息子が本気で山小屋の購入を考えているのを知ったのは、彼が最後の登山に向かった日のことだった。

息子は早朝に家を出たが、連絡がうまくついていなかったのか、宮原の出勤前に知らない人物からファックスが届いたという。

息子宛で、送信者は合併により現在は甲州《こうしゅう》市に含まれる山梨県塩山《えんざん》市一之瀬《いちのせ》高橋《たかはし》在住の河田《かわだ》清治《きよはる》という人物だった。

文面によると、息子はあすその人物と会うことになっており、彼が所有する山小屋を買うかどうか、現地で物件を見て決めるという話になっているらしい。

ファックスはその待ち合わせの確認のためで、のちほど携帯にも連絡を入れるとの文言があり、小屋の所在地を示す地図もあった。

アルバイトで貯めた金で廃業している山小屋を買い、修復して営業小屋として経営する――。そんな計画は前の年から聞いていて、その都度《つど》宮原は猛反対し、息子は家を出て何週間も山に籠《こ》もってしまうようなことが度々《たびたび》あった。

頑固な点で父と子は瓜《うり》二つで、息子のほうも一歩も譲らない。奥秩父や奥多摩の廃屋化している山小屋なら土地付きでも二、三百万円。借地ならその半分程度で済むとの話で、塾の講師で稼いだ息子の貯蓄残高からすれば荒唐無稽《こうとうむけい》な話ではない。

だからこそ宮原は危機感を募《つの》らせた。一部上場企業のエリート社員だった当時の宮原から見れば、そんな粗末な山小屋の主などホームレスに毛の生えた程度にしか思えない。

さっそく息子の携帯に電話を入れた。そんな人物と会うのはやめろと説得したが、むろん息子は聞く耳を持たない。それでも執拗《しつよう》にかけ続けるうちに、息子は電話に応じなくなった。

やむなくメールに切り替えた。これではストーカーだと自嘲《じちよう》しながら、会社からもメールを送り続けた。息子からも売り言葉に買い言葉の返信があったが、そのうち着信を拒否された。

「当時の私は、なにもかも自分の思い通りにならないと気が済まない、ただわがままなだけの迷惑人間だった。息子や妻に嫌われていただけではなく、社内でも鼻つまみ者だったでしょう。気づかないのは当人だけでした」

宮原は自嘲するように言った。そんな性格だから、いよいよ頭に血が上った。

息子と河田という人物は翌日の午後二時にその小屋で落ち合うことになっていた。それなら自らその場に出向いて、話を壊してやるしかない。

ガイドブックを買い込んで確認すると、自分の足でも十分行けそうな場所だとわかった。翌日は休暇をとった。午前中に車で家を出て、青梅街道を西に向かった。登山口の三之瀬に着いたのが午前十一時。そこから徒歩で山に向かい、午後一時に目的の小屋に着いた。

何年も人が出入りしていないのは明らかで、軒下には蜘蛛《くも》の巣が張り、窓ガラスは何枚かが割れていたが、建物自体は堅牢《けんろう》につくられ、補修すれば十分使えそうだった。

午後二時になっても息子も河田も現れない。ここを訪れることは妻にも言っていないから、息子が気づいて予定を変えたとも考えられない。しかしこの日が空振りとなれば、次に彼らがいつ会うかわからない。売買の契約が成立してしまえば後の祭りだ。

さらに二時間待ってもだれも現れない。そのときふと軒下に積んである薪《まき》の束が目に入った。悪魔の声が囁《ささや》いた。この小屋が焼失してしまえば問題は解決する。いくら息子が物好きでも、小屋がなければ買いようがない。

庭に散らばっていた乾いた落ち葉を火種にその薪に着火して、あとは一目散に峠を下った。三之瀬の集落にたどり着くころ、峠のあたりから黒煙が立ち上るのが見えた。

停めてあった車に飛び乗って、青梅街道に向かって走り出すと、遠くから消防車のサイレンが聞こえてきた。

自分がしたことの恐ろしさに、そのときようやく気がついた。放火は殺人と同等の重罪だ。焼いたのが無人の山小屋とはいえ、発覚したら自分の将来はそこで終わる。

カーラジオを点《つ》けたが、山小屋の火災を報じるニュースはない。縦走路からだいぶ離れたその小屋の近辺に人の姿はなく、誰かに目撃されたとは思えない。三之瀬の集落も閑散として人っ子一人見えず、足がつく惧《おそ》れはないと自分に言い聞かせた。

しかし注意力は散漫になっていたのだろう。途中で追突事故を起こし、警官から事情聴取を受けたときは肝を冷やした。自宅へ戻ると、今度は妻が青ざめた顔をしていた。予定の時刻を過ぎても息子から無事下山の報告がないという。宮原には電話など滅多《めった》に寄越さないが、妻には入山中も安否の連絡を絶やさなかったらしい。

翌日になっても息子は帰らず、携帯を呼び出しても応答しない。息子になにかあった——。宮原は不安に慄いた。

下山が予定より遅れたことは以前にも何度かあったから、さらに一日待ってみたが、やはり息子は帰らず、連絡も取れず、やむなく秩父署に捜索願を出した。しかし山岳救助隊による必死の捜索も空しく、息子の消息はついに摑《つか》めずに終わった。

単なる遭難だとは思えない。論理的にはまるで意味がないとわかっていても、自分がやったあの行為が、同時に息子の未来そのものを奪い去ったのだという妄想に近い観念が宮原の心に棲み着いた。

　放火のことはむろん妻には言っていない。警察の捜査の手が伸びている様子もない。しかし息子を失ってみて、自分の行為の非道さにあらためてうちひしがれた。放火そのものに対する罪悪感より、息子の夢を奪おうとしたそのことに罪深さを感じた。

「息子はそんな私を見捨てて別の世界へ旅立った。許しを請《こ》うてもその声は彼の耳には届かない。息子がいなくなってからの十年、私は心にそんな地獄を抱えて生きてきました。だから十年目に届いたあのメールは、私にとって息子からの許しそのものに思えたんです――」

　宮原は息子が旅立った遠い世界へ思いを馳《は》せるように目を細めた。

「私に助けを求めてくれた。そのとき、彼がもう生きていないのはわかっていました。それでもなんとか彼の魂の声を、私の心のアンテナで受けとめてやりたかった。無理をお願いして鷹ノ巣山に登らせてもらったのは、そんな衝動に駆られてのことでした」

「そして、たしかに受けとめたんですね。息子さんの魂の声を」

確信を持って江波は訊いた。宮原は力強く頷いた。

「息子は私に生きろと励ましてくれました。自分の分も生きてくれと、この世界は生きるに値するものだからと——」

その翌日、江波と南村が同伴して、宮原は山梨県警に出頭した。県警には当時の捜査担当者が在籍していて、そのときの捜査資料をもとに事情聴取が行われた。

宮原の記憶は正確で、供述は捜査で確認されていた現場の状況と一致した。そのなかにはいわゆる犯人しか知り得ない事実がいくつも含まれ、県警は宮原が放火事件の真犯人で間違いないと結論づけた。

ただちに送検されたが、もちろん時効が成立しているため逮捕されることも訴追されることもない。その事実はまさに警察のお墨付きのアリバイで、殺人容疑での宮原の立件に入れ込んでいた一課の管理官の熱を一気に冷ますことになった。

事件のあった日、息子の和樹も売り手の河田も小屋にやってこなかったのは、河田の父親が脳卒中で緊急入院したため、急遽《きゅうきょ》予定がキャンセルされたからだった。

前日に宿泊した小屋の主によれば、和樹は雲取山周辺に廃業した山小屋はないかと質問していたらしい。

主が教えたのが遭難現場近くのあの古い山小屋で、河田との約束がキャンセルになったため、和樹はそちらの状態も確認しておこうと、急遽予定を変更したものと思われた。

小屋までのルートは孝夫が言うとおり、藪が生い茂り、あちこちに路肩の崩壊が見られた。そんなところで和樹は滑落《かつらく》したのだろう。全身打撲の怪我を負い、最後の力を振り絞って送ったのがあのメールだった——。

思えば切ない話だが、真っ向から対立していた父と子のあいだに、なおそんな絆が残っていたことに、江波は救われたような思いだった。

遺体発見からすでに一ヵ月が経っていた。

太平洋高気圧の勢力は弱まって、一雨来るごとに秋は深まってゆく。ナナカマドの実が真っ赤に熟し、気の早いカエデやカラマツがちらほら色づきを見せている。

この日、図書館は休館日で、遼子はいつものように手料理の差し入れを携えて駐在所にやってきた。そういう気配を感じる超能力でもあるのか、孝夫もまもなくやってきた。

秋のトレランの大会がいよいよ近づいて、遼子も成人女子の部にエントリーするという。部門は分かれても走るのは一緒だ。遼子は最近記録を伸ばしているようで、江波もうかうかはしていられない。

コースの分析やシューズの話で盛り上がっていると、外で車が停まる音がした。寝転んでいたプールが素早く立ち上がり、鼻面でドアを押し開けて、尻尾を振りながら外へ駆けだす。

窓の外を覗くと、停車した車から見覚えのある人物が降りてきた。宮原孝三だった。

プールはさっそく飛びついて、腰をかがめた宮原の顔を親愛の情を込めて舐め回す。その傍らに宮原と同年配の女性が笑みを浮かべて立っている。どちらも小型のザックにトレッキングシューズの山支度だ。

「お久しぶりです。きょうはどちらへ？」

江波が外へ出て声をかけると、宮原は丁寧に一礼した。

「あのときは本当にお世話になりました。じつはこれから三之瀬へ行くところでして」

「三之瀬へ？」

当惑しながら問い返すと、今度も律儀《りちぎ》に菓子折を差し出しながら、宮原は意外なことを口にした。

「じつはあの小屋の跡地に、新しく山小屋を建てることにしたんです」

事務室に招き入れて話を聞いた。同行している女性は奥さんだという。

「焼いてしまった小屋については示談が成立しました。その分の賠償金を上乗せしてあの土地を買い取りたいと申し出ると、先方が快く承諾してくれたんです」

「しかしそこに小屋を建てて、いったいだれが経営を？」

江波が訊くと、晴れやかな表情で宮原は言った。

「会社は辞め、目黒の自宅は売却してそこに移ります。つまり私たちが小屋主になるんです」

「息子さんの遺志を継がれるわけですか」

「ええ。妻にはすべて打ち明けました。離婚も覚悟していましたが、彼女は許してくれました。そして話し合ったんです。二人の残りの人生は和樹の夢のために捧げようと」

「大変なご決断ですね」

「そんなことはありません。江波さんや池原さんのお陰で山の楽しさを知りました。息子が人生を捧げてもいいと考えた気持ちがいまはわかります。そんな山での生活を、私たちは息子の分も楽しむことにしたんです」

「奥さんは山で暮らした経験は？」

「ありません。でも息子から話を聞いたり、写真を見せられたりして、なんとなくあこがれてはいたんです。小屋を建てる場所は里にも近いし、なんとかやれると思います。いまからわくわくしてるんです」

夫人は屈託のない口ぶりだ。宮原が付け加える。

「もちろん、都会暮らしとは別の知識が必要でしょう。厚かましいお願いですが、江波さんや池原さんからもいろいろアドバイスをお願いしたいんです」

「協力させて貰いますよ。ここから三之瀬だったら車でせいぜい三十分ですから、困ったことがあればいつでも駆けつけます」

孝夫は張り切って応じる。

「いやいや、みなさんも本業がおありですから、そこまでご迷惑はかけられません。でも近くにいらっしゃるのは心強い。定員五十人ほどの小さな山小屋ですが、だれもが喜んでくれるような居心地のいい場所にしたいんです。知り合いの建築事務所にもう設計を依頼してるんです」

宮原はクリアフォルダーに入れたパース画を取り出した。北欧風の三角屋根の瀟《しょう》洒《しゃ》なロッジで、奥秩父や奥多摩の山小屋としてはずいぶん垢抜《あかぬ》けたものになりそうだ。遼子も興味深そうに覗き込む。

「まあ、素敵。こんな山小屋だったら、いまから予約しておきたいわ」

宮原は鷹揚《おうよう》に首を振る。

「予約なんて要りませんよ。開業初日には皆さんをご招待しますから」

これから地権者に会って契約を交わすと言って、夫妻は三之瀬へ向かった。

走り去る車を見送りながら遼子が言う。

「山小屋の経営者か。なんだかうらやましいわね。素敵なご夫婦だし。私も将来の計画として考えてみようかしら。ねえ、楽しいと思わない、江波さん？」

なにやら意味がありそうなさそうな遼子の話の振り方に、戸惑いながら江波は頷いた。

「ああ、楽しそうだね。息子さんは失ったけど、二人が見つけた新しい人生の目標は、その息子さんからの貴重な贈り物なのかもしれない。ぜひ成功して欲しいよ」

言いながら江波は思った。この土地に骨を埋めてもいいと感じてはいても、一生駐在所長ではいられない。それなら山小屋のオーナーという転身も悪くない。そのとき傍らに遼子がいてくれるなら、それはなおさら悪くない。

その考えに賛成だとでも言うように、プールがクーンと鼻声を出して二人に交互に目を向ける。

秋は駆け足でやってきて、山はまもなく華麗な錦《にしき》の死装束を纏《まと》うだろう。それに続いて訪れる茶褐色と白の死の季節。しかしやがてくる約束の春が信じられれば、その切なさを愛《いと》おしみ楽しむことさえできる。

そんな季節のなかを人は行き交い、人と出会う。悲しみや絶望や憤りや嘆き。背負った重荷の一つ一つを季節の襞《ひだ》のあいだに落としていく。そうやって四季を経るごとに、少しずつ心を軽くできるなら、それが魂の成長というものかもしれない。

湖は陽光にさざ波をきらめかせ、慈愛に満ちた空に微笑《ほほえ》みを返しているようだ。傍らに立つ遼子の顔にも柔らかい微笑みを見つけて、江波も心がまた一つ軽くなったような気がした。

解説

細谷正充（文芸評論家）

海のない県はあっても、山のない県は存在しない。標高の差こそあれど、四十七都道府県のすべてに、山はある。大雑把にいえば、国土の七割が山だという日本は、まさに山岳国家なのである。このような風土で昔から生きてきた日本人は、山間部すら住居地として、生存圏を広げていった。今でも、普通に人々が暮らす町や村が少なくない。

もちろん、日本の首都である東京もそうだ。奥多摩町のある東京西部の奥多摩は、多数の山を擁している。その奥多摩をメインの舞台にしているのが、山岳小説と警察小説を融合させた「駐在刑事」シリーズだ。作者は、笹本稜平。ふたつのジャンルを融合させるのに、これほど相応《ふさわ》しい作家はいない。その意味を説明するために、作者の経歴を見てみよう。

笹本稜平は、一九五一年、千葉県に生まれた。立教大学社会学部社会学科卒業後、海運分野を中心としたフリーライターとして活躍。そして二〇〇一年、『時の渚』で第十八回サントリーミステリー大賞の、大賞と読者賞をダブル受賞して、本格的な作家生活に入った。翌〇二年三月には、早くもヒマラヤを舞台とした山岳冒険小説『天空への回廊』を刊行。〝山〟への指向を示す。さらに二〇〇八年六月の『還るべき場所』から、純然たる山岳小説にも取り組み、『未踏峰』『その峰の彼方』『大岩壁』を上梓している。奥秩父の山小屋を舞台にした短篇集『春を背負って』も、味わい深い山岳小説であった（二〇一四年に映画化されている）。また、山岳小説にミステリーの要素を入れた『南極風』『分水嶺』もある。

とはいえ現在の笹本作品で、一番知られているジャンルは警察小説だろう。「越境捜査」「素行調査官」「所轄魂」など、幾つものシリーズを抱えて、警察小説の人気の一角を支えているのだ。そんな作者の警察小説の先駆けとなった「駐在刑事」シリーズが、山岳小説とのハイブリッドであったことは、なかなか興味深いことである。

本書『駐在刑事　尾根を渡る風』は、二〇〇六年七月の『駐在刑事』に続く、シリーズ第二弾だ。「メフィスト」二〇一二年一号から翌一三年二号にかけて連載。二〇一三年十一月に講談社より、単行本で刊行された。刊行に先立ち作者は、「講談社B

OOK倶楽部」の「著者メッセージ」で〝江波淳史が主人公のこのシリーズは、ミステリーと山岳物を融合させた、私のなかでもユニークな位置を占める作品です〟といい、

「山を舞台の大冒険も、派手な凶悪犯罪もなく、江波が遭遇するのは人生の曲がり角でだれもが陥りそうな事件。地元の旅館の跡とり息子の孝夫や江波が思いを寄せる図書館司書の遼子など、個性豊かな仲間たちとともに、江波の愛犬で頼れる相棒でもあるプールも元気に登場します。

そこで描きたかったのは、どんなに荒《すさ》んだ人の心でも必ずその奥底に眠っているはずの善とでもいったものでしょうか。

事件の当事者や山里の人々との心の触れ合いを通じて成長する主人公の姿とともに、奥深く優しい山の息吹もこの作品の魅力の一つかも知れません」

と、記している。この言葉を頭の隅に留めながら、作品世界に踏み入ってみることにしよう。

警視庁捜査一課の敏腕刑事だった江波淳史は、取り調べ中に容疑者が自殺した件に

より、青梅警察署水根駐在所所長へと左遷された。先走った捜査を指揮したキャリアによる、尻尾《しっぽ》切りであった。だが、亡くなった容疑者への自責の念にかられた江波にとっても、望むべき異動である。悔悟を胸に抱える江波だが、趣味となった山歩きと、奥多摩の温かな人々との触れ合いにより、徐々に自分を取り戻していく。そんな江波が奥多摩の四季の中で出会う事件とは……。

本書には短篇五作が収録されている。冒頭の「花曇りの朝」は、奥多摩の老舗旅館「池原旅館」の跡とり息子で、淳史の山の師匠でもある孝夫から、やっかい事が持ち込まれる。五十代の女性が愛犬のチャムと一緒に登山したが、御前山の避難小屋で昼食をとっているときに、突然、チャムがいなくなってしまったというのだ。女性の娘の寺井純香は、ペットロスになった母親を心配し、チャムを探そうとする。その純香に恋してしまった孝夫が、淳史も引っ張り出して、なんとかしようとするのだ。愛犬のプールを連れて、淳史たちは山道を行く。やがてプールがチャムの首輪を発見するが、それ以上の進展はなかった。

一方、捜索中に孝夫から聞いた話や、本庁から青梅警察署の刑事課に異動した南村陽平の情報から、ある人物が山に潜んでいるのではないかという疑念を抱く淳史。やがて、ふたつの件は、思いもかけない形でクロスしていく。

ペット探しで始まり、予想外の方向に転がっていくストーリーが面白いが、やはり本作の読みどころは、終盤で描かれた、ある人物の心の変化だろう。作品のキモなので詳しく書けないが、ここに作者が本シリーズで表現したかったテーマが凝縮されている。物語の後味もよく、前作を知らない読者でも、シリーズの世界に、すっと入っていけるだろう。

続く「仙人の消息」は、毎日のように奥多摩の山を歩いていた、仙人のような老人が消息を絶つ。自分のことを何も話さない老人だけに、何か事情があるのかもしれない。しかし老人を愛する奥多摩の人々は、彼を心配して、淳史に話を持ってくる。登山届から、田村幸助という名前と、緊急連絡先を知った淳史は、連絡を取ってみた。しかし電話に出たのは誰とも分からない男である。男の話しぶりに不審を感じた淳史は、密かに捜査に取りかかるのだった。

仙人を心配する奥多摩の面々から伝わってくるのは、人間の持つ優しさだ。しかし仙人の巻き込まれた一件からは、人間の醜さが見えてくる。この対比により、ストーリーが奥深いものになっている。また、「越境捜査」シリーズなどで、警察組織の腐敗を描いている、作者らしい内容であることも留意すべきだろう。

こうした警察組織の問題は、第三話「冬の序章」にも込められている。水根ストアの一人娘の真紀（中学生になった彼女も準レギュラーである）が目撃した、軽装で山に入って行ったカップル。それを心配した淳史は、孝夫と共に彼らを探し、転落して死んだ男を発見する。事故死か自殺か。どちらにしろ事件性なしとされるが、淳史は納得がいかない。独自に動くうちに、事件は新たな様相を呈してくるのだった。

広げようと思えば、いくらでも拡大できる事件を、さっくりと纏《まと》める、作者の手腕が素晴らしい。さらに悲劇となった事件を通じて、「仙人の消息」とは別の形で、警察批判をしている。それだけに、南村の「無理に事件をつくりたいわけじゃないんですが。このままでは不幸な人間がまた増えてしまうような気がして」という言葉を受けて淳史が考える〝問われるべき罪科を免《まぬか》れることは、心において永遠に罪人として生きることでもある。警察官としての職務に道徳的な大義があるとしたら、そんな不幸をこの世から少しでも減らすことではないのかと――〟という信念に救われるのだ。

第四話「尾根を渡る風」は、孝夫に誘われてトレイルランニングを始めた淳史が、互いに憎からず思っている町立図書館の司書の内田遼子から相談を受ける。誰かにつきまとわれているようだというのだ。特に接触する様子もないので事件にするのは難しい。個人的に動いた淳史だが、やがてストーカー男が、トレイルランニングの実力者であることが判明する。

第一話のペット連れ登山や、本作のトレイルランニングなど、昨今の山の状況を巧みに取り入れているのは、やはり作者ならではだろう。ストーカー事件を捻《ひね》った事件の着地点は苦いものであったが、希望も示されている。尾根を渡る風のように、心地よい作品だ。

そして最後の「十年後のメール」は、またもや孝夫から、やっかい事が持ち込まれる。十年前、登山中に行方不明になった宮原和樹のメールが、父親のパソコンに届いたというのだ。かつて仕事人間だった父親の孝三は、山を愛した和樹の気持ちが分からず、ぶつかり合っていた。その悔いを抱いて、淳史を訪ねてきた孝三は、彼らと一緒に山を登り、息子の気持ちを知ろうとする。そんな孝三を好ましく思う淳史だが、ある事実が判明したことから、疑念が湧き上がってくるのだった。

不可解な発端から、ストーリーはよどみなく進行する。中盤で明らかになった意外な事実から、和樹の死体の発見。そして殺人事件の可能性から、思いもかけない真相まで、ミステリーとしての完成度は高い。息子を失った夫婦がたどり着く、悲しみの先の癒しにも心打たれた。ラストを飾るに相応しい逸品である。

と、各作品を並べてみて、あらためて思い出すのが、先に引用した「著者メッセージ」の〝そこで描きたかったのは、どんなに荒んだ人の心でも必ずその奥底に眠っているはずの善とでもいったものでしょうか〟という部分だ。罪を犯してしまった者、あるいは罪を犯そうとした者。そうした者に、過去の傷を抱える江波淳史が、時には優しく、時には必死に手を差し伸べる。そんなひとりの〝駐在刑事〟の在り方に、魅了されずにはいられないのである。

さらに、順調に進展しているらしい孝夫と純香の恋や、「十年後のメール」でより近づいた淳史と遼子の関係も気になる。二〇一六年現在、シリーズは本書で止まっているが、これからも書き続けてほしい作品なのだ。

なお、「駐在刑事」シリーズは、テレビドラマ化されており、テレビ東京系列の「水曜ミステリー9」枠で、二〇一四年四月二日の『駐在刑事　奥多摩渓谷・殺意の夜想曲』を皮切りに、現在まで三本ほど放送されている。第四弾はこの秋冬に、放送予定とのこと。主役の江波淳史を演じているのは寺島進。イメージは、ばっちりだ。こちらも機会があれば、ご覧いただきたい。

本書は二〇一三年十一月、小社より刊行されました。

|著者| 笹本稜平　1951年、千葉県生まれ。立教大学社会学部社会学科卒業。出版社勤務を経て、海運分野を中心にフリーライターとして活躍。2001年、『時の渚』（文藝春秋）で第18回サントリーミステリー大賞と読者賞をダブル受賞。2004年には『太平洋の薔薇』（小学館）で第6回大藪春彦賞を受賞。著書に、『還るべき場所』『春を背負って』『大岩壁』（いずれも文藝春秋）など。

駐在刑事《ちゅうざいけいじ》　尾根《おね》を渡《わた》る風《かぜ》

笹本稜平《ささもとりょうへい》

© Ryohei Sasamoto 2016

講談社文庫

定価はカバーに
表示してあります

2016年10月14日第1刷発行

発行者――鈴木　哲
発行所――株式会社　講談社
東京都文京区音羽2-12-21　〒112-8001
電話　出版（03）5395-3510
　　　販売（03）5395-5817
　　　業務（03）5395-3615

デザイン―菊地信義
本文データ制作―講談社デジタル製作
印刷―――凸版印刷株式会社
製本―――加藤製本株式会社

Printed in Japan

落丁本・乱丁本は購入書店名を明記のうえ、小社業務あてにお送りください。送料は小社負担にてお取替えします。なお、この本の内容についてのお問い合わせは講談社文庫あてにお願いいたします。

本書のコピー、スキャン、デジタル化等の無断複製は著作権法上での例外を除き禁じられています。本書を代行業者等の第三者に依頼してスキャンやデジタル化することはたとえ個人や家庭内の利用でも著作権法違反です。

ISBN978-4-06-293519-7

講談社文庫刊行の辞

二十一世紀の到来を目睫に望みながら、われわれはいま、人類史上かつて例を見ない巨大な転換期をむかえようとしている。

世界も、日本も、激動の予兆に対する期待とおののきを内に蔵して、未知の時代に歩み入ろうとしている。このときにあたり、創業の人野間清治の「ナショナル・エデュケイター」への志を現代に甦らせようと意図して、われわれはここに古今の文芸作品はいうまでもなく、ひろく人文・社会・自然の諸科学から東西の名著を網羅する、新しい綜合文庫の発刊を決意した。

激動の転換期はまた断絶の時代である。われわれは戦後二十五年間の出版文化のありかたへの深い反省をこめて、この断絶の時代にあえて人間的な持続を求めようとする。いたずらに浮薄な商業主義のあだ花を追い求めることなく、長期にわたって良書に生命をあたえようとつとめるところにしか、今後の出版文化の真の繁栄はあり得ないと信じるからである。

同時にわれわれはこの綜合文庫の刊行を通じて、人文・社会・自然の諸科学が、結局人間の学にほかならないことを立証しようと願っている。かつて知識とは、「汝自身を知る」ことにつきていた。現代社会の瑣末な情報の氾濫のなかから、力強い知識の源泉を掘り起し、技術文明のただなかに、生きた人間の姿を復活させること。それこそわれわれの切なる希求である。

われわれは権威に盲従せず、俗流に媚びることなく、渾然一体となって日本の「草の根」をかたちづくる若く新しい世代の人々に、心をこめてこの新しい綜合文庫をおくり届けたい。それは知識の泉であるとともに感受性のふるさとであり、もっとも有機的に組織され、社会に開かれた万人のための大学をめざしている。大方の支援と協力を衷心より切望してやまない。

一九七一年七月

野間省一

講談社文庫 最新刊

- 松岡圭祐 **水鏡推理Ⅳ**〈アノマリー〉
  気象庁と民間気象会社の予報の食い違いによる悲劇。人命軽視の霞が関に瑞希《みずき》が斬り込む！
- 大沢在昌 **海と月の迷路**(上)(下)
  軍艦島で若き警官が禁断の捜査を開始。不審死の真相に驚愕する。吉川英治文学賞受賞作
- 葉室　麟 **紫　匂　う**
  昔契りを交わした男との再会。朴念仁と思っていた夫の優しさ。揺れる人妻が貫く義とは？
- 西村京太郎 **十津川警部　長野新幹線の奇妙な犯罪**
  会社経営者を狙った誘拐事件が連続して発生。事件を解くカギは、長野新幹線「安中榛名」。
- 香月日輪 **地獄堂霊界通信⑥**
  椎名が桜咲く山で出会った不思議な女。何かを探しているが、それが何か分からないという。
- 笹本稜平 駐在刑事 **尾根を渡る風**
  奥多摩の温かい自然と人が、降格された元刑事を再生する。山岳警察小説、第2弾！
- 井川香四郎 **御三家が斬る！**
  葵のご紋のお墨付き！　型破りの殿様三人が徳川の世をたたっ斬る。痛快道中記。〈文庫書下ろし〉
- 牧野　修　巴　亮介　漫画原作 **ミュージアム**〈公式ノベライズ〉
  ヤングマガジン連載、大反響を呼んだ傑作漫画をサスペンスホラーの名手がノベライズ。
- 木内一裕 **バードドッグ**
  元ヤクザの探偵・矢能に依頼された、超難事件。最も危険な探偵の物騒な推理が始まる。
- 樋口卓治 **続・ボクの妻と結婚してください。**
  涙の嵐を巻き起こした『ボク妻』衝撃の続編！　亡き修治の心残りは、息子のことだった。
- 内田洋子 **皿の中に、イタリア**
  食とともに鮮やかに浮かび上がる、イタリアの人々の暮らしと人生を描く滋味深いエッセイ。
- 遠藤武文 **原　調**
  年間交通事故数53万件、警察も見逃す不審事故の真相を損保査定員・滋野《しげの》隆幸《たかゆき》が暴く！

講談社文庫 ✿ 最新刊

高野秀行／角幡唯介
地図のない場所で眠りたい
"探検部"出身のノンフィクション作家二人が、自身の"根っこ"を語り合った対談集！

西尾維新
本題〈西尾維新対談集〉
西尾維新が第一線で活躍する表現者5人と創作について語る、刺激に満ちた必読対談集。

平岩弓枝
新装版 **はやぶさ新八御用帳(一)**〈大奥の恋人〉
辻斬りの下手人を追う新八郎は、大奥に不穏な動きがあることを知る。人気シリーズの原点。

酒井順子
泣いたの、バレた？
「泣き様」が「生き様」を語るこの時代。涙上手は誰？「週刊現代」人気連載第9弾。

吉川トリコ
ぶらりぶらこの恋
るり子は恋人と2年前から同居している。でも、他に気になる人ができてしまって――。

石川宏千花
お面屋たまよし 彼岸ノ祭
人が人ならぬものと化す、妖《あや》しい面があるという。人の心の強さともろさを描く人気シリーズ。

池永陽
炎《えん》を薙《な》ぐ
江戸で起きた猟奇殺人事件。心優しい貧乏浪人・由比三四郎が「秘剣《ひけん》・氷柱折《つららお》り」で難敵に挑む。

山田芳裕
へうげもの 十一服
天下分け目の関ヶ原、男たちの激しい業が、生死の狭間で爆発。大混戦文庫版第11弾！

山田芳裕
へうげもの 十二服
徳川幕府誕生。しかし揺るぎない地位を築く織部に、破滅の予兆が!? 大進撃文庫版第12弾！

C・J・ボックス／野口百合子 訳
狼の領域
猟区管理官ジョー・ピケットは、山奥で不審な双子の兄弟と出会い、思わぬ攻撃に遭う！

ジョージ・ルーカス 原作／テリー・ブルックス 著／上杉隼人／大島資生 訳
スター・ウォーズ〈エピソードI ファントム・メナス〉
ベイダー誕生の秘密を描く新三部作が新訳で登場。少年アナキンの活躍と運命の出会いとは――。

講談社文芸文庫

湯川秀樹

湯川秀樹歌文集

細川光洋選

日本初のノーベル賞受賞者は、古典漢籍に親しみ、好んで短歌を詠んだ。理論物理学者としての業績とは別の、人間味溢れる姿を伝える随筆と歌集「深山木」を収録。

解説＝細川光洋

ゆC1

978-4-06-290325-7

鈴木大拙

スエデンボルグ

キリスト教の神秘主義神学者・スエデンボルグの主著『天界と地獄』の翻訳に続き、安易な理解を拒絶するその思想の精髄を、広く一般読者に伝えるために著した評伝。

解説＝安藤礼二　年譜＝編集部

すE2

978-4-06-290324-0

講談社文芸文庫編

個人全集月報集

武田百合子全作品／森茉莉全集

武田泰淳の妻で後に『富士日記』などのエッセイで読者を魅了した武田百合子と、森鷗外の長女で今も多くの愛読者をもつ森茉莉。二人の女性作家の魅力的な横顔。

こJ41

978-4-06-290326-4

講談社
文芸文庫
ワイド

不朽の名作を
一回り大きい
活字と判型で

安岡章太郎

月は東に

解説＝日野啓三　作家案内＝栗坪良樹

戦後が強いる正しさとは一線を画す個人の倫理を模索する傑作長篇。

(ワ)やC1

978-4-06-295508-9

講談社文庫　目録

里見　蘭／三田紀房／原作　小説ドラゴン桜〈カリスマ教師集結篇〉
里見　蘭／三田紀房／原作　小説ドラゴン桜〈挑戦！　東大模試篇〉
佐藤友哉　フリッカー式〈鏡公彦にうってつけの殺人〉
佐藤友哉　エナメルを塗った魂の比重〈鏡稜子ときせかえ密室〉
佐藤友哉　水没ピアノ〈鏡創士がひきもどす犯罪〉
佐藤友哉　クリスマス・テロル〈invisible×inventor〉
桜井亜美　チエルシー
桜井亜美　Frozen《フローズン》 Ecstasy《エクスタシー》 Shake《シェイク》
サンプラザ中野　〈小説〉大きな玉ネギの下で
櫻田大造　「優」をあげたくなる答案・レポートの作成術
桜井潮実　「うちの子は『算数』ができない」と思う前に読む本
佐川光晴　縮んだ愛
沢村　凜　カタブツ
沢村　凜　あやまち
沢村　凜　さざなみ
沢村　凜　タソガレ
佐野眞一　誰も書けなかった石原慎太郎
佐野眞一　津波と原発
佐藤多佳子　一瞬の風になれ 第一部／第二部／第三部
笹本稜平　駐在刑事
佐藤亜紀　鏡の影
佐藤亜紀　ミノタウロス
佐藤亜紀　醜聞の作法
佐藤千歳　インターネットと中国共産党〈「人民網」体験記〉
samo　きみにあいたい〈あかりが生きた239日、そして12時間〉
斎樹真琴　地獄番　鬼蜘蛛日誌
桜庭一樹　ファミリーポートレイト
佐々木則夫　なでしこ力〈さあ、一緒に世界一になろう！〉
沢里裕二　淫府再興
沢里裕二　淫果応報
沢里裕二　淫具屋半兵衛
佐藤あつ子　昭《あき》　田中角栄と生きた女
西條奈加　世直し小町りんりん
佐伯チズ　改訂完全版　佐伯チズ式「完全美肌バイブル」〈123の肌悩みにズバリ回答！〉
斉藤　洋　ルドルフとイッパイアッテナ
斉藤　洋　ルドルフともだちひとりだち
佐々木裕一　若返り同心　如月源十郎〈不思議な飴玉〉
司馬遼太郎　新装版　播磨灘物語　全四冊
司馬遼太郎　新装版　箱根の坂（上）（中）（下）
司馬遼太郎　新装版　アームストロング砲
司馬遼太郎　新装版　歳月（上）（下）
司馬遼太郎　新装版　おれは権現
司馬遼太郎　新装版　大坂侍
司馬遼太郎　新装版　北斗の人（上）（下）
司馬遼太郎　新装版　軍師二人
司馬遼太郎　新装版　真説宮本武蔵
司馬遼太郎　新装版　最後の伊賀者
司馬遼太郎　新装版　俄（上）（下）
司馬遼太郎　新装版　尻啖え孫市（上）（下）
司馬遼太郎　新装版　王城の護衛者
司馬遼太郎　新装版　妖怪（上）（下）
司馬遼太郎　新装版　風の武士（上）（下）
司馬遼太郎　戦雲の夢〈レジェンド歴史時代小説〉
司馬遼太郎／海音寺潮五郎　新装版　日本歴史を点検する
司馬遼太郎／井上ひさし　新装版　国家・宗教・日本人
司馬遼太郎／陳舜臣／金達寿　新装版　歴史の交差路にて〈日本・中国・朝鮮〉
柴田錬三郎　岡っ引どぶ　正・続〈柴錬捕物帖〉

講談社文庫　目録

柴田錬三郎　お江戸日本橋 (上)(下)
柴田錬三郎　三国志〈柴錬痛快文庫〉
柴田錬三郎　貧乏同心御用帳
柴田錬三郎　新装版 岡っ引どぶ〈柴錬捕物帖〉
柴田錬三郎　新装版 顔十郎罷り通る(上)(下)
柴田錬三郎　新装版 岡っ引どぶ(続)〈柴錬捕物帖〉
柴田錬三郎　江戸っ子侍(上)(下)〈レジェンド歴史時代小説〉
城山三郎　ビッグボーイの生涯〈五島昇その人〉
城山三郎　この命、何をあくせく
城山三郎　黄金峡
城山三郎／平岩外四　人生に二度読む本
城山三郎／高山文彦　日本人への遺言
白石一郎　火炎城
白石一郎　鷹ノ羽の城
白石一郎　銭の城
白石一郎　びいどろの城
白石一郎　観音妖女〈十時半睡事件帖〉
白石一郎　刀〈十時半睡事件帖〉
白石一郎　犬を飼う武士〈十時半睡事件帖〉
白石一郎　出世長屋〈十時半睡事件帖〉
白石一郎　おんな舟〈十時半睡事件帖〉
白石一郎　東海道をゆく〈十時半睡事件帖〉
白石一郎　海よ島よ〈歴史紀行〉
白石一郎　乱世を斬る〈歴史エッセイ〉
白石一郎　海将(上)(下)
白石一郎　蒙古襲来〈海から見た歴史〉
白石一郎　庖丁ざむらい〈レジェンド歴史時代小説〉〈十時半睡事件帖〉
志茂田景樹　真・甲陽軍鑑〈武田信玄の秘密〉
志茂田景樹　独眼竜政宗 最後の野望
志茂田景樹　南海の首領クニマツ
志水辰夫　帰りなん、いざ
志水辰夫　花ならアザミ
志水辰夫　負け犬
新宮正春　抜打ち庄五郎
島田荘司　殺人ダイヤルを捜せ
島田荘司　火刑都市
島田荘司　網走発遙かなり
島田荘司　御手洗潔の挨拶
島田荘司　死者が飲む水
島田荘司　ポルシェ911《ナインイレブン》の誘惑
島田荘司　御手洗潔のダンス
島田荘司　本格ミステリー宣言
島田荘司　本格ミステリー宣言II〈ハイブリッド・ヴィーナス論〉
島田荘司　暗闇坂の人喰いの木
島田荘司　水晶のピラミッド
島田荘司　自動車社会学のすすめ
島田荘司　眩暈(めまい)
島田荘司　アトポス
島田荘司　異邦の騎士〈改訂完全版〉
島田荘司　島田荘司読本
島田荘司　御手洗潔のメロディ
島田荘司　Pの密室
島田荘司　ネジ式ザゼツキー
島田荘司　都市のトパーズ2007
島田荘司　21世紀本格宣言
島田荘司　帝都衛星軌道
島田荘司　UFO大通り

講談社文庫　目録

島田荘司　リベルタスの寓話
島田荘司　透明人間の納屋
島田荘司　〈改訂完全版〉占星術殺人事件
島田荘司　〈改訂完全版〉斜め屋敷の犯罪
島田荘司　星籠《せいろ》の海(上)(下)
塩田潮　郵政最終戦争
清水義範　蕎麦《そば》ときしめん
清水義範　国語入試問題必勝法
清水義範　永遠のジャック&ベティ
清水義範　深夜の弁明
清水義範　ビビンパ
清水義範　お金物語
清水義範　単位物語
清水義範　神々の午睡(上)(下)
清水義範　私は作中の人物である
清水義範　春高楼の
清水義範　イエスタデイ
清水義範　青二才の頃〈回想の'70年代〉
清水義範　日本ジジババ列伝
清水義範　日本語必笑講座
清水義範　ゴミの定理
清水義範　目からウロコの教育を考えるヒント
清水義範　世にも珍妙な物語集
清水義範　ザ・勝負
清水義範　清水義範ができるまで
清水義範　いい奴じゃん
清水義範　愛と日本語の惑乱
清水義範 西原理恵子・え　おもしろくても理科
清水義範 西原理恵子・え　もっとおもしろくても理科
清水義範 西原理恵子・え　どうころんでも社会科
清水義範 西原理恵子・え　もっとどうころんでも社会科
清水義範 西原理恵子・え　いやでも楽しめる算数
清水義範 西原理恵子・え　はじめてわかる国語
清水義範 西原理恵子・え　飛びすぎる教室
清水義範 西原理恵子・え　独断流「読書」必勝法
清水義範 西原理恵子・え　雑学のすすめ
椎名誠　フグと低気圧
椎名誠　犬の系譜
椎名誠　水域
椎名誠　にっぽん・海風魚旅〈怪し火さすらい編〉
椎名誠　〈にっぽん・海風魚旅2〉くじら雲追跡編
椎名誠　〈にっぽん・海風魚旅3〉小魚びゅんびゅん荒波編
椎名誠　〈にっぽん・海風魚旅4〉大漁旗ぶるぶる乱風編
椎名誠　〈にっぽん・海風魚旅5〉南シナ海ドラゴン編
椎名誠　極北の狩人〈アラスカ、カナダ、ロシアの北極圏をいく〉
椎名誠　もう少しむこうの空の下へ
椎名誠　モヤシ
椎名誠　アメンボ号の冒険
椎名誠　風のまつり
椎名誠　ニッポンありゃまあお祭り紀行〈春夏編〉
椎名誠　ニッポンありゃまあお祭り紀行〈秋冬編〉
椎名誠　新宿遊牧民
椎名誠　ナマコ
東海林さだお 椎名誠　やぶさか対談
うえやまとち 漫画 東海林さだお 編　東海林さだお選「クッキングパパ」のこれが食べたい!
島田雅彦　フランシスコ・X
島田雅彦　食いものの恨み

2016年9月15日現在